Knaur.

Informationen über die anderen Romane
von Gernot Gricksch finden Sie ab Seite 366.

Der Autor:
Gernot Gricksch wurde 1964 in Hamburg geboren, wo er auch heute noch lebt. Er arbeitet als freier Journalist für verschiedene Zeitungen und Zeitschriften, ist verheiratet und Vater von zwei Kindern.

Gernot Gricksch

Freilaufende Männer

Roman

Knaur Taschenbuch Verlag

Besuchen Sie uns im Internet:
www.knaur.de

Originalausgabe September 2006

Ein Unternehmen der Droemerschen Verlagsanstalt
Th. Knaur Nachf. GmbH & Co. KG, München

Umschlaggestaltung: ZERO Werbeagentur, München
Umschlagabbildung: Getty Images, München
Satz: Adobe InDesign im Verlag
Druck und Bindung: Clausen & Bosse, Leck
Printed in Germany
ISBN-13: 978-3-426-63213-0
ISBN-10: 3-426-63213-6

2 4 5 3

Selbst der stärkste Mann
kann sich nicht selbst in die Höhe heben.
Konfuzius (551 – 479 v. Chr.)

Der Tisch wird weich. Ich kralle mich mit den Händen in die Tischplatte, doch die sabscht unter meinen Fingern weg, als hätte sie sich von einer Sekunde auf die andere in Schmelzkäse verwandelt. Ich schwitze. Der Schweiß läuft mir über das Gesicht, als würde es Salzwasser regnen. Und während ich so dasitze, starr vor Angst, während meine Finger in dieser elenden Tisch-Scheiblette versinken und meine Knie von einem Augenblick auf den anderen zwar zu zittern aufhören, dafür aber gar nicht mehr zu existieren scheinen, einfach verschwinden, sich in Luft auflösen, während ich also völlig die Kontrolle verliere, höre ich aus weiter Ferne, durch einen trüben Nebel aus verschwommenen Bildern und leisem Summen und Brummen, Maltes Stimme.

»Alles okay, Thomas?« Es gelingt mir, meinen Kopf in Maltes Richtung zu drehen … und sehe, dass seine Sorge nicht gravierend zu sein scheint. Malte trinkt einen großen Schluck aus seinem Bierglas und ist bereits dabei, seinen Blick wieder von mir abzuwenden, um die Blonde am Tresen abzuchecken.

»Ich …«, röchele ich, »ich kriege … keine … Luft.«

»Was?« Jetzt wird mir doch Maltes komplette Aufmerksamkeit zuteil.

»Luft!«, ächze ich. Es gelingt mir, meinen linken, offensichtlich vollkommen muskellosen Arm leicht zu heben und in Richtung meiner Brust zu bewegen. »Mein ... Herz!«

»O Scheiße!«, schreit Malte und springt auf. Er läuft um den Käsetisch herum – der seltsamerweise unter seinen Händen starr und fest bleibt – und packt meinen Kopf. »Guck mich an!«

Na super, denke ich. *Das Letzte, was ich auf dieser Welt zu sehen bekomme, ist das Gesicht eines pomadigen Weiberhelden.*

»Total glasig!«, keucht Malte und brüllt dann zum Tresen hinüber: »Einen Krankenwagen! *Schnell!* Mein Kumpel hat einen Herzinfarkt!«

Ich sacke auf meinem Stuhl immer tiefer in mich zusammen, während ich in dem verzweifelten Versuch, meiner Lunge zumindest eine Minimalversorgung an Sauerstoff zukommen zu lassen, immer schneller und immer hastiger nach Luft schnappe. Alles dreht sich. Und jetzt verwandelt sich auch noch der Stuhl in eine schwammige Masse. Ich rutsche von ihm hinunter, doch bevor ich auf dem Boden aufschlage, fängt mich Malte auf ... nur um mich einen Augenblick später, kaum langsamer und nicht weniger schmerzhaft, auf das speckige Linoleum krachen zu lassen.

Malte beugte sich über mich. Sein Gesicht kommt immer näher.

»Was machst du denn da?«, höre ich eine fassungslose Stimme. Das ist Jens. Kommt der also auch endlich mal von der Toilette zurück.

»Ich fange mit der Mund-zu-Mund-Beatmung an«, klärt ihn Malte auf. »Er kriegt keine Luft!«

Jens zieht Malte zur Seite. »Bisschen früh für Wiederbelebung, oder?« Seine Stimme klingt erstaunlich gelassen.

Jetzt sehe ich Jens' Gesicht über mir. »Du hast doch gar nichts getrunken«, wundert er sich.

Das wird ja immer schöner! »Keine Luft«, keuche ich, um auch ihm den Ernst der Lage zu verdeutlichen. »Mein *Herz!*«

»Krankenwagen kommt sofort«, höre ich nun eine andere Stimme. Durch den Nebel erkenne ich, dass sich inzwischen ein halbes Dutzend Gäste um meinen mehr oder weniger reglos daliegenden Körper geschart haben. Ich höre eine Sirene.

Sie kommt näher.

Und dann wird alles hell.

1. Kapitel

Einen Monat bevor mein Körper mich in einer Hamburger Kneipe so schmählich im Stich lassen wird, schien die Welt noch halbwegs in Ordnung. Keiner von uns dreien ahnte, was das Leben für uns in der nahen Zukunft an heimtückischen Überraschungen bereithalten sollte.

Exakt achtundzwanzig Tage vorher, vier Samstage vor meinem Kneipenkollaps, spielten Jens, Malte, mein unzuverlässiger Körper und ich sogar Squash. Wir sind kein eingeschworenes Sportlertrio oder so etwas. Es war eine spontane Idee. Malte hatte den Court in seinem Stamm-Squashclub einfach mal für eineinhalb Stunden gebucht, damit wir drei Männer uns ohne Zeitdruck und im steten Wechsel die Bälle um die Ohren schlagen konnten.

Ich hatte schon seit Jahren nicht mehr gesquasht. Ich erzähle zwar oft, wie gern ich mich mal richtig auspowere, mache es dann aber tatsächlich so gut wie nie. Bereits wenn ich fünfzehn Minuten auf dem Trainingsfahrrad strample, sehe ich so rot aus wie eine Tomate und halte Jan Ullrich für den bewundernswertesten Menschen der Welt. Ich stelle den Schwierigkeitsregler meines Trainingsfahrrads ja nicht mal auf *Bergauf*. Ich bin eine *Flachland*-Lusche.

Jens ist schon ein wenig fitter. Er hat bis vor fünf Jahren regelmäßig Racketball gespielt. Doch dann musste er sein Hobby aufgeben: Er hat eine eigene Fahrschule, eine Frau und drei Kinder. Was er deshalb nicht hat, ist Zeit. Jedenfalls nicht für Sport.

»Okay, Mädels!«, lachte der fast schon obszön sportliche Malte und klopfte mit dem Schläger auf die Seitenwand des Courts. »Wer will zuerst von mir abgebügelt werden?« Er trug sündhaft teure Nike-Sportschuhe, eine perfekt sitzende Sporthose, ein enges, seinen im Fitnessstudio gestählten Oberkörper betonendes Marken-T-Shirt und ein Stirnband, das sein schwarzes, gegeltes Haar im Zaum hielt. Sein Schläger sah ebenfalls ziemlich teuer aus. Natürlich tat er das.

Ich dagegen trug eine 19,95-Euro-Jogginghose, meine schon ziemlich abgeschabten Adidas-Laufschuhe und ein T-Shirt der *Powerpuff Girls.* Die *Powerpuff Girls* sind eine Zeichentrickserie für Kinder. Es ist keineswegs so, dass ich morgens um 7 Uhr 40 Super-RTL einschalte, um mir die drei Mangamädels anzuschauen. Tatsächlich habe ich die Sendung noch nie in meinem Leben gesehen. Ich fand nur das Wort so lustig, dass ich das T-Shirt einfach kaufen musste. *Powerpuff!* Wie ein Bordell, in dem man sich anstrengen muss.

Ich drehte den Schläger, den ich am Tag zuvor nach einigem Wühlen im Keller wiedergefunden hatte, in der Hand und sah Jens an: »Mach du mal zuerst. Ich guck euch zu und versuche, mich dabei an die Regeln zu erinnern.«

»Du willst ja bloß, dass ich außer Atem bin, wenn du

ins Spiel kommst«, lachte Malte. »Aber das wird dir auch nichts bringen! Dich würde ich auch noch besiegen, wenn ich schon am Tropf hänge!«

Jens seufzte. Manchmal nervte ihn Maltes Großmäuligkeit. Er holte seinen Racketballschläger aus der Hülle.

»Was willst du denn damit?«, fragte Malte erstaunt.

»Damit kann man auch Squash spielen«, entgegnete Jens. »Kein Grund, sich für teures Geld einen Squashschläger zu leihen oder zu kaufen.« Jens ist ein sparsamer Mensch. Muss man wohl auch sein, wenn man eine Fahrschule hat. Und eine Frau. Und drei Kinder.

»Na, wenn du meinst ... aber jetzt mal los, los«, trieb Malte ihn an. »Können wir endlich mal loslegen?«

Jens seufzte noch einmal. Als er sein schlichtes blaues T-Shirt in den Hosenbund der Shorts steckte, zeichnete sich sein Bauchansatz ab. Wir wurden eben alle nicht jünger.

Mit Jens war ich befreundet, seit ich denken kann. Wir waren schon zusammen auf der Schule. Malte dagegen kannte ich erst seit gut zwei Jahren. Er war Geschäftsführer der TV-Produktionsfirma *Punchline Entertainment,* für die ich als freier Autor arbeitete. Ich versorgte ihn mit launigen Sketchen und Blödelmonologen für eine von ihm produzierte Comedyshow. Streng genommen war mein Kumpel also gleichzeitig mein Boss. Jens und Malte hatten sich erst vor vier Monate kennen gelernt. Wegen Schweden.

Schweden!

Jens und ich hatten diesen Urlaub seit fast zwei Jahren

geplant. Vier komplette Wochen wollten wir uns aus der Tretmühle ausklinken – faulenzen, angeln, grillen, ein bisschen wandern, reden und schweigen, bis wir wieder genug Energie für den Alltag geladen haben würden. Es war ein Traum, den wir lange geträumt hatten und der nun endlich bald wahr werden sollte.

Eines Tages hatte ich Malte von dem geplanten Trip erzählt – und weil der ein Freund schneller Entscheidungen ist, hatte er sich spontan bei uns eingeklinkt. Jens hatte damit kein Problem. Zum einen senkte ein weiterer Mitreisender die Kosten, zum anderen war er nach ihrem ersten Treffen von Malte noch schwer angetan. Maltes ebenso souveräne wie schillernde Mann-von-Welt-Masche hatte meinen eher ruhigen und unspektakulären Kumpel schwer beeindruckt. Malte fand Jens im Gegenzug zwar sympathisch, allerdings auch ein wenig zu brav. Einmal hatte er ihn sogar als »graue Maus« bezeichnet. Eine keineswegs harmlose Frotzelei, zumindest nicht für Malte. Denn der hat regelrechte Angst vor der Unauffälligkeit. Als ob sie einen verschlingen könnte wie Treibsand. Malte wollte bemerkt werden. Das war der Sinn seines Lebens.

Wir hatten uns über das Internet eine verhältnismäßig luxuriöse Blockhütte – man könnte sie auch Blockvilla nennen – in Jämtland gemietet. Es verging kaum ein Tag, an dem ich nicht die Website des Vermieters besuchte und mir die Fotos des idyllisch gelegenen Domizils anschaute. Ich konnte es kaum abwarten aufzubrechen.

Jämtland liegt ziemlich weit oben im Norden Schwe-

dens, und was der Reiseführer zu dieser Region zu sagen hatte, klang mehr als verführerisch:
Das leicht gebirgige Jämtland grenzt an Norwegen und ist eines der letzten unberührten Naturgebiete Europas. Nicht einmal zwei Prozent der Fläche sind bebaut. Jämtland ist reich an Wald, grünen Wiesen, kristallklaren Gewässern und sogar schneebedeckten Berggipfeln. Hier leben zahlreiche vom Aussterben bedrohte Tiere wie Bär, Vielfraß und seltene Marder. In den rund dreitausend Flüssen und Seen, die Jämtland prägen, gibt es einen reichen Fischbestand verschiedenster Arten, was auf Sportangler starke Anziehungskraft ausübt.

Nicht nur auf Sportangler. Auch auf mich. Auf uns. Jens, Malte und ich gierten dieser Auszeit regelrecht entgegen. Gemeinsame prä-schwedische Unternehmungen wie dieser Squashsamstag sollten vor allem dazu dienen, dass wir unsere Bande enger schnürten und so eventuellen Reibereien im Urlaub vorbeugten. Speziell Jens und Malte hatten ja noch einige Kennenlernarbeit zu leisten. Ich hoffte sehr, dass meine beiden ungleichen Freunde sich im Laufe der Zeit etwas annähern würden, hatte diesbezüglich aber so meine Zweifel. Dass Gegensätze sich anziehen, ist ein Mythos, oder?

Malte war anders als Jens, Jens war anders als Malte und beide waren anders als ich. Was sie gemeinsam hatten – und was sie von mir unterschied: Sie waren im Großen und Ganzen gut drauf. Ich dagegen fand gern mal das Haar in der Suppe. Für mich steckte die ganze Welt voller lästiger Umwege, Fallstricke und tiefer Gruben. Ein einziger langer Hindernislauf.

Zwar war ich durchaus stolz darauf, dass ich meine negativen Gedankengänge zumeist für mich behielt oder bloß in sarkastische Witze verpackte, um den Menschen um mich herum mit meiner Unzufriedenheit und meinen mentalen Macken nicht die Laune zu versauen. Doch manchmal wünschte ich mir, ich könnte nicht nur den anderen, sondern auch mir vorgaukeln, dass mir die Dinge leicht fielen.

Nicht, dass wir uns falsch verstehen: Weder weinte ich nachts in mein Kissen, noch hasste ich mein Dasein, und schon gar nicht dachte ich darüber nach, mich aus irgendeinem Fenster zu werfen. Ich lebte gern. Wirklich. Ich hatte nur manchmal das Gefühl, ich hätte die falsche Gebrauchsanweisung fürs Leben mitbekommen. Oder das falsche Leben. Optimismus war einfach nicht mein Ding. Ich war nie ein *Das-Glas-ist-halbvoll*-Typ. Ein *Das-Glas-ist-halb-leer*-Mensch war ich allerdings auch nicht. Das wäre zu simpel gewesen. Ich war eher ein *Das-Glas-ist-zwar-hübsch-aber-ein-bisschen-dreckig-und-das-Zeug-darin-schmeckt-irgendwie-seltsam*-Mann.

Verständlich also, dass ich Malte und Jens beneidete. Ich beneidete sie nicht um ihre Leben an sich, mit denen ich nichts hätte anfangen können – weder mit Maltes hochtouriger, statussymbolgespickter Dauerparty noch mit Jens' irgendwie piefiger und spießiger Familienidylle. Aber ich beneidete die beiden um ihre Einstellung. Sie hatten die Dinge im Griff. Sie nahmen das Leben, wie es kam, sie richteten sich im Rahmen der bestehenden Möglichkeiten komfortabel darin ein und fanden so ihre Glücksnischen. Aber ich? Ich konnte das nicht. Ich war irgendwie immer auf der Suche. Blöderweise suchte ich vorwiegend nach der Antwort auf die Frage, was genau ich eigentlich suchte.

Exakt in der neunzigsten Minute unseres Squashmarathons traf mich Maltes Ball mit voller Wucht am Hinterkopf. Für einige Sekunden wurde mir schwarz vor Augen. Ich taumelte, stützte mich an der Plexiglaswand ab und atmete tief durch. Dann war alles wieder okay.

»Scheiße, das hat wehgetan!«, meckerte ich trotzdem los.

»Heul doch«, schlug Malte lässig vor.

»Feierabend«, seufzte Jens. Malte hatte dreimal gegen ihn gewonnen und viermal gegen mich. Jens hatte zweimal gegen Malte gewonnen und dreimal gegen mich. Ich dagegen hatte nur eines gewonnen: die Erkenntnis, dass ich kein besonders sportlicher Mensch war. Immerhin, wir schwitzten alle. Auch wenn ich das Gefühl hatte, dass es bei mir am schlimmsten war.

Jens und ich saßen nach dem Duschen und Umziehen bereits an der Bar des Squashcenters, während Malte noch stolze zwanzig Minuten im Umkleideraum damit verbrachte, sich einzucremen, seine Haare zu föhnen und dann mit Gel in die richtige Form zu bringen.

»Wie geht's Marion?«, fragte ich Jens, während wir auf das Ende von Maltes Feintuning warteten. Mein Freund nahm einen Schluck von seinem Pils, während ich mich an meiner Apfelschorle festhielt.

»Gut«, antwortete Jens. »Wir renovieren die Küche.«

Seltsame Antwort, oder? Marion war keine Klempnerin, die berufsbedingt tagtäglich Rohre in Küchen verlegt, sie war auch keine Innenarchitektin oder Fliesenlegerin. Marion war Jens' zierliche, liebenswerte Gattin. Aber so etwas passiert eben, wenn man langjährige Eheleute nach dem Befinden ihrer Partner fragt: Sie reden einfach über ihr Leben und das Zuhause an sich. Anstatt dass Jens mir eine Information über Marion als Person gab – über ihr Wohlbefinden, ihre Gedanken oder Gefühle –, betrachtete er sie offenbar bloß als Bestandteil seines persönlichen Heim-Universums. Wahrscheinlich war es Marion gewesen, die die Küchenrenovierung angeregt hatte, und so verknüpften die Synapsen in Jens' Hirn automatisch das Wort *Marion* mit dem Wort *Küche*. Und aus seinem Mund kam deshalb eine Antwort, die de facto so gut wie nichts mit meiner Frage zu tun hatte.

Marion geht es gut, wir renovieren die Küche.

Gruselig!

Ich stellte mir vor, dass ich womöglich auch einmal mit einer Frau zusammenleben könnte, die für mich kein begehrenswertes Individuum mehr war, sondern bloß der integrale Bestandteil eines alltäglichen Konzepts. Dem Romantiker in mir lief bei dieser Vorstellung ein kalter Schauer über den Rücken. Aber andererseits war ich der letzte Mensch, dem es zustand, sich ein Urteil über diese Dinge anzumaßen: Die längste Beziehung, die ich je zustande gebracht hatte, dauerte nur etwas länger als ein Jahr. Ich hatte also nie herausgefunden, wie es war, vom Stadium des Einanderfindens in das weniger euphorische, aber womöglich selig machende Stadium des Füreinanderdaseins hinüberzugleiten. Ich sollte Jens nichts vorwerfen. Er schien, im Gegensatz zu mir, begriffen zu haben, wie diese Dinge eben funktionieren.

2. *Kapitel*

»Wie geht es Marion?«

Jens zuckte zusammen, als Thomas ihn das fragte. Für einen kurzen Moment hätte er fast dem Impuls nachgegeben, die ganze Wahrheit herauszurücken, sie einfach auszuspucken, loszuwerden, abzuladen: *Marion? Marion geht es schlecht! Sie hat letzte Woche herausgefunden, dass ich eine Affäre habe. Eine Affäre? Nein, eine Geliebte! Ich habe eine Geliebte, Thomas. Ich habe mich in eine andere Frau verliebt. Mein Leben bricht auseinander! Ich bin völlig hilflos. Ich weiß nicht, was ich tun soll. Was ich auch mache, ich zerstöre etwas. Ich zerstöre Marions Leben – oder das meiner Geliebten. Und im Zweifelsfall, vielleicht in jedem Fall, zerstöre ich auch etwas in mir selbst. Hilf mir, Thomas! Gib mir einen Rat. Sag, was ich tun soll. Ich habe eine Frau zu viel. Und ich bin so allein.*

Das alles hätte er gerne herausgebrüllt. Oh, wie liebend gern er es losgeworden wäre. Doch was Jens dann tatsächlich sagte, war bloß: »Marion geht es gut. Wir renovieren die Küche.«

Was für eine dumme Antwort. Was für eine kalte, herzlose Antwort. Thomas würde sich daran vermutlich nicht einmal stören, dachte Jens. Thomas war nicht gut in zwischenmenschlichen Gefühlen. Er fragte wahrscheinlich ohnehin nur aus Höflichkeit nach Marion und würde gar nicht verstehen, was Jens gerade durchmachte, selbst wenn er es ihm haarklein auseinander pflücken würde.

Thomas hatte keine Ahnung, wie weh Liebe tun konnte. Er ging der Liebe aus dem Weg. Immer, wenn die Dinge ernst wurden mit einer Frau, wenn wahre Nähe vonnöten war, setzte sich Thomas ab. Oder er benahm sich so unmöglich, so unnahbar, dass die Frauen es irgendwann aufgaben und ihn widerwillig verließen. Entließen. Zurück in sein emotionales Vakuum. Jens hatte das viele Jahre lang immer wieder beobachtet. Anfangs hatte es ihn irritiert, dann hatte er akzeptiert, dass Thomas wohl einfach so war: ein Nicht-Liebender. So was gab's wohl.

Trotzdem, Thomas war sein bester Freund. Und ein Freund, der ihm zuhörte und beistand, war das, was Jens in diesem Moment am meisten brauchte. Und doch war alles, was er sagte: *Marion geht es gut. Wir renovieren die Küche.*

Das ist es, was Männer tun. Sie geben kurze Antworten. Sie halten dicht. Die langen, tragischen, emotional aufgewühlten Reden halten sie nur sich selbst. Als Monolog. Stumm.

Sie hieß Karin. Karin hatte bei Jens Fahrstunden genommen. Schon an dem Tag, an dem sie sich anmeldete und sechs Stunden »Auffrischung« buchte, hatte es geknistert. Jens hatte nie geglaubt, dass es das wirklich gibt: Dass Funken sprühen können zwischen zwei Menschen. Er hatte das für ein Groschenromanklischee gehalten. Bis zu jenem Tag, an dem diese Funken ausgerechnet ihn trafen. Als er Karin gegenüberstand, sah er mehr als bloß irgendeine Frau. Er wusste nicht mal genau, was es war ... aber er sah es.

Funken sind kein Flächenbrand. Man kann sie ignorieren. Dann gibt es weder lodernde Leidenschaft noch ein flammendes Inferno. Dann bleibt alles beim Alten. Und zuerst hielt Jens das auch durch. Er ignorierte diese seltsame Spannung, die zwischen Karin und ihm existierte. Er behandelte sie wie eine ganz normale Fahrschülerin. Anfangs jedenfalls.

Karin war frisch geschieden. Ihr Exmann war ein Autonarr und Reihenhausmacho, der lieber darauf verzichtete, bei einer Feier etwas zu trinken, als dass er seine Gattin ans Steuer des geliebten BMW gelassen hätte. Sechs Jahre war Karin verheiratet gewesen, und nur viermal in all dieser Zeit war sie Auto gefahren. Nun, da sie von ihrem fahrersitzfixierten Lebensgefährten getrennt lebte, schickte sie sich an, wieder eine mobile Persönlichkeit zu werden, und kaufte sich einen Fiat Punto. Es beeindruckte Jens, dass sich Karin nicht einfach hinter das Steuer setzte und losfuhr, sondern dass sie sich ihren Mangel an fahrerischer Routine eingestand und erst ein paar Stunden unter Aufsicht das Fahrgefühl zurückgewinnen wollte, bevor sie sich wieder in den regulären Verkehr eingliederte.

Jens schätzte Verantwortungsbewusstsein. Er selbst war ein extrem verantwortungsbewusster Mensch. Und genau das war sein Problem.

»Ich brauche nur Routine, wir müssen nicht bei null anfangen«, hatte Karin bei der ersten Fahrstunde gelächelt. »Ich weiß, wo Gaspedal und Bremse sind.«

»Kennen Sie auch schon die Kupplung?«

»Wir wurden uns bereits vorgestellt.«

Als Karin anfuhr, gab es nichts zu bemängeln. Sie hatte Fahrgefühl, war umsichtig, gliederte sich elegant in den fließenden Strom von Fahrzeugen ein. Sie wusste, was zu tun war.

»Sie machen das sehr gut«, lobte Jens.

»Sie haben aber auch etwas sehr ... Beruhigendes«, hatte Karin geantwortet. Drei Fahrstunden später duzten sie sich bereits.

Am Ende der sechsten und letzten Fahrstunde fragte ihn Karin, ob sie nicht mal zusammen essen gehen wollten.

»Ich bin verheiratet.« Jens hatte seinen Ringfinger hochgehalten, als ob das eine Antwort auf ihre Frage wäre.

»Ich weiß«, hatte Karin geantwortet. »Ich habe deine Frau im Büro gesehen. Sie ist sehr hübsch.«

»Ja, das ist sie.« Jens musste schlucken.

»Aber auch verheiratete Männer müssen essen, oder?«

»Schätze, das stimmt.«

Menschen haben Hunger. Und Karin, die einen außergewöhnlichen Sensor für die Gefühle anderer hatte, musste irgendwie erkannt haben, dass Jens fast verhungert war. Sie hatte gesehen, was andere nicht sahen.

Drei Wochen später, nach diversen heimlichen Abendessen und nachdem sie das erste Mal Sex hatten – wunderbaren, spontanen, leidenschaftlichen und unvernünftigen Sex –, lagen sie nebeneinander in Karins Bett. Sie strich mit dem Finger über seine Brust. »Warum bist du so unglücklich?«

»Ich bin nicht unglücklich«, hatte er geantwortet. »Ich … ich habe ein schlechtes Gewissen. Ich habe das Gefühl, das ich etwas Schreckliches getan habe. Einen großen Fehler. Aber ich bin auch glücklich. Und … und dafür schäme ich mich.« So hätte er mit Marion nie reden können. Mit seiner eigenen Frau konnte er schon lange nicht mehr reden.

Karin hatte ihn geküsst. »Ich habe mich in dich verliebt.«

Jens hatte nicht geantwortet. Er hatte nur genickt und die Augen geschlossen – weil er fürchtete, weinen zu müssen. Er war so unglücklich, wie ein glücklicher Mensch nur sein konnte.

Er hatte so viel Angst, wie jemand nur haben konnte, der gerade gerettet wurde.

»Nicht einschlafen«, sagte Karin. »Du musst zurück zu deiner Familie.«

Jens hatte drei Kinder. Lukas war fünfzehn, Tom zehn und die kleine Emma fünf. Thomas hatte einmal gelästert, dass Jens seinen Nachwuchs wohl nach dem Vorbild eines realsozialistischen Fünfjahresplans produziert hätte. Er fand, dass das zu seinem Freund passte: Planung in allen Lebenslagen.

Doch wenn Jens sein Leben tatsächlich konsequent geplant hätte, dann wäre er nie in das Dilemma geschliddert, in dem er sich nun befand. Nach siebzehn treuen

Jahren hatte er sich in eine andere Frau verliebt. Aufrichtig verliebt.

Es wäre für ihn um so vieles leichter gewesen, wenn die Liebe ein exklusives Phänomen wäre. Wenn die eine Liebe automatisch erlosch, sobald eine neue aktiv wurde. Wenn die Gefühle für Marion in exakt jenem Moment verpufft wären, in dem er begriffen hatte, dass Karin die Frau war, die ihn glücklich machen konnte.

Doch so lief das nicht.

Die Liebe war heimtückisch.

Und hartnäckig.

Marion war ein schwieriger Mensch. Die Ehe mit ihr lag quasi brach. Jens konnte sich nicht einmal mehr erinnern, wann genau sie das letzte Mal Sex gehabt hatten. Es war Monate her, ein halbes Jahr sogar. Weil es nun Karin gab, mit der Sex so aufregend und wahrhaftig war, wie er es mit Marion nie erlebt hatte, litt Jens nicht mehr wirklich darunter. Doch vorher war er fast daran verzweifelt.

Als Jens Marion kennen gelernt hatte, war sie süß wie Zucker, witzig, hellwach und voller Energie. So war sie heute fast nie mehr. Sie war … leer. Immer öfter war sie auch bitter, beleidigend manchmal, abweisend. Sie war unzufrieden, warum auch immer. Jens konnte keinen plausiblen Grund erkennen, warum sie manchmal wegen Kleinigkeiten an die Decke ging oder sich plötzlich in ihr Zimmer verkroch, sich mitten am Tag ins Bett legte. Da verharrte sie dann, stundenlang, die Decke über den Kopf gezogen, das Licht gelöscht, die Vorhänge geschlossen. Marion vernarbte innerlich, doch Jens hatte keine Ahnung, wo die Verletzungen herkamen. Man musste sie behandeln wie ein rohes Ei. Denn wenn sie zerbrach, zerbrach alles. Die ganze Familie.

Und trotzdem: Jens liebte Marion. All die Jahre zusammen, all die geteilten Gefühle und Glücksmomente und Erfahrungen und Erinnerungen und Schmerzen und Träume – das blieb. Die Vorstellung, Marion zu verlassen, machte Jens nicht nur Angst, sie tat ihm weh. Zumal er wusste, dass sie ihn brauchte. Und dann waren da auch noch die Kinder. Jens liebte seine Söhne und seine kleine Tochter. Er liebte sie vielleicht sogar mehr als Marion und Karin zusammen. Sie waren das Zentrum seines Lebens. Emma, Tom und Lukas nicht mehr täglich zu sehen, sondern ihre Leben nur noch an Wochenenden und in Urlauben im Zeitraffer rekapituliert zu bekommen, mit ihnen zu festgelegten Terminen in Freizeitparks zu gehen und sie nur bei Laune zu halten, anstatt sie durchs Leben zu begleiten, bloß ein Besuchstags-Papi zu sein – das war eine Vorstellung, die Jens fast zerriss.

Es war unmöglich.

Über ein Jahr war es Jens gelungen, seine Liebschaft geheim zu halten. Er fühlte sich wie ein Schwein dabei, und vielleicht war er das ja auch, aber er sah keine Möglichkeit, die Geheimnistuerei zu beenden. Dann würde schließlich alles zusammenbrechen.

Doch acht Tage bevor er mit Thomas und Malte zum Squashspielen ging, geschah genau das: Seine Welt explodierte.

Thomas hatte die Legende aufrechterhalten, dass er

immer noch zum Racketball ging. Zweimal die Woche, log er Marion vor, spielte er in einem Club in Altona. Danach ging er angeblich mit seinen Kumpeln etwas trinken.

Jens hatte seine Lüge so perfektioniert, dass er in Karins Wohnung tatsächlich seine Sportkleidung anzog und in ihrem Wohnzimmer für zehn Minuten hysterisch schnelles Standjogging machte, damit die Klamotten seinen Schweißgeruch annahmen und keinen Verdacht erweckten, wenn Marion sie später in die Wäsche gab. Anfangs hatte Karin das komisch gefunden, später nervte es sie.

Nach seinem Fitnessbetrug duschte Jens immer. Dann hatten Karin und er meistens Sex. Danach duschte Jens wieder, um den Geruch der Lust zu vernichten.

Es war entwürdigend.

An dem Tag, an dem alles kaputtging – acht Tage bevor er Thomas mitteilte, dass es Marion gut ginge und sie die Küche renovierten –, hatten Jens und seine Geliebte keinen Sex. Ihre Beziehung war schließlich nicht rein physisch. Karin und Jens hatten tatsächlich angefangen, ein Paar zu werden. Er führte ein regelrechtes Parallelleben mit ihr: Sie gingen zusammen aus, in möglichst entlegenen Stadtteilen und in Restaurants und Bars, wo niemand Jens zu kennen drohte, und sie teilten das Alltägliche. Jens hatte sogar Karins Auto zum TÜV gebracht und ihr bei der Steuererklärung geholfen.

An diesem Tag war er am frühen Abend mit ihr zu Ikea gefahren, um ein neues Regal zu kaufen. Nachdem er den Karton in seinen Wagen geladen hatte – ihr Fiat wäre dafür viel zu klein gewesen –, hatte sie ihn lange angeschaut.

»So geht das nicht weiter.«

Jens hatte zu Boden gesehen und geschwiegen.

»Ich liebe dich.« Karins Stimme war ernst.

»Ich liebe dich auch«, hatte Jens geantwortet. Seine Stimme zitterte. »Ich liebe dich wirklich.«

»Dann muss etwas geschehen.«

»Ich weiß«, hatte Jens geantwortet. Es war fast ein Flüstern.

»Wir haben ein Recht auf Glück.«

Jens sah wieder zu Boden. Karin strich mit der rechten Hand über seinen Kopf. Dann fasste sie ihm unters Kinn und hob sanft sein Gesicht an, bis er ihr direkt in die Augen blickte.

»Wir gehören zusammen«, sagte sie.

Jens küsste sie. Weil er wusste, dass sie Recht hatte. Und weil es wunderbar und grauenhaft war, dass sie Recht hatte. Er wollte bei ihr sein, aber er wollte nicht zu ihr gehen. Er liebte sie, er liebte sie von ganzem Herzen. Doch er wusste nicht, wie das gehen sollte, diese Liebe. Diese Doppelliebe.

Er küsste sie heftig, fast schon ein bisschen grob. Karin drückte sich an ihn. Ihre Zungen verschlangen sich ineinander. Jens bekam eine Erektion. Das erschien ihm unpassend, doch was sollte er tun. Alles in seinem Leben war derzeit unpassend. Nichts passte zusammen.

Als die beiden ihren nahezu obszönen Kuss beendeten und sich voneinander lösten, hörte Jens eine Stimme. Eine entsetzlich vertraute Stimme.

»Du Schwein.«

Lukas!

Sein ältester Sohn stand neben ihm. Im Hintergrund sah Jens dessen peinlich berührte Freunde zu ihnen herüberschauen.

»Du verdammtes Schwein!«, schrie Lukas und rannte davon.

»Lukas! Warte!«, rief Jens. Doch sein Ältester sprang ins Auto seiner Kumpel, die nun ebenfalls hastig einstiegen. Noch während Jens zu ihnen hinüberlief, heulte der Motor auf und der Wagen brauste vom Parkplatz.

Karin legte zaghaft eine Hand auf Jens' Schulter.

Er schüttelte sie ab.

Als Jens zwei Stunden später nach Hause kam, saß Marion im Halbdunkel. Jens brauchte ein paar Sekunden, bis seine Augen sich justierten. Marion saß auf dem Sofa. Kerzengerade. Sie atmete schwer.

Es war kurz nach neun Uhr. Aus Lukas' Zimmer hörte man leise Musik, Marilyn Manson. Emma und Tom schliefen vermutlich schon.

Es war offensichtlich, dass Lukas seiner Mutter von seiner Entdeckung erzählt hatte. Es herrschte eine brüllende Stille.

»Verlässt du mich?«, fragte Marion schließlich mit tonloser Stimme.

»Ich …«

»Suchst dir einfach eine Neue, wenn dich die Alte nicht mehr glücklich machen kann«, flüsterte Marion.

Jens schluckte. Er wusste nicht, was er sagen sollte.

Marion erhob sich langsam und ging dicht an ihm vorbei, ohne ihn zu berühren. »Bitte verlass mich nicht«, flüsterte sie, bevor sie im Schlafzimmer verschwand. Jens sah, dass Marion das Sofa mit einem Laken bezogen hatte und seine Bettwäsche sorgfältig darauf ausgebreitet war.

Er drehte sich um.

Die Tür zum Schlafzimmer war geschlossen.

3. Kapitel

Als Malte schließlich frisch geföhnt, gegelt und eingecremt aus dem Umkleideraum kam und zu uns an den Tresen trat, umwehte ihn ein etwas zu starker Hauch von Davidoffs Zino-Parfum. Herb. Männlich. Und teuer natürlich.

»Na, wie sieht's aus, Jungs?«, strahlte er. »Wie wär's mit indisch essen? Ich lade euch ein!«

Jens aß sicher lieber Pizza als Chicken Punjabi, aber noch lieber aß er umsonst. »Super-Idee«, sagte er also. »Das ist ja echt großzügig von dir.«

»Hey«, grinste Malte und machte eine wegwerfende Handbewegung. »Kein Problem.«

Jens war ein wenig geizig, Malte war ein wenig großkotzig. Und ich war ziemlich hungrig. Eine Viertelstunde später saßen wir im Delhi und studierten die Speisekarte.

Normalerweise waren wir alle drei durchaus quasselfähig, aber diesmal brachten wir nur ein stockendes Gespräch zusammen. Malte checkte alle fünfzehn Minuten sein Handy, als ob er eine extrem wichtige SMS erwarten würde. Jens wirkte irgendwie geistesabwesend. Und ich versuchte, das Gespräch am Laufen zu halten, indem ich unermüdlich von irgendwelchen Filmen,

Büchern und Theaterstücken erzählte, die ich in letzter Zeit konsumiert hatte. Ich war ein sehr guter Secondhand-Erzähler. Ich kolportierte gern die Ideen, Visionen, Geschichten und Erlebnisse anderer Leute. So hat man immer etwas zu erzählen und bleibt trotzdem unangreifbar. Manchmal gab ich sogar eigene Ideen als etwas aus, was ich irgendwo gelesen hatte, nur damit niemand erfuhr, worüber ich so nachdachte.

Gerade als ich meinen Freunden vom neuen Woody-Allen-Film vorschwärmen wollte, ließ Jens die Bombe platzen. »Ich habe ein Geliebte!«, sagte er plötzlich. »Ich bin völlig im Arsch und muss das jetzt jemandem erzählen.«

Ich starrte Jens fassungslos an. Von allen Leuten auf der Welt war er so ziemlich der Letzte, dem ich so etwas zugetraut hätte.

»Ich betrüge Marion seit über einem Jahr«, fuhr Jens fort.

»Wow!«, rief Malte und legte sogar sein Handy zur Seite. »Cool ... Ich meine: Nicht, dass ich das toll finde oder so, aber ... also, ich meine ... das ist ja ein *Hammer!*«

»Sie heißt Karin«, sagte Jens. »Marion hat es vor einer Woche herausgefunden.«

»O mein Gott! Das ist ja entsetzlich.« Ich legte tröstend meine Hand auf seine. Jens sah mich verblüfft an. Er schien überrascht, dass ich so emotional reagierte. Manchmal habe ich das Gefühl, er hält mich irgendwie für gefühlskalt oder so. »Aber ... ich dachte immer, Marion und du, ihr wärt das perfekte Paar.«

»Es ist alles andere als perfekt bei uns«, verriet Jens. »Ich weiß: Marion wirkt total locker. Aber so ist es nicht. Es ist … schwierig.«

Ich war mir nicht sicher, ob ich hören wollte, was Jens mir als Nächstes erzählen würde. Ich rede nicht gerne über mich. Und ich bevorzuge es ebenso, auch von meinen Mitmenschen nur höchstens fünfzig Prozent aller relevanten Dinge zu wissen. Ich brauche dieses kleine Stück Distanz zu anderen Leuten, das nur aufrechtzuerhalten ist, solange man keine intimen Geheimnisse kennt.

Maltes Handy klingelte. Er hatte tatsächlich *Girls just want to have fun* von Cindy Lauper als Klingelton. Peinlich, oder?

»Entschuldigt mich«, sagte mein geschmacksverwirrter Kumpel und erhob sich. Während er telefonierte, ging er in den Vorraum des Restaurants.

Die Unterbrechung stoppte Jens nicht. Er musste einfach loswerden, was ihn bedrückte. Ich seufzte innerlich. Manchmal konnte man eben nicht entkommen. »Marion hat Probleme«, begann er. »Du hast sicher schon bemerkt, dass es bei uns zu Hause … na ja, etwas *sauberer* ist als normal …«

Zugegeben, es sah bei Jens und Marion immer extrem gewienert aus. Aber es war nicht so, als würde man ein Sagrotan-Entwicklungslabor betreten, wenn man sie besuchte. Es war eigentlich recht gemütlich bei den beiden. Ein bisschen spießig vielleicht, aber gemütlich.

»Es gibt Nächte, die sie komplett durchschrubbt«, erklärte Jens. »Ungelogen. Die *ganze* Nacht! Dann werden alle Schränke ausgeräumt, alles wird poliert. Und den Backofen schrubbt sie sowieso einmal die Woche. Stundenlang. Sie ist besessen!«

»Gibt's keine Therapie dagegen ... oder so?«, fragte ich.

»Sie sagt, so etwas braucht sie nicht. Sie will nur nicht in einem Schweinestall leben, sagt sie. Sie ist ... sie ist so wütend in letzter Zeit, nichts ist gut genug für sie. Sie sagt, ihr fehlt etwas im Leben. Aber gleichzeitig ist ihr auch alles zu viel.«

»Mmm«, murmelte ich. Was sollte ich auch sagen?

»Sex mit ihr ist nahezu unmöglich. Ich meine, das letzte Mal musste ich regelrecht *betteln*«, fuhr er vor und betrat jetzt definitiv die Informationsregion, die ich am meisten fürchtete. »Sie hat nichts davon, wenn ich mit ihr schlafe, und das ist ein Scheißgefühl für mich.«

»Für sie wahrscheinlich auch«, konnte ich mir nicht verkneifen. Aber Jens bekam das gar nicht mit.

»Sie weigert sich, irgendetwas auszuprobieren. Oralsex ist ihr angeblich viel zu unhygienisch. Und ich musste Kondome benutzen, obwohl sie die Pille nimmt.«

Ich wünschte, ich wäre woanders. »Aber«, warf ich zaghaft ein, »war das denn immer so?«

»Sie hatte schon immer ihre Macken«, seufzte Jens. »Wer hat die nicht? Aber so richtig schlimm ist es erst in den letzten Jahren geworden. Sie ist so traurig und weiß nicht, wohin damit. Also wird Wut daraus. Und sie steckt uns alle damit an. Dabei ist sie so verdammt zerbrechlich, Thomas.«

»Aber ist das nicht erst recht ein Grund, bei ihr zu

bleiben? Ich meine: Ist das nicht das, worum es bei der Liebe geht? Füreinander da zu sein?« Ich wusste, dass ich moralinsauer klang und nicht wirklich wusste, wovon ich sprach – aber es war nun mal das, was ich dachte.

Jens sah mich lange an. »Das ist ja gerade eines der großen Probleme«, antwortete er schließlich. »Ich käme mir vor wie ein Schwein, wenn ich sie verlassen würde. Sie braucht mich, auch wenn sie es mich niemals spüren lässt. Aber ich habe nur dieses eine Leben. Ich habe doch auch ein Recht auf ein bisschen Glück, oder? Und als ich Karin kennen lernte ... Karin ist so ganz anders. Sie ist so unglaublich spontan. Und Sex mit ihr – hey, der ist richtig wild. Wir haben Spaß. Richtigen Spaß! Ich fühle mich so lebendig mit ihr. Und ich darf plötzlich Hähnchen mit den Fingern essen.« Er grinste schief und bemerkte dabei meinen skeptischen Blick. »Sie ist eine tolle Frau, Thomas«, betonte er. »Und wenn es Marion nicht gäbe, oder wenn Marion gesund wäre ... wenn meine Kinder unter solch einer Trennung nicht so leiden würden ... Ich meine: Was soll aus den dreien werden, wenn sich Marion allein um sie kümmert? Sie ist ja jetzt schon hysterisch und macht sie manchmal völlig irre. Wie soll das erst werden, wenn ich das nicht mehr ausgleichen kann?«

»Kannst du nicht das Sorgerecht ...«, warf ich ein.

»Das gesteht mir kein Richter zu. Und es wäre auch unfair. Marion liebt die Kinder. Und sie meint es gut mit ihnen. Es würde sie umbringen, wenn ich sie ihr wegnehme.«

Wir sahen uns eine Weile schweigend an. »Scheiße«, sagte ich schließlich, weil mir wirklich nichts Besseres einfiel. »Das ist wirklich Scheiße.«

Jens setzte ein seltsam nachsichtiges Lächeln auf. Irgendwie … milde. Ich ärgerte mich, dass ich nichts Wertvolleres zu seinem Dilemma sagen konnte, dass ich keine reifen Ratschläge oder Weisheiten beisteuern konnte, aber was verstand ich schon von diesen Dingen? Mein persönlicher Beziehungsheld Jens hatte versagt! Er war für mich der Guru der funktionierenden Zweierkiste. Was sollte ausgerechnet ich ihm also raten? Er tat mir aufrichtig Leid, ich fühlte mit ihm. Ehrlich. Doch mehr als ein blasses, leeres »Scheiße« fiel mir trotzdem nicht ein.

Jens nickte mir zu. Er wirkte erleichtert, dass er seine Geschichte losgeworden war. Und machte eigentlich nicht den Eindruck, als ob er von mir eine wertvollere Reaktion erwartet hätte. Hmm …

»Ich muss los!«, sagte Malte, der in diesem Moment eilig an den Tisch trat und mit dem Handy wedelte. »Ich zahle vorn an der Kasse, okay? Tut mir Leid. Ist wichtig. Jens … also … du machst das schon. Red mit Thomas, lass einfach alles raus. Das hilft, glaube ich.« Er schnappte sich seine Lederjacke, die über der Stuhllehne hing, warf sie sich über die Schulter, hob noch einmal die Hand zu einem hastigen Abschiedsgruß und verschwand.

Für ein paar Sekunden sahen Jens und ich uns nur stumm an.

»Ja«, sagte ich dann. »Red mit Thomas, der kennt sich so gut aus. Und lass einfach *alles* raus, *du.*«

Wir prusteten beide los, und das Lachen tat uns in diesem Moment beiden gut.

Nachdem wir uns beruhigt hatten, fuhr Jens wieder ernst fort: »Das Schlimmste sind die Kinder. Ich könnte niemals ohne meine Kinder sein. Ich will sie nicht verlassen. Ich *kann* sie nicht verlassen.«

Ich nickte.

»Aber Lukas hasst mich«, flüsterte Jens.

»Ich glaube nicht, dass Kinder ihre Eltern wirklich hassen können«, sagte ich. »Ihr solltet euch mal richtig aussprechen. Du musst ihm alles erklären.«

»Er will nicht mit mir reden. Und was soll ich ihm auch sagen?«

Ich tätschelte wieder seine Hand. Das war schlechter, als etwas wirklich Einfühlsames zu sagen. Aber besser als nichts.

Am nächsten Nachmittag trafen Malte und ich uns im Konferenzraum seiner Firma. Er verlor kein Wort über Jens und dessen dramatische Enthüllung. Ich war mir nicht sicher, ob das so etwas wie Diskretion sein sollte – schließlich war Jens mein bester Freund und für ihn nur ein flüchtiger Bekannter – oder schlichtes Desinteresse. Ich tippe mal auf Letzteres.

Malte produzierte mit seiner Company *Punchline Entertainment* vier verschiedene TV-Shows. Für eine davon, die Comedyserie *Lach, Mann!*, diente ich als einer von drei Autoren. Star der Sendung war Axel Lachmann, ein hyperaktiver, zu Zoten neigender Sechsundzwanzigjähriger, der sich meiner Meinung nach mit seinem infantilen Geblödel bloß an seinen Eltern rächen wollte. Die hatten ihn nämlich dereinst in der Hoffnung auf Hirn-, Kultur- und Charaktererweiterung auf die Rudolf-Steiner-Schule geschickt und dreimal die Woche zum Klavierunterricht genötigt. Vergeblich. Axel war und blieb ein ebenso ungebildeter wie unsensibler Idiot – und ein grottiger Komiker dazu. Der Kerl schaffte es, jede noch so gute Pointe mit falschem Timing und völlig überzogenen Grimassen zu ruinieren. Er war allerdings ein erfolgreicher Idiot, einer der einschaltquotenstärksten Comedians im deutschen Fernsehen, was ich ganz nüchtern und wertfrei damit erklärte, dass die Welt eben voller Idioten ist, die gern anderen Idioten dabei zusehen, wie sie idiotische Sachen machen.

Axel freilich lebte in dem Irrglauben, er wäre ein humoristisches Gottesgeschenk, und führte sich entsprechend auf. Manchmal versuchte er bei den wöchentlichen Meetings selbst ausgedachte Kalauer in die Show zu drücken. Es waren stets Humorergüsse aus den niedersten Regionen der Witzewelt. Da, wo die Pointen-Sonne niemals schien.

Malte, der seinen Star bei Laune halten wollte, und die beiden anderen Autoren, die unerfahrener, dafür aber deutlich ehrgeiziger waren als ich, quittierten Axels verbale Rohrkrepierer stets mit braven Hohohos. Manchmal wurde einer der Gags tatsächlich benutzt; damit hielt Malte seinen indirekten Ernährer in der trügerischen Annahme, er hätte einen wertvollen Beitrag zur Sendung geleistet und überhaupt eine stimmungsaufhellende Wirkung auf die Welt. Die Tatsache, dass ich Axel ob seiner Spaßversuche nur müde anmuffelte und nicht einmal unter Androhung einer sozial unverträglichen Fristloskündigung über sein dummes Gesabbel gekichert hätte, beeindruckte Herrn Lachmann nicht. Ich glaube, er hielt mich einfach für einen depressiven alten Mann, der nur mühsam und unter Schmerzen Gags generieren konnte. Dementsprechend gering war seine Bereitschaft, meinen Ansichten zu den dramaturgischen und inhaltlichen Mängeln seiner Einfälle zuzustimmen. Lachmann und ich standen auf den gegenüberliegenden Seiten der Humorfront – und Malte dazwischen. Kurz: Den allwöchentlichen Konferenzen sah ich ungefähr genauso freudig entgegen wie einer Rektaluntersuchung.

»Hör mal, ich glaub, du verstehst den Witz einfach nicht! Der ist total geil!«, ereiferte sich Axel und malte mir das, was er gern als Sketch in der Sendung hätte, nun schon zum dritten Mal aus: »Also, da sitzt dieser Mann in einem arabischen Restaurant und sagt zu der verschleierten Kellnerin: *Ich hätte gern Couscous.* Das ist ein Essen, weißte? Reis oder Fleisch oder so was …«

»Hirse«, murmelte ich.

»Hä?«

»Couscous wird aus Hirse gemacht.«

»Ja, egal. Also. Der Typ sagt, er möchte Couscous. Und die verschleierte Kellnerin ist total überrascht und fragt: *Du möchten wirklich Couscous?* Der Mann sagt: Ja, ich will wirklich Couscous. Und da nimmt die Frau den Schleier ab und gibt dem total geschockten Typen zwei dicke Schmatzer ins Gesicht!«

Axel sah mich erwartungsvoll an. Ich aber behielt

meine Mundwinkel, wie es dem Witz gebührte, in nach unten neigender Position.

»Couscous, verstehst du? Kuss! Kuss!« Axel konnte es nicht fassen, dass ich mich nicht vor Lachen auf dem Boden wälzte.

»Okay«, seufzte ich und hob zu einem Vortrag an. Malte versuchte vergeblich, mir mit seinem Blick zu signalisieren, dass ich die Klappe halten sollte. »Also, den rassistischen Unterton dieses Scherzversuches mal ignorierend – und ganz abgesehen davon, dass ich noch nie in einem arabischen Restaurant war, in dem eine verschleierte Kellnerin mit nur rudimentären Deutschkenntnissen bediente –, macht das Ganze auch sonst keinerlei Sinn. Die haben in dem Lokal Couscous auf der Speisekarte stehen. Die Kellnerin hat das Zeug selbst vermutlich schon tausendmal gegessen. Und wahrscheinlich wird dieses Gericht fünfzig Mal pro Tag bei denen bestellt. Die *muss* doch nun echt wissen, dass Couscous nichts mit küssen zu tun hat.«

»Aber …«, hob der selbst ernannte Humorgott an.

Ich ließ mich nicht unterbrechen. »Der Witz würde höchstens funktionieren – und auch dann nur ansatzweise –, wenn ein Araber in ein bayerisches Bierlokal kommt und sagt: *Ich will Couscous.* Und die Kellnerin küsst ihn dann zweimal. Aber natürlich ist auch kein Araber so blöd zu glauben, dass es im Brauhausstüble nordafrikanische oder vorderasiatische Gerichte gibt. Und selbst die Zenzi von der Alm dürfte, besonders wenn sie im gastronomischen Gewerbe arbeitet, schon mal von Couscous gehört haben. Womöglich ist sie so blöd zu glauben, Couscous wäre aus Reis oder Fleisch, aber sie weiß sicher, dass es etwas Essbares ist. Ein weiteres Problem mit diesem Witz ist, dass …«

»Ja, okay. Danke, Thomas«, bremste mich Malte und funkelte mich wütend an. »An dem Sketch werden wir also noch ein bisschen feilen. Wir sollten jetzt …«

»Ich hab noch einen!«, rief Axel und servierte uns prompt seine neue humoristische Großtat: »Also, da ist dieser kleine Junge. Den spiele ich natürlich selbst. Ich ziehe mir einen Matrosenanzug an oder so und mache mich ganz klein. Also, der kleine Junge steht im Spielzeugladen und zeigt der Verkäuferin – die ist total sexy, dicke Titten und so – eine Reihe Teddybären, die ganz oben im obersten Regal liegen. *Ich will so einen Teddy,* sagt der Junge. Also ich. Und die sexy Verkäuferin guckt nach oben ins Regal zu den Teddys und sagt: *Soll ich dir einen runterholen?* Und der Junge sagt: *Nein, danke. Vielleicht später. Jetzt will ich erst mal einen Teddy.*« Axel sah uns erwartungsvoll an.

»Entschuldigt mich«, sagte ich und erhob mich. »Ich gehe mal kurz nach draußen und weine bitterlich.«

Ohne ein weiteres Wort verließ ich den Konferenzraum.

»Was, zum Teufel, ist los mit dir?«, pflaumte mich Malte eine Viertelstunde später in seinem Büro an. »Das war total unprofessionell. Du hast dich aufgeführt wie das letzte Arschloch!«

Ich saß mit hängenden Schultern in dem Ledersessel, der vor Maltes Schreibtisch stand. »Aber …«

»Kein *aber*, Thomas. Was ist los mit dir?«

»Ich weiß auch nicht«, seufzte ich. »Ich stehe momentan irgendwie neben mir. Ich bin total geladen und völlig erschöpft zugleich.«

»Mann, früher hast du an solche Knalltüten wie Axel überhaupt keine Energie verschwendet«, sagte Malte. »Du hast deinen Job gemacht – einen verdammt *guten* Job! – und es überhaupt nicht nötig gehabt, andere Leute runterzuputzen. Jetzt bist du nur noch grantig. Und, ganz ehrlich: Deine Texte waren auch schon mal besser.«

Ohne nachzudenken machte ich das, was ich mir sonst so sorgfältig verkniff: Ich sagte das Erste, was mir durch den Kopf schoss. »Fragst du dich eigentlich manchmal, warum du das alles hier machst?« Malte sah mich kurz erstaunt an, dann blätterte er mit theatralischer Geste eine Reihe imaginärer Polaroidfotos vor sich auf die Schreibtischplatte: »Mein Haus, mein Sportwagen, meine Yacht, mein Luxusweib für Montag, mein Luxusweib für Dienstag, mein ...«

»Ich kann nicht glauben, dass das wirklich alles ist, worum es unterm Strich gehen soll«, begehrte ich auf. »Wir haben doch nur dieses eine Leben. Und was machen wir damit? Wir halten dumme kleine Jungs davon ab, schlechte Couscous- und Handjob-Witze zu machen, nur um dann selbst ein paar bloß geringfügig bessere Gags auszuscheiden.«

Malte sah mich lange an. Dann schüttelte er den Kopf.

»Wenn du jetzt anfängst, die zwölf Weisheiten des Lao-Tse runterzubeten, oder einen Baum in Israel pflanzen willst, kriege ich einen Schreikrampf«, sagte er. »Du hast Recht: Wir haben nur dieses eine Leben. Und ich persönlich plane, so viel Spaß wie möglich aus diesem Leben herauszuholen. Und weißt du was: Schnelle Autos und willige Weiber machen mir Spaß. Einen *Riesenspaß!*«

Ich verzichtete darauf, meinen kleinen Philosophieversuch fortzusetzen. »Schnelle Weiber und willige Autos?«, grinste ich halbherzig. »Nicht mein Ding.«

Malte erhob sich, kam um den Tisch herum und legte mir eine Hand auf die Schulter. »Reiß dich ein bisschen zusammen, okay? Ich möchte nicht in die Situation kommen, dass Axel deinen Kopf fordert.«

Ich nickte. »Schon klar.« Was sollte ich sonst auch sagen? Ich wusste ja, dass Malte nur versuchte, meinen Job zu retten.

»Sechs Wochen noch, dann sind wir in Schweden. Da kannste deine Lebenskrise sortieren und auf bessere Gedanken kommen, okay?« Malte nickte mir aufmunternd zu. »Das wird ein richtig geiler Männerurlaub!«

Ich grinste schief.

4. Kapitel

Ich saß zu Hause und hatte Jaco Pastorius' *Invitation*-Album auf volle Lautstärke gedreht. Der Sound umspülte mich aus fünf perfekt ausbalancierten Dolby-5.1-Boxen und einem extra kraftvollen Subwoofer. So wie Jaco, der begnadetste Jazzbassist aller Zeiten, mit seinem Instrument umging, so wollte ich Liebe mit einer Frau machen können: völlig losgelöst, voll Hingabe und Leidenschaft, in einem einzigen rauschhaften Lauf, in einer perfekten Symbiose aus Kraft, Energie – und gleichzeitig unendlicher Sensibilität.

Vermutlich erinnerte ein Geschlechtsakt mit mir aber wohl eher an die Tuba in einem Wildecker-Herzbuben-Lied: *Rumtata, rumtata,* einmal kurz mitschunkeln, *ba-bum, ba-bum,* aus. Ich war ganz sicher eine Lusche im Bett. Warum sonst wollte keine Frau bei mir bleiben?

In der kurzen Pause zwischen *Liberty City* und *Sophisticated Lady* hörte ich die Türklingel. Keine Ahnung, wie oft die schon gedingdongt hatte. Ich reduzierte Jaco mit der Fernbedienung auf eine gemäßigte Zimmerlautstärke und ging in den Flur. Durch den Türspion sah ich –

– Carina. Ich seufzte. Dank Pastorius konnte ich mich

nun nicht aus der Affäre ziehen, indem ich so tat, als wäre ich nicht zu Hause. Also öffnete ich.

»Thomas! Und ich dachte schon, du hörst mich nicht.« Carina lächelte und gab mir einen Kuss auf die Wange.

»Hey«, sagte ich.

»Tut mir Leid, dass ich nicht vorher angerufen habe, aber ich wollte dir nicht die Chance einer Ausrede geben.« Sie lächelte immer noch.

»Wie, Ausrede? Unsinn«, sagte ich. »Es ist schön, dich zu sehen. Wie geht's?«

»Ganz okay«, sagte Carina, während sie die Jacke auszog und an die Garderobe hängte. Sie trug eine dieser extrem engen und erst knapp oberhalb des Schambeins beginnenden Jeans, dazu ein bauchfreies T-Shirt, das sich so fest an ihren Körper schmiegte wie Neopren. Noch nackter kann man im angezogenen Zustand nicht aussehen. Ich musterte ihren nahezu makellosen Körper, mit dem ich mich während des letzten halben Jahres oft und gern durch die Laken gewälzt hatte. *Rumtata, ba-bum.* Irgendwie schämte ich mich. Keine Ahnung, wieso. Eigentlich war es doch Carina, die sich hätte schämen sollen: Es war gerade mal fünf Wochen her, dass sie mir den Laufpass gegeben hatte, und jetzt tauchte sie hier auf wie eine wandelnde Peepshow und führte mir überdeutlich vor, was mir in Zukunft versagt bleiben würde. *Du bist so unnahbar,* hatte sie mir bei unserem Trennungsgespräch vorgeworfen. *Du beobachtest immer nur, du lässt dich auf nichts ein. Du kannst dich einfach nicht fallen lassen.*

Warum sollte ich das auch tun?, hatte ich damals geantwortet. *Wenn ich mich fallen lassen würde, müsstest du mich ja tragen. Das will ich dir wirklich nicht zumuten.*

Carina hatte nur den Kopf geschüttelt.

Ich sollte also ein Problem damit haben, mich fallen zu lassen? Im Gegenteil! Ich hatte schon seit geraumer Zeit das Gefühl, ich würde gar nichts anderes mehr tun, als zu fallen. Ich trudelte und taumelte, stolperte und kippte. Ich hatte ziemliche Schwindelgefühle in letzter Zeit. Und zwar im wörtlichen Sinn. Vielleicht sollte ich ihr das jetzt sofort …

Oh.

Es ging schon wieder los.

Mulmig.

Ich hatte mir geschworen, diese Anfälle nicht weiter wichtig zu nehmen. Zwei Ärzte, drei Kurzzeit-Freundinnen und ungefähr ein halbes Dutzend Bekannte hatten mir im Laufe meines Lebens mehr oder weniger unverblümt attestiert, ein klassischer Hypochonder zu sein. Da ich schon ungefähr ein Dutzend Mal Symptome einer im Allgemeinen tödlichen Krankheit an mir bemerkt zu haben glaubte und es sich jedes Mal als Fehlalarm entpuppt hatte, kam ich nicht umhin, in Erwägung zu ziehen, dass diese Menschen mit ihrer Einschätzung richtig liegen könnten. Ich zwang mich also, diese Schwächeattacken als simple Kreislaufbeschwerden zu interpretieren. Tatsächlich hatte ich festgestellt, dass sie sich mit einem gewissen Maß an Konzentration wegatmen ließen.

Ich lehnte mich also schnell an die Wand und hoffte, Carina würde nicht merken, wie unsicher ich plötzlich auf den Beinen war. Ich versuchte, meinen Lungen das Verhalten aufzuzwingen, das sich als entschwindelnd bewährt hatte, und bemühte mich gleichzeitig, Carina ganz cool und locker und freundlich anzuschauen, während sie mir den Grund ihres unangemeldeten Erscheinens erklärte.

»Du hast noch meinen heißen Stein«, sagte sie. »Du weißt, von dem Abend, als Jens und Marion hier waren.«

Ich nickte.

Und atmete.

Und lächelte.

»Weißt du noch? Marion und Jens haben an dem Abend nicht ein einziges Wort miteinander geredet.«

Atmen. Lächeln. »Ja«, versuchte ich ein wenig Konversation zu treiben, »da war mächtig dicke Luft.«

»Haben die beiden sich inzwischen ausgesprochen?«

Ich schüttelte den Kopf, der auf meinem Hals hin und her schaukelte, als wäre er mit einem defekten Kugellager daran befestigt. Für einen kurzen Moment hatte ich das Gefühl, er würde herunterplumpsen und über den Parkettfußboden zu Carinas Füßen hinüberrollen. So schlimm waren diese Schwindelgefühle noch nie gewesen!

»Die beiden haben ein echt großes Problem«, sagte ich, tapfer einen intakten Menschen imitierend. »Ein bisschen aussprechen reicht da wohl nicht.«

Carina sah mich lange an. Einer dieser Frauenblicke,

die irgendetwas bedeuteten. Wahrscheinlich glauben die Damen, wir Kerle wüssten, was sie uns sagen wollen, wenn sie uns mit ihren Augen auf diese spezielle Art fixieren. Tun wir aber nicht. Wir sind völlig ahnungslos.

»Also … der heiße Stein«, kehrte die wirkungslos blickende Carina zum eigentlichen Grund ihres Kommens zurück. »Wir machen nächste Woche einen kleinen Scampi-Grillabend, und dafür brauche ich das Ding wieder. Steht's in der Küche?«

»Im Schrank, bei den Auflaufformen. Ich hab's sogar geschrubbt.« Ich atmete und atmete. Und langsam ging es mir besser. Der Schwindel ließ nach. Außerdem waren meine schauspielerischen Fähigkeiten wohl besser, als ich dachte – meine unerwartet aufgetauchte Exfreundin hatte jedenfalls nichts von meinem angeschlagenen Zustand bemerkt.

»Geht's dir nicht gut?«, fragte Carina.

Na toll. So viel dazu.

»Doch, doch … alles okay«, versicherte ich. »Ich hab's nur ein bisschen mit dem Kreislauf momentan.«

»Okay«, sagte sie und ging Richtung Küche.

Plötzlich merkte ich, dass meine Augen feucht wurden. Ich war kurz davor zu weinen. Was sollte das denn jetzt? Das hatte mir gerade noch gefehlt!

Carina kam zurück, den heißen Stein in den Händen. Für einen kurzen Moment hatte ich das nahezu unbändige Bedürfnis, die Tränen einfach rausschießen zu lassen, auf Carina zuzulaufen und mich buchstäblich auf sie zu stürzen. Ich wollte mein Gesicht zwischen ihren

Brüsten vergraben und in ihr T-Shirt heulen und mir den Kopf kraulen lassen und sanfte, beschwörende Geräusche aus ihrem Mund hören. Sachen wie *Alles wird gut* und *Ist ja okay*. Kein Sex, nur Trost. Wenn das nicht *fallen lassen* war, was dann? Womöglich hätte solch ein Verhalten Carinas Liebe zu mir und den Glauben in eine machbare Beziehung regeneriert.

Aber natürlich ließ ich es bleiben. Ich bin ein Mann, um Himmels willen. Männer tun so etwas nicht. Und ich war obendrein immer noch vernünftig genug zu wissen, dass es nicht Carina war, die ich jetzt brauchte, sondern irgendjemand. Ich hätte in diesem Moment in nahezu jedes verfügbare Paar Brüste heulen können, um mich zu entladen. Ich wollte einfach nicht allein sein. So simpel war das. Ausgerechnet Carina, die vermutlich noch immer eine gewisse emotionale Verbindung zu mir hatte, als Frustdämpfer zu missbrauchen, erschien mir einfach nicht fair. Und entwürdigend wäre es obendrein gewesen.

»Also, ich gehe dann mal«, sagte Carina. Sie ließ mich den heißen Stein halten, während sie ihre Jacke anzog. Im Hintergrund brummte und summte Jaco Pastorius' Bass magisch vor sich hin.

»Es tut mir Leid«, sagte ich.

Carina sah mich erstaunt an. »Was tut dir Leid?«

»Alles«, antwortete ich. »Was ich getan habe. Alles, was ich falsch gemacht habe.«

»Du hast nichts falsch gemacht«, sagte Carina. Bildete ich mir das nur ein, oder lag da so etwas wie echte Zuneigung in ihrer Stimme? »Du bist eben so, wie du bist.«

Sie küsste mich noch einmal zum Abschied. Und das fand ich schön. »Ruf mich ruhig mal an«, sagte sie. »Wir müssen ja den Kontakt zueinander nicht völlig abbrechen.«

»Ja«, sagte ich. »Mach ich.« Aber ich wusste, dass sie wusste, dass ich es niemals tun würde.

»Das sind die doppelten Fährgebühren – vom Benzinverbrauch mal ganz zu schweigen. So viel, wie dein SUV schluckt, solltest du da wirklich drüber nachdenken.« Jens konnte es einfach nicht fassen, dass Malte darauf bestand, mit zwei Wagen nach Schweden zu fahren. »Deine Riesenkarre fasst locker uns drei und all unser Gepäck. Notfalls schnallen wir einfach noch einen Dachgepäckträger drauf.«

Malte sah Jens an, als hätte der ihm gerade vorgeschlagen, seine Seele an einen Satanskult zu überschreiben. »Ein Dachgepäckträger auf einem SUV?« Er schüttelte den Kopf. »*Spinnst du?* Das wäre ja so was von peinlich! Bei so einem Wagen transportiert man nichts huckepack.«

»Die paar Elche, die das da oben zu sehen bekämen, würden's schon verkraften«, knurrte Jens.

»Du fährst mit deiner Karre, ich nehme meinen Wagen. *Basta!* Bei wem Thomas mitfährt, ist mir schnuppe«, versuchte Malte die Diskussion zu beenden. Doch Jens gehörte zur beharrlichen Sorte Mensch.

»Was wäre denn so schlimm daran, wenn wir alle mit deinem Wagen fahren?«, hakte er nach. »Ich kapiere es einfach nicht.«

»Das Schlimme daran ist ...«, Maltes Stimme ging in ein Zischen über, »dass du ein Scheiß-Fahrlehrer bist. Ich bin mit dir zusammen gefahren und ich habe sehr wohl bemerkt, wie du mir am liebsten ständig ins Lenkrad greifen würdest.«

»Ist ja auch kein Wunder«, ereiferte sich Jens. »Du fährst aus Prinzip mindestens dreißig Stundenkilometer zu schnell, du blinkst niemals beim Spurwechsel – sofern du dich überhaupt mal für eine Spur entscheidest und nicht zwischen zweien auf der weißen Linie fährst –, du hast ständig ein Handy am Ohr, obwohl es inzwischen großartig funktionierende Freisprechanlagen gibt, du drängelst auf der Autobahn und nimmst so ziemlich jede Ampel bei Tieforange, manchmal sogar Rot. Ich habe schon Leute durch die Führerscheinprüfung rasseln sehen, die dreimal so souverän gefahren sind wie du!«

Malte sah nicht Jens an, sondern mich. »*Deshalb*«, sagte er zu mir, »will ich ohne ihn in meinem eigenen Auto fahren.« Jetzt wandte er sich wieder Jens zu: »Pass auf, Jens, ich versuch's dir noch einmal anders zu erklären. Ich habe den SUV ganz neu. Es ist mein Baby. Es ist mein Spielzeug. Ich hab ihn lieb, verstehst du? Ich will das Ding ausreizen, ich will es röhren lassen, ich will es genießen. Ich will das Baby *reiten!* Und das geht nun mal nicht, wenn die ganze Zeit der Verkehrskasper neben mir sitzt!«

»Ich fahre mir dir, Jens«, sagte ich. »Zwei Autos sind wirklich besser als eins. Unterschätzt nicht, wie viel Platz wir für unsere Sachen brauchen. Da oben kannste nicht mal kurz bei Aldi einkaufen. Da sind wir in der Wildnis. Das nächste Dorf ist von unserem Haus, glaube ich, vierzig Kilometer entfernt. Wir müssen reichlich Lebensmittel mitnehmen.«

»Grundnahrungsmittel wie Bier und Wein«, nahm Malte das Thema sofort breit grinsend auf. »Und Wodka.«

»Ja, okay«, knurrte Jens. »Ich denke einfach, man hätte eine Menge Geld sparen können ... Und lustiger wäre es doch wohl auch gewesen, wenn wir alle drei zusammen gefahren wären.«

»Wird auch so lustig, Alter!«, schlug Malte einen versöhnlicheren Ton an. »Solange wir beide nicht nebeneinander im Auto sitzen, werden wir Spaß haben, bis uns schwindelig wird. Stimmt's, Thomas?«

»Heißa hoppsasa!« Ich riss die Arme in die Höhe. »Wir werden vom Frühstück bis zum Schlafengehen nur lachen, lachen, lachen!«

Jens zog eine Augenbraue hoch. »Ihr seid Knalltüten«, grinste er dann.

»Und du bist ein piefiger kleiner Spurwechselblinker«, sagte Malte mit einem Augenzwinkern.

»Riesenbaby!« Jens streckte Malte die Zunge raus.

»Reißverschlussprinzipeinfädler«, kicherte Malte.

»Phallussymbolchauffeur!«

Wir saßen im Wohnzimmer von Maltes geräumiger Vierzimmerwohnung in Harvestehude. Auf dem Tisch hatten wir eine Landkarte von ganz Schweden, eine Regionalkarte von Jämtland, Fährfahrpläne und handgeschriebene Listen mit all den Dingen, an die wir denken mussten, ausgebreitet. Malte trank bereits sein viertes

Budweiser, Jens war nach dem ersten Bier auf Selters umgestiegen. Ich trank Kaffee und rauchte eine Gauloises nach der anderen. Ich bin trockener Alkoholiker, hatte zu diesem Zeitpunkt seit vier Jahren keinen Schluck mehr angerührt, dafür aber meinem Tabakkonsum gestattet, bizarre Ausmaße anzunehmen. Die meisten stillgelegten Trinker sind Kettenraucher. Auf den Treffen der Anonymen Alkoholiker herrscht üblicherweise ein Dunst wie in der Müllverbrennungsanlage.

Ich drückte meine Fluppe aus und sah auf die Uhr. Ich würde mindestens fünfzehn Minuten warten, bis ich mir eine neue anzündete. So viel hatte ich mir immerhin vorgenommen. Und irgendwann würde ich ganz damit aufhören. Bestimmt. Vielleicht im Schwedenurlaub. Wäre ja eine gute Gelegenheit.

Vielleicht aber auch nicht.

Jens versicherte Malte gerade, dass es absolut nicht nötig sei, Grillkohle mitzunehmen, da wir mitten in einem Wald logieren und unsere Fische und unser Fleisch einfach über brennendem Holz garen könnten, als die Wohnungstür aufgeschlossen wurde. Wir hörten Stimmen, und dann sahen wir Enzo.

Enzo ist Maltes Sohn – ein stattlicher Zwanzigjähriger, der die glühenden Augen seiner italienischen Mutter geerbt hat. Malte war seit neun Jahren geschieden. Die ersten vier Jahre nach der Trennung hatte der Junge nur wenige Kilometer entfernt bei seiner Mama gelebt. Malte sah ihn damals nur jedes zweite Wochenende. Als Maltes Ex vor fünf Jahren nach Rom zurückging, um dort bei irgendeiner Handtaschen-

und Accessoire-Schickimicki-Firma das Marketing zu betreuen, zog Enzo zu seinem Vater. Der Junge konnte kaum Italienisch und plante sowieso, in Hamburg zu studieren. Malte war's egal. Für ihn war der groß gewachsene, extrem selbstbewusste Enzo schon als Fünfzehnjähriger kein Kind mehr gewesen, das er betreuen, leiten und unterstützen musste. Enzo war sein Mitbewohner.

»Hi«, begrüßte Enzo uns alle, bevor er sich seinem Vater zuwandte. »Wir wollen den Futon abholen. Und das Regal. Ein Kumpel von mir hat den Van von seinem Alten ausgeliehen.«

»Okay«, sagte Malte. »Brauchst du Hilfe?«

»Nee, danke. Geht schon.«

»Ziehst du etwa aus?«, fragte ich erstaunt. Malte hatte nichts davon erwähnt. Andererseits sprach er prinzipiell wenig über persönliche Dinge – sofern es sich nicht um exzessive Partys handelte, an denen er teilnahm, um spektakuläre erotische Abenteuer, in die er sich gestürzt hatte, oder um neue Autos, Handys und sonstiges Erwachsenenspielzeug, das er regelmäßig anschaffte. »Ich ziehe mit Nina zusammen«, erklärte Enzo mir und nickte in den Flur. Dort stand ein junges Mädchen, das uns freundlich zuwinkte. Nina war extrem hübsch ... aber irgendetwas stimmte nicht.

Hmm ...

Erst auf den zweiten Blick erkannte ich, dass sich unter ihrem Pulli ein erstaunlich großer Bauch wölbte.

Hmm ...

Ich musste Ninas Bauch regelrecht angestarrt haben,

denn sie lachte und sprach das aus, was ich gerade erst zu begreifen begonnen hatte: »Siebter Monat!«

Ich lächelte sie ertappt an, während Enzo zu seiner Freundin trat und sie umarmte.

»Gratuliere«, sagte ich. Dann wandte ich mich zu Malte um. »Na, da schau mal einer an«, grinste ich. »Wolltest du das etwa geheim halten?«

»Herzlichen Glückwunsch.« Jens grinste frech. »*Opa!*«

»Halt den Mund«, knurrte Malte.

Enzo lachte. »Mein alter Herr findet, dass ich ihn um seine Jugend betrüge, wenn ich ihn zum Großvater mache.«

»Du betrügst *dich selbst* um deine Jugend«, sagte Malte zu seinem Sohn. Dann wandte er sich Jens und mir zu. »Das Kind ist gewollt! Die beiden haben das wirklich so geplant. Könnt ihr euch so was vorstellen!«

»Du warst nicht viel älter als ich jetzt, als du mich gezeugt hast«, warf Enzo ein.

»Aber das war ein *Versehen!* Du warst nicht *geplant.*«

»Na, vielen Dank auch!«, sagte Enzo mit einem verächtlichen Schnaufen und ging mit Nina und einem Kumpel, der sich bislang weiter hinten im Flur verborgen hatte, in sein Zimmer, um Futon und Regal zu demontieren.

»Opa Malte«, frotzelte ich. »Ich sehe dich schon mit einem kleinen Scheißer auf dem Schoß und einer Tüte Werthers Echte in der Hand.«

Malte funkelte mich finster an. »Können wir das Thema wechseln?«

»Okay«, sagte Jens laut und bestimmt. »Zurück zur Urlaubsplanung! Wir müssen mindestens zwei Stunden vor Abfahrt an der Fähre sein. Das haben die bei der Internetbestätigung extra noch mal betont.«

Ich musterte Malte. Er hörte Jens nur halb zu, war mit seinen Gedanken offensichtlich ganz woanders. Aus dem hinteren Teil der Wohnung hörte ich die drei jungen Leute lachen. Kurz darauf sah ich Nina erneut durch den Flur gehen, auf dem Weg zur Toilette. Sie sah selbst fast noch wie ein Kind aus. Bis auf diesen Riesenbauch.

Schwangere Frauen machen mich nervös. Die brüten etwas aus. Natürlich tun sie das: Die brüten Kinder aus! Und wenn es etwas gibt, was mich noch nervöser macht als Frauen, dann sind das Kinder. Und, ach ja: Katzen. Frauen, Kinder und Katzen. Die führen meiner Meinung nach alle immer irgendwas im Schilde. Ich begreife die einfach nicht.

»Thomas?«

Ich blickte auf und sah Jens an. »Ja?«

»Hast du?«

»Hab ich was?«

»Hast du deinen Pass endlich verlängert?«

»Mach ich gleich morgen.«

Jens zog eine Augenbraue hoch und musterte mich skeptisch.

»Ehrlich. Mach ich gleich morgen!«

Ich warf noch einen Blick zu Malte hinüber. Der hatte uns tatsächlich nichts von seinem zukünftigen Enkelkind erzählen wollen – das war doch irre. Hatte er wirklich so ein Problem damit, Großvater zu werden? Oder war es womöglich keine wirklich große Sache für ihn? Er hatte gesagt, der SUV wäre sein Baby. Und wenn ich mich richtig erinnerte, hatte er mir in den letzten Jahren wirklich zehnmal mehr von seinen häufig wechselnden Autos erzählt als von seinem Sohn. Konnte ein Mensch wirklich so losgelöst von den wirklich wichtigen Dingen des Lebens sein?

5. Kapitel

Nachdem seine Freunde gegangen waren, räumte Malte die Landkarten und Listen zusammen, ging in die Küche, um sich ein weiteres Budweiser zu öffnen, und betrat dann mit der Flasche in der Hand Enzos Zimmer.

Es war so gut wie leer. An der Wand hingen noch ein paar Poster – ein Tourplakat von *Nickelback*, das Filmposter von *Sin City.* Sein Sohn und er mochten so ziemlich dieselben Filme und hörten mehr oder weniger dieselbe Musik, außer wenn Enzo eine dieser monotonen Dancefloor-Scheiben auflegte. Die erschlossen sich Malte nicht. Das war wie Fahrstuhlmusik für Hyperaktive.

Im Bücherregal an der Wand standen noch ein paar von Enzos Schmökern: Wolfgang Hohlbein, Harry Potter, Darren Shan, sogar noch ein paar reine Kinderbücher von den *Teppichpiloten* und *Den drei ???.* Es konnte doch eigentlich noch nicht allzu lange her sein, dass Enzo die gelesen hatte.

Und jetzt? Jetzt wurde der Junge Vater! Und machte ihn zum … Opa.

Er versuchte, sich an Enzo als Baby zu erinnern. Was war sein erstes Wort gewesen? Wo hatte der Junge seine ersten Schritte gemacht? Malte bekam es nicht mehr zusammen. Enzos Leben begann in seinem Kopf erst später. Sie waren in Disneyland gewesen. Malte hatte damals beruflich in Los Angeles zu tun gehabt und seine Familie mitgenommen. Enzo musste damals fünf oder sechs gewesen sein. Malte erinnerte sich, dass er mit ihm in einer Gondel durch diese unterirdische Piratenstadt getuckert war. Sein Sohn hatte sich an ihn gekuschelt und seine Hand halten wollen. Malte hatte das damals überrascht, aber es hatte ihn auch gefreut.

Er strich gedankenverloren mit dem Finger über eines der Bücherborde. Sein Finger stupste gegen ein kleines Stück Plastik. Es war das Laserschwert von Darth Vader, ein Accessoire von einer *Star-Wars*-Actionfigur, die unter einer leichten Staubschicht hinten im Regal ruhte. Malte hielt das phosphorisierende Röllchen hoch und musterte es. Er konnte sich nicht erinnern, dass Enzo je ein *Star-Wars*-Fan gewesen war. Hatte er ihm die Figur womöglich selbst einmal geschenkt? Zum Geburtstag vielleicht? Malte hatte einfach immer seine Sekretärin etwas von den Wunschlisten besorgen lassen, die ihm Enzos Mutter und später Enzo selbst vier Wochen vor dem Geburtstag ausgehändigt hatte. Die Geschenke waren meist schon verpackt gewesen, wenn er sie das erste Mal sah.

Wann genau hatte Enzo noch mal Geburtstag? Im September. Ja, Mitte September irgendwann.

Malte nahm einen großen Schluck aus der Bierflasche, dann ging er ins Bad. Er zog sich aus und musterte sich im deckenhohen Spiegel. Er sah gut aus. War schlank, muskulös. Kein welkes Fleisch hing an ihm herab, nichts schwabbelte. Drei bis vier Mal Fitnessstudio pro Woche zahlten sich aus. Malte spannte den Bauch an und schlug sich kräftig gegen die Muskelwand. Der Bauch gab nicht das kleinste bisschen nach. Er war bretthart.

Nein, so sahen keine Großväter aus!

Nachdem Malte geduscht hatte, ging er ins Schlafzimmer und suchte sich Klamotten aus. Er würde auf die Piste gehen. Er wollte feiern. Er wollte ficken. Es war einer dieser Tage, die nicht ungefickt zu Ende gehen durften.

Malte nahm ein Taxi zum *Eyeland.* Er hatte inzwischen sechs Bier getrunken, eindeutig zu viel zum Fahren. Trotzdem hätte er sich wohl noch hinter das Steuer gesetzt, wäre der Plan nicht gewesen, im Laufe des Abends noch ein paar mehr draufzuschütten. Im Eyeland trank man keine Schorle.

Der Türsteher begrüßte ihn mit einem coolen »Hey« und winkte ihn durch. Man kannte ihn hier. Das *Eyeland* war eine der teuersten Discos der Stadt. Die Männer hier waren entweder reich, berühmt oder gut aussehend – meistens mehreres davon. Die Frauen hier waren dagegen nur selten reich und berühmt. Die meisten waren jung und gut aussehend – *sehr* jung und *sehr* gut aussehend.

Ein stampfender elektronischer Klangbrei dröhnte aus den Boxen, als Malte sich durch die Menge schob. Er holte sich an der Bar einen Wodka Lemon und setzte sich dann in eine der hinteren Nischen. Hier kannte er ein paar Leute. Malte nickte allen zu.

Ein anderer Produzent begrüßte ihn. Der Mann zeichnete für diverse ARD- und ZDF-Serien verantwortlich, in denen Dorfpriester, Landärzte und kriminalistisch interessierte Hausfrauen die Helden waren. Das Durchschnittsalter seiner Zuschauer lag bei sechsundfünfzig Komma vier. Die älteren Damen und Herren wären entsetzt gewesen, wenn sie gewusst hätten, dass der Mann, der für ihre Lieblingssendungen verantwortlich war, einer exzessiven Leidenschaft für Kokain frönte. Auch an diesem Abend schaute er wieder so glasig drein, als hätte er Sidolin Streifenfrei als Augentropfen benutzt. Der Fuß des Produzenten wippte unablässig auf und ab, während er Malte die Hand schüttelte. »Grüß dich!«, sagte er mit lauter Stimme. »Habe vorhin gerade die *Lach, Mann!*-Quoten gesehen. Gratuliere!«

»Ja, läuft gut«, antwortete Malte, gegen die Musik anbrüllend, und setzte sich. Er begrüßte drei weitere Leute mit einem freundlichen Nicken: einen Schauspieler, der früher in actiongeladenen Fernsehserien und sogar ein paar Kinokrimis und -komödien gespielt hatte und nun, mit knapp vierzig, immer neue Anläufe zum Sprung ins Charakterfach nahm. Daneben saß ein Bürgerschaftsabgeordneter, der laut Presse zur »jungen Garde der Politik« zählte, also unter fünfzig war. Er telefonierte – wie auch immer er es schaffen mochte, in diesem Krach irgendetwas, was aus seinem Handy drang, zu verstehen.

Zuletzt begrüßte Malte Eloise, eine mittelmäßig erfolgreiche Modedesignerin, die sich das Haar schwarzmetallic färbte, nichts lieber als Campari Soda trank und deren Brüste in den letzten Jahren immer größer und immer fester geworden waren. Malte küsste sie auf die Wange. »Grüß dich.«

»Malte«, sagte Eloise mit einem warmen Lächeln und küsste ihn ebenfalls. Ihre Lippen verharrten etwas länger auf seiner Wange und etwas näher an seinem Mund, als es normal war beim Bussi-Bussi-Ritual. Aber er kannte das schon. Eloise stand auf ihn. Und sie hielt damit nicht hinterm Berg.

Malte lehnte sich in der Sitzgruppe zurück und checkte die Tanzfläche ab. Hier tanzten die Mädchen nicht nur – sie tanzten vor, keine Frage. Das Ganze war eine nicht einmal im Ansatz kaschierte Präsentation des eigenen Marktwertes. Darum ging es hier. Leugnen war zwecklos.

In einer Sitzgruppe schräg gegenüber lümmelten sich ein paar Youngster. Es waren zwei oder drei Mitglieder von *Vague Ideas,* einer neuen britischen Band, die ziemlich unverfrorenen den balladesken *Del-Amitri*-Sound kopierte und sich mit ihren Songplagiaten bis in die Top Ten der Charts katapultiert hatte. Milchbubis, fand Malte. Wahrscheinlich hatten die Jungs heute irgendwo in der Stadt eine Präsentation oder Pressekonferenz gehabt und feierten hier nun noch ab. Das *Eyeland* zählte zu den Lieblingslocations der Plattenindustrie.

Malte bemerkte, dass die meisten Tänzerinnen immer wieder Blicke zu den kernigen Goldjungs hinüberwarfen. Er ärgerte sich, dass er hier bei den alten Säcken saß … aber was sollte er tun? Er konnte sich ja nicht plötzlich mit lauter Fünfundzwanzigjährigen anfreunden, nur um mit der In-Group abhängen zu können. Zweimal war er mit Lachmann und seiner Clique hier gewesen. Da hatten die scharfen Kleinen förmlich um ihn herumgewimmelt. Heute würde er warten müssen, bis sich die Junior-Popper mit ihren Groupies verpisst hatten. Dann würde sich die Spreu vom Weizen getrennt haben. Die Mädels, die dann noch übrig blieben, hatten eh mehr Stil, fand Malte. Die ließen sich eben nicht einfach so von milchgesichtigen Bürschlein einsammeln, die warteten auf Qualität. Auf Typen wie ihn. Typen mit Klasse, mit Stil. Mit Erfahrung.

Malte winkte eine der Bedienungen heran und orderte sich einen weiteren Wodka Lemon.

»Für mich eine Campari Soda«, klinkte sich Eloise ein.

»… und eine Campari Soda für die Königin der Modewelt«, rief Malte der Bedienung hinterher. Eloise strahlte ihn an. Sie konnte nicht ahnen, dass Maltes Charme in solchen Momenten immer auf Autopilot lief. Bei Frauen, die so alt waren wie Eloise, schrammte er zwar gern am Rand zum Schleimigen vorbei, doch bei denen musste man sich mit den Komplimenten ja auch nicht mehr so viel Mühe geben. Die waren froh, wenn sie überhaupt noch welche bekamen. *Irgendwann reicht es vermutlich, einfach zu sagen, dass man kein Problem damit hätte, sie zu vögeln,* dachte Malte. *Ist ja weiß Gott auch keine Selbstverständlichkeit. Frauen haben ein Verfallsdatum, Männer nicht.* Malte dankte dem Herrgott für diese Tatsache. Mehrmals täglich.

Malte wusste nicht, wie alt Eloise war. Das war ein

Geheimnis, das sie seit Jahren mit einem charmanten Lächeln und eiskalten Augen zu schützen wusste. Malte schätzte ihr Gesicht auf drei Jahre, ihre Titten auf acht Monate, ihre inneren Organe aber locker auf fünfundvierzig.

»Na, was treibt mein Schwerenöter denn so?«, lächelte Eloise ihn an.

Malte lächelte routiniert zurück. »Läuft alles gut.« Er nahm der auftauchenden Bedienung die Getränke ab und reichte seiner generalüberholten Gesprächspartnerin ihr Glas. »Supergut.«

Als Malte am nächsten Morgen erwachte und langsam und zögerlich die Augen öffnete, sah er zuerst nur verschwommen. Es dauerte fast eine Minute, bis die Welt konkrete Konturen annahm. Sein Kopf dröhnte, sein Nacken schmerzte, sein Bauch fühlte sich an, als wäre er leer – bis auf ein paar spitze kleine Kieselsteine, die an der Mageninnenwand hin und her rollten, ihn pieksten und kratzten.

Malte räusperte sich. Da war noch etwas ... etwas, was er wissen sollte ... Er rekapitulierte für einen Moment den Verlauf der gestrigen Nacht und drehte sich dann langsam um. Ja, genau. Dort lag Eloise, nur notdürftig bedeckt von der seidenen Bettdecke mit den chinesischen Schriftzeichen. Sie lag auf dem Rücken und ihre Plastiktitten ragten steil auf, wie eine Mittelgebirgskette. Bei anderen Frauen konnten die Brustwarzen erigieren, bei Eloise schienen es die Brüste selbst zu tun. Sie hatte den Mund halb geöffnet und atmete leise. Ihr Make-up war verschmiert. Sie hatten schwer was weggevögelt in der letzten Nacht. Und sie war verdammt gut gewesen. Wild, laut und hemmungslos. Eloise konnte ganz erstaunliche Dinge mit der Zunge. Und sie machte nicht nur alles mit, sondern sie schien daran auch wirklich Spaß zu haben. Das war etwas, was Malte bei den Junghühnern fast immer vermisste. Die schienen mehr darauf bedacht zu sein, eine gute Show abzuziehen – nicht nur vor ihm, sondern auch vor sich selbst.

Eloise wusste, was sie wollte. Und sie war alles andere als schüchtern, danach zu verlangen. Zugegeben, zuerst hatte es Malte irritiert, dass sie so genaue Ansagen machte, wie sie genommen werden wollte. Dass sie nicht zurückschreckte, sondern im Gegenteil deutlich forderte, dass sie ihn dirigierte und ihn – ja, man konnte das wirklich so sagen – benutzte. Aber dann merkte er, dass er dabei mehr als nur auf seine Kosten kam. Und fand es ziemlich geil.

Nur hinterher, als Eloise ihren Kopf auf seine Brust legte und sich an ihn drückte, sich quasi an ihn *kuschelte* – da schellten bei Malte die Alarmglocken. Kuscheln war nicht sein Ding. Kuscheln war gefährlich. Kuscheln verpflichtete.

Irgendwann, dachte Malte, würde er alt genug sein, um eine Kuschelverpflichtung einzugehen. Sie eingehen *müssen*. Dann wäre die Party vorbei, dann würde er sesshaft werden. So ein bisschen Rückhalt und Verlässlichkeit würde er irgendwann schon haben wollen. Menschliche Wärme und das ganze Zeug. Allein sterben wollte er schließlich auch nicht. Doch, ja, er würde irgendwann wieder eine *Beziehung* haben. Eine bessere hoffentlich als mit Enzos Mutter.

Aber jetzt noch nicht.

Und schon gar nicht mit Eloise!

Ein merkwürdiger Gedanke stieg in Malte auf, als er seine Notnagel-Eroberung noch einmal musterte. Eloise mochte ihn wirklich, und es war nicht besonders nett, bei ihr irgendwelche Hoffnungen wachzuvögeln. Doch dann boxte er den Anflug von Schuldgefühl mental nieder. Wofür sollte er sich schämen? Sie hatte doch offensichtlich auch etwas davon gehabt. Himmel, hatte die Alte gestöhnt!

Malte erhob sich langsam, bedacht darauf, Eloise nicht zu wecken, und schlurfte in die Küche. Er war nackt. Im Flur schaute er im Vorbeigehen in den Spiegel. Sein Bauch war bretthart. Malte nickte sich zu. Im Bad zog er sich eine Unterhose an und den Bademantel über.

In der Küche verzichtete er darauf, die chromglänzende, sündhaft teure Kaffeemaschine in Betrieb zu nehmen, und begnügte sich an diesem Morgen mit einem simplen Instant Coffee statt des normalen Café Latte. Sein schimmerndes Chrommonster fabrizierte zwar grandiose Heißgetränke, zischte und gurgelte aber so laut, dass Eloise davon aufwachen könnte. Das musste nicht sein. Malte brauchte noch ein wenig Ruhe.

Er hörte die Mailbox seines Handys ab, während er einen ersten Schluck nahm. Wichtig war nur eine Nachricht – die von Ulf, seinem Steuer- und Vermögensberater, inoffiziellen Chefbuchhalter und finanziellen *Spin*

Doctor. Der hatte ihm ein paar energische Worte auf den Chip gesprochen: »Malte. Sorry, dass ich dich am Wochenende störe, aber die Kacke ist jetzt wirklich am dampfen. Wenn du Platin Pictures nicht dazu bekommst, endlich die DVD-Lizenz zu bezahlen, ist unser Cashflow in Gefahr. Du hast sowieso schon höllische Außenstände, Malte. Du wirst über Einsparungen nachdenken müssen. Auch personell. Ruf mich an, okay? Dringend!«

Malte stöhnte. Es war die Hölle. Okay, einige seiner Sendungen waren ins Quotenloch gefallen, aber andere liefen sehr ordentlich. *Lach, Mann!* war ein echter Hit. Maltes Firma hätte gut dastehen können, doch die Zahlungsmoral seiner Geschäftspartner war in den letzten Jahren völlig vor die Hunde gegangen. Alle verzögerten, stotterten, ließen sich mahnen und nochmals mahnen. Wenn man sie zu viel mahnte, nannten sie es *harassment* und brachen die Geschäftsbeziehung ab. Mahnte man sie zu zaghaft, zahlten sie nie.

Es war zum Kotzen.

Malte hörte seine anderen Nachrichten ab, als ihm plötzlich eine Hand durchs Haar strich. Eloise stand hinter ihm und küsste seinen Nacken. »Guten Morgen«, sagte sie.

Malte wandte sich zu ihr um und lächelte sie an. Sie war im Bad gewesen und hatte sich einigermaßen restauriert. Ihr Haar war halbwegs geordnet, ihr Make-up-Chaos einer frischen Ausstrahlung gewichen, die er für natürlich gehalten hätte, wenn sie der Lippenstift nicht verraten würde. *Gut,* dachte Malte. Manchmal glaubten

Frauen, nach einer durchfickten Nacht könnten sie ganz sie selbst sein. Wie im Gemüseladen: Was man angefasst hatte, musste man behalten, auch wenn plötzlich die Druckstellen und Dellen offenbar wurden. Eloise dachte offenbar nicht so: Sie polierte sich weiter. Sie lag noch in der Auslage. Gut so.

»Hey, Modeprinzessin«, sagte Malte und gab ihr einen Kuss auf den Mund. Sie erwiderte ihn begierig.

Irgendwie mochte er das alte Mädchen. Vielleicht würde er sie jetzt doch noch mal ficken.

Ulf konnte er ja auch noch später anrufen.

6. *Kapitel*

Ich brütete über meinem Laptop, während der Bootleg des legendären Konzerts mit John McLaughlin, Billy Cobham, Jack Bruce und Stu Goldberg in einer Endlosschleife aus meinen Lautsprechern rauschte.

Der Plan war simpel: Eine One-Man-Show über einen Mann. Über mich. Und alle wie mich. Über die Halb-Loser, die Selbstzweifler, die lebensgebeutelten Beinahe-Stehaufmännchen, die Abstrampler und Durchhalter. Eine One-Man-Show über den modernen Mann also. Schlicht – aber keineswegs einfach.

Und das war es auch nicht. Jedenfalls nicht für mich. Denn ich fand nicht einmal den Anfang. Wie sollte ich einsteigen?

Es sollte kein klassisches Kabarett werden, keine Stand-up-Comedy, aber auch kein theatralischer Dialog. Es sollte irgendetwas dazwischen werden. Etwas Einzigartiges. Das war mein Plan. Seit einigen Jahren schon. Das war es, was ich schreiben wollte. Die Sketche für Malte, die kleinen Glossen in verschiedenen Illustrierten, die launigen Online-Satiren, die halb garen Kurzgeschichten in irgendwelchen unerheblichen Anthologien – das war Broterwerb. Diese One-Man-Show sollte mein *großes* Werk werden. Mein Hauptwerk.

Das könnte allerdings noch dauern. Denn während Billy Cobham gerade zum x-ten Mal sein einzigartiges Schlagzeugsolo meisterte und Jack Bruce dazu mit energischer Dezenz die hundertprozentig richtigen Bassakzente setzte, blieb der Monitor meines Laptops leer.

Wie sollte ich anfangen?

Carina, die mehrere dieser erbärmlichen und unfruchtbaren Schreibanläufe miterleben durfte, hatte einmal in einem Anfall unverblümter Ehrlichkeit gesagt, ich müsse wohl erst einmal mit dem Leben selbst anfangen, bevor ich einen kompetenten Text darüber fabrizieren könnte. Sie hat sich dann später hundertmal entschuldigt für diese Taktlosigkeit.

Aber vielleicht hatte sie ja Recht.

Das Publikum toste und raste. Es applaudierte sich die Hände wund. Acht Minuten lang. Billy Cobham hat seine Seele herausgetrommelt. Und ich? Ich schloss Word und klickte das Icon von Doom 3 an. Den Rest des Nachmittags ballerte ich mutierte Monster zu Püree.

Abends trafen wir uns schon wieder. Jens hatte darauf gedrängt. Denn wenn wir schon mit zwei Wagen fahren würden, dann wollte er den zur Verfügung stehenden Stauraum auch ausnutzen. Also hatte Jens eine Liste von Dingen zusammengestellt, die er mitnehmen wollte, weil sie in Schweden garantiert teurer waren als bei uns. Lebensmittel hauptsächlich. Mein penibler Freund bestand darauf, dass wir genau absprachen, wer was besorgte und wie wir es auf die Autos verteilen konnten. So saßen wir also im Derwisch, einer Kneipe im Univiertel, und ackerten die Liste durch.

Das heißt, hauptsächlich ackerten Jens und ich.

Malte hing die meiste Zeit am Handy. »Ihr macht das schon«, sagte er. Manchmal verschwand er für ein Gespräch nach draußen. Er sagte, es wäre zu laut in der Kneipe zum Telefonieren, aber ich hatte eher das Gefühl, er wollte nicht, dass wir zuhörten. Wahrscheinlich irgendwelche Frauengeschichten.

»Ich habe gedacht, wir könnten einen Brotbackautomaten mitnehmen«, schlug Jens vor. »Und ein Dutzend Fertigteigmischungen. Da ist bestimmt kein Bäcker in der Nähe. Und ist auch billiger, als das Brot zu kaufen.«

»Mensch, Jens«, warf ich ein. »Irgendwann ist auch mal Schluss. Als Nächstes willst du vermutlich noch deine Schrankwand abmontieren und dort wieder aufbauen, damit du dich wie zu Hause fühlst.«

»Mmm … okay, hast Recht«, gab Jens zu. »Der Brotbackautomat ist vielleicht wirklich zu viel des Guten. Aber den Sprudler für das Wasser …«

Ich hörte nicht mehr wirklich zu. Während ich automatisch nickte, »Jaja« sagte und inständig hoffte, damit keine zu großen Zugeständnisse zu machen, verabschiedeten sich meine Gedanken und gingen auf Wanderschaft. Ich wusste nicht genau, wohin, und wahrscheinlich wussten selbst meine Gedanken es nicht, aber sie waren nicht bei Jens, seinem Sprudler, seinem Brot, seinen Listen und Plänen. Sie waren auch nicht bei Malte, der gerade mit zwei Gläsern Weizenbier und einer Cola light für mich zurück an den Tisch kam.

Gott, wie gern hätte ich in diesem Moment ein Weizenbier getrunken! Oder mehrere.

Mit wurde schon wieder schwindelig.

Jens ging zum Klo.

Malte sagte irgendetwas über die Blonde am Tresen.

Ich hatte ein Kratzen im Hals. Und, Mann, war mir auf einmal schwindelig …

So schwindelig war mir noch nie gewesen!

Und dann wurde plötzlich der Tisch weich. Ich krallte mich mit den Händen in die Tischplatte, doch die sabschte unter meinen Fingern weg, als hätte sie sich von einer Sekunde auf die andere in Schmelzkäse verwandelt.

Ich brach zusammen.

Etwas später rief irgendjemand einen Krankenwagen.

Ich hörte eine Sirene.

Sie kam näher.

7. Kapitel

Das ist nichts Besonderes bei Männern Ihres Alters«, sagt die Ärztin und füllt dabei auf einem Klemmbrett irgendwelche Formulare aus. »Eine Panikattacke. Fühlt sich furchtbar an, ist aber völlig harmlos.«

Ich sitze auf einer Liege in einem Behandlungszimmer der Notaufnahme. Nachdem man mich an ein EKG angeschlossen hat und der Befund dermaßen unaufregend gewesen sein muss, dass man mich danach fast zwei Stunden lang allein dort liegen lassen konnte, hat sich irgendwann dann doch die Ärztin eingefunden, um mir mitzuteilen, dass mein letztes Stündchen noch nicht geschlagen hat. Ich trage eins dieser Krankenhaus-Nachthemden, die an der Rückseite nur mit zwei dünnen Bändchen zusammengehalten werden und meinen Arsch intensiver belüften, als mir lieb ist. Warum man Menschen in Todesangst das Leben doppelt schwer macht, indem man sie in flatterige, entwürdigende Exhibitionisten-Leibchen stopft, weiß ich nicht. Aber ich weiß ja auch nicht, warum ich eine Panikattacke hatte. Und ob das überhaupt eine war.

»Ich hab mir das nicht eingebildet«, versichere ich der Ärztin. »Und ich hab auch kein Theater gemacht.«

Frau Doktor ist jünger als ich. Mitte dreißig, schätze ich. Das passiert mir in letzter Zeit immer öfter: Ich treffe auf Respektspersonen und Entscheidungsträger, die meine kleinen Geschwister sein könnten. Äußerst irritierend. Es fällt mir schwer, mein Schicksal in die Hände von Menschen zu legen, die noch die *Sesamstraße* geschaut haben, während ich bereits erfreut erste Anzeichen einer Schambehaarung an mir entdeckt hatte.

»Eine Panikattacke«, erklärt *Fräulein* Doktor, »resultiert im Allgemeinen aus überintensiver Selbstbeobachtung. Männer – meist sind es Männer, die Panikattacken haben – bemerken eine gewisse Unstimmigkeit an ihrem Körper oder ihrer Wahrnehmung und steigern sich dann in die Vorstellung hinein, dass diese völlig harmlose Lappalie etwas Dramatisches sei. Zumeist beginnen sie dann zu hyperventilieren, was Schwindel, Taubheitsgefühle, leichte Lähmungen und sogar eine Ohnmacht auslösen kann.« Als wolle sie mich trösten, setzt sie noch hinzu: »Nach spätestens fünfzehn Minuten ist so eine Attacke aber wieder vorbei.«

Ich starre mein Gegenüber an. Ich habe bloß falsch geatmet? Und deshalb soll sich ein solider Eichentisch in Gouda verwandelt haben? Blödsinn!

»Was ist mit meinem EKG?« Fast hoffe ich, dass sie zumindest einen kleinen Herzklappenfehler entdeckt hat. Das wäre zwar schrecklich, aber wenigstens nicht peinlich.

»Keine Auffälligkeiten«, lächelt die Ärztin. »Es ist das ganz normale Kardiogramm eines ganz normalen untrainierten Zweiundvierzigjährigen.«

»Und jetzt?«, frage ich.

»Jetzt gehen Sie nach Hause, beruhigen sich und denken vielleicht mal darüber nach, eine Therapie in Erwägung zu ziehen. Es bleibt üblicherweise nämlich nicht bei nur einer Attacke. Diese Dinge tendieren dazu, sich zu wiederholen und dabei immer schlimmer zu werden.«

»O Scheiße!«

»Haben Sie derzeit Stress, Herr …«, sie blickt auf das Klemmbrett, »Herr Zabel?«

Stress? Aber hallo! Mir hauen ständig die Frauen ab, ich würde jemanden töten für etwas zu saufen, meine Karriere dreht sich im Kreis, ich kriege diese scheußlichen kleinen Polster an der Hüfte und immer, wenn ich den Fernseher einschalte, sehe ich jemanden, der doppelt so jung und dreimal so blöd ist wie ich, aber hundertmal so viel verdient!

»Nicht mehr als sonst«, brumme ich.

Fräulein Doktor nickt und reicht mir einen Zettel. »Das sind die Namen von einigen Verhaltens- und Psychotherapeuten, die sich auf psychosomatische Phänomene und generelle Angststörungen spezialisiert haben. Ich würde Ihnen wirklich raten, sich einen Termin bei einem von ihnen zu besorgen.« Sie schüttelt meine Hand und verlässt den Raum. Ich schaue ihr hinterher. Diese Frau ist offenkundig einfach noch zu jung und zu unerfahren, um mein medizinisches Problem kompetent diagnostizieren zu können. Wahrscheinlich kennt sie sich erst mit den Standarddiagnosen aus: grippaler Infekt, Schädelbasisbruch, Schwangerschaft. Ich dagegen habe sicher etwas Ungewöhnlicheres, Selteneres, Exotischeres. Irgendwann, in ein paar Monaten oder gar Jahren, wird mir ein grau melierter Mediziner der alten Schule in seiner mahagonigetäfelten Praxis gegenübersitzen, mich mitleidsvoll anschauen und mit sonorer Stimme konstatieren: »Tja, Herr Zabel, es tut mir Leid, aber Sie haben eine pneumotorischkardiovaskuläre Enzyklopädioloskuräse im zerebralen Lymphnierennebenbeckenkanal. Das konnte die junge Kollegin im Krankenhaus wirklich nicht sehen. Solche spektakulären Krankheiten lernt man nämlich erst nach dreißig Praxisjahren auf speziellen Seniorenseminaren.«

Ich schäle mich aus meinem Arschfreihemdchen und ziehe meine Klamotten, die neben mir auf einem Stuhl liegen, wieder an. Als ich nach draußen komme, sitzen dort Jens und Malte. Beide stürmen sofort auf mich zu.

»Na? Erzähl! Was ist?«, drängt Jens.

»Kein Herzinfarkt, Gott sei Dank«, sage ich. »Ich muss aber zu einem Spezialisten. Weitere Tests machen.«

»Ist es denn überhaupt etwas mit dem Herzen?«, löchert Jens.

»Das müssen wir noch rausfinden«, sage ich vage. »Ist sehr seltsam jedenfalls.«

Wir gehen in Richtung Ausgang. »Die sah knusprig aus, die Ärztin«, bemerkt Malte.

»Nicht mein Typ«, behaupte ich.

»Wie waren Ihre Eltern? Hatten Sie eine glückliche Kindheit?« Dr. Körtzner lehnt entspannt in seinem Sessel, die Beine übereinander geschlagen, und nur die Tatsache, dass er unermüdlich leise mit dem Kugelschreiber auf den Notizblock auf seinem Schoß klopft, verhindert die von ihm offenbar angestrebte Aura völliger Ruhe und Ausgeglichenheit.

Dr. Körtzner ist Psychiater. Ich habe ihn aus zwei Gründen aus der Liste, die mir die Krankenhausärztin ausgehändigt hat, ausgewählt. Erstens, weil seine Praxis nur wenige Straßen von einem exzellenten Secondhand-Plattenladen entfernt liegt, wo ich nach der Sitzung das Jazz-Sortiment zu durchstöbern gedenke, und zweitens, weil dieser Körtzner ein *Dr. med.* ist. Der Unterschied zwischen Psychologen und Psychiatern besteht nämlich, wie ich bei meiner Seelenklempner-Recherche gelernt habe, darin, dass Psychiater eine abgeschlossene medizinische Ausbildung haben. Psychologen nicht.

Ich mag Menschen mit medizinischer Ausbildung. Ich finde sie einfach super und sehr, sehr beruhigend. Falls ich von der einen auf die andere Minute einen Schlaganfall oder Herzinfarkt erleiden sollte, möchte ich eindeutig lieber einen kompetenten Mediziner in meiner Nähe haben als bloß irgendso einen Heini, der bei irgendwelchen Seminaren mal gelernt hat, wie man neurotische Hausfrauen und hyperaktive Teenager beruhigt.

Dr. med. Körtzner ist, wie sich bei unserer Sitzung schon nach kürzester Zeit herausgestellt hat, ein überzeugter Freudianer. Seit einer Viertelstunde klopft er nun schon Sigmunds Standardfragen ab – und ich, der genug Filme von Woody Allen, mit Serienkillern und deren multiplen Persönlichkeiten und depressiven Großstadtwracks gesehen hat, um mich selbst als Psychiater ausgeben zu können, fühle mich wie Treibgut in einem Déjà-vu-Strudel. Das ist alles so lächerliches Schema F, was Dr. Körtzner hier abfragt, dass ich mich fast persönlich beleidigt fühle. So eindimensional will ich wirklich nicht betrachtet werden! Ich warte regelrecht darauf, dass Sigis Jünger als Nächstes diese absurden Tintenklecksbilder vor mir ausgebreitet. Ich stelle mir vor, wie ich bei einem Klecks »Schmetterling« sage, beim nächsten »Vagina« und beim dritten »Zwei mit Schwertern kämpfende Männer« und Dr. Körtzner sich ganz begeistert auf seinem Block notiert, dass ich ein starkes Bedürfnis nach Ästhetik und Harmonie habe, dass mich eine regressive Sexualität plagt und dass ich unterschwellige Aggressionen gegen mein dominantes Über-Ich besitze.

Ich weiß also nicht genau, ob ich peinlich berührt bin von dieser Sitzung oder ob ich kurz davor stehe, mich über diese Häufung von Phrasen und Klischees aufrichtig zu amüsieren. Auf jeden Fall bin ich mir aber sicher, dass meine arme Krankenkasse hier für etwas zu blechen hat, was meine Panikattacken definitiv nicht verschwinden lassen wird. Vielleicht kann diese Sitzung mich aber wenigstens zu einer ganzen Reihe von prima Seelenklempner-Sketchen inspirieren.

»Meine Eltern haben sich scheiden lassen, als ich fünf war«, antworte ich brav auf Körtzners Frage und füge an: »Aber ich hatte trotzdem eine glückliche Kindheit. Ich hatte viele Freiräume.«

Dr. Körtzner macht »Mmm« und noch mal »Mmmmm« und notiert sich etwas. Dann räuspert er sich:

»Diese Panikattacken, Ihr Hang zur Hypochondrie, Ihre offenkundige Aversion gegen Ihren eigenen Körper ...«

Meine was?

»... scheinen mir allesamt ein Indiz für dasselbe Problem zu sein: eine tief verwurzelte Angst vor dem Tod.«

Ich sehe Dr. Körtzner erstaunt an. »Und?«, frage ich.

Dr. Körtzner mustert mich gelassen: »Und was?«

»Und was ist daran ungewöhnlich?«, sprudelt es aus mir heraus. »Ich meine, jeder hat Angst vor dem Tod. Der Tod ist schließlich ganz große Scheiße. Der Tod ist das Ende. Das absolute Ende! Ich finde es total normal, dass ich Angst vor dem Tod habe!«

»Aha«, lächelt Dr. Körtzner.

»Aha?«, schnappe ich. »Was heißt denn jetzt *Aha*?«

Dr. Körtzner lächelt immer noch. Er scheint aufrichtig erfreut, etwas herausgefunden zu haben: »Bei der bloßen Erwähnung des Todes fällt Ihre scheinbare Gelassenheit, Ihr fast schon arrogant anmutendes Desinteresse von Ihnen ab. Sie zeigen sehr starke Emotionen.«

»Hey, dürfen Psychiater das überhaupt?«, frage ich. »Dürfen Sie Ihre Patienten *arrogant* nennen?«

Jetzt wird Dr. Körtzners Lächeln noch breiter: »Wenn wir das Gefühl haben, es mit einem besonders intelligenten Patienten zu tun zu haben, dem eine Prise unverblümte Ehrlichkeit bei der Selbsterkenntnis helfen könnte, dann dürfen wir das durchaus.«

Mmm ... Schleimen und Arschtreten gleichzeitig. Interessant.

»Was ist für Sie so schlimm am Tod?«, fragt Dr. Körtzner, jetzt wieder mit einem neutralen Gesichtsausdruck und flankiert vom leisen Kugelschreiber-Tack-Tack auf dem Notizblock.

»Dass ich dann nicht mehr lebe, natürlich«, gebe ich die offenkundige Antwort.

»Und Sie leben gern?«

Ich sehe Körtzner verwirrt an. »Äh … ja. Sehr gern sogar.«

»Mmm«, macht er und notiert sich etwas. Mehr sagt er nicht, und auch ich spreche erst mal nicht. Ich weiß, dass der Herr Doktor mich provozieren wollte, mehr zu sagen. Aber ich bin fest entschlossen, auf diesen billigen Trick nicht hereinzufallen. Für gefühlte zwei Stunden – also mindestens dreißig Sekunden – herrscht völliges Schweigen. Dann halte ich die Stille nicht mehr aus.

»Die ganz große Scheiße ist doch, dass der Mensch die einzige Spezies auf diesem Planeten ist, die sich ihrer eigenen Sterblichkeit bewusst ist«, sage ich.

Dr. Körtzner sieht mich lächelnd an.

»Wir wissen schon als Kleinkinder, dass alles, was wir vom Tag unserer Geburt an tun, nicht anderes ist, als auf unser Ende zuzusteuern«, fahre ich fort. »Ich meine, Tiere wissen das nicht. Die folgen ihren Instinkten: Fressen, schlafen, ficken. Und wenn sie irgendwann sterben, dann denken sie nicht mal: Oh, Mist, das Ende ist da. Die kapieren es noch nicht mal dann, wenn sie abkacken. Die tun es einfach. Zack – weg! Kein Lebewesen außer dem Menschen verschwendet irgendwelche Gedanken auf den Sinn und die Länge und die Endlichkeit seiner Existenz. Alle anderen Kreaturen auf Gottes weitem Globus können ihr Leben genießen, weil sie gar nicht wissen, dass es irgendwann zu Ende geht.«

»Und *Sie* können Ihr Leben deswegen nicht genießen?«, fragt der Kugelschreiberklopfer. »Weil Sie wissen, dass es irgendwann endet, fangen Sie gar nicht erst richtig damit an?«

»Hey!«, protestiere ich. »Das ist jetzt aber echt ein bisschen drastisch formuliert!«

»Wenn Sie meinen«, sagt Dr. Körtzner und kritzelt wieder etwas auf seinen Zettel.

Ich schlucke. Das geht ja jetzt wirklich ans Eingemachte!

Wieder sagt keiner von uns etwas. Nach einer Weile, in der mir eine ganze Flut von Gedanken und Gefühlen durchs System rauscht, blickt Dr. Körtzner schließlich auf seine Uhr. »Ich fürchte, Ihre Zeit ist um«, sagt er.

Ich lache laut auf.

Der war gut!

Den werde ich mir merken.

8. Kapitel

Ich habe Prosecco gekauft, was mir immer noch ziemlich schwer fällt. Seit achtundvierzig Monaten habe ich keine hoch- oder auch nur geringprozentige Flasche mehr an den Mund geführt, aber nach wie vor fühle ich mich umso wohler, je weiter ich von Alkoholika aller Art entfernt bin. Ich war in meiner trinkenden Phase nie ein besonderer Fan von Wein oder weinähnlichen Getränken. Ich war Biertrinker, wenn ich die nötige Zeit hatte, um mir einen gewissen Alkoholpegel anzusaufen, und Wodkakipper, wenn es schnell gehen musste. Seit ich mich trocken gelegt habe, ist meine mal mehr, mal weniger präsente Gier nach Alkohol jedoch universell geworden: Sucht hat keinen Geschmack. Die will einfach nur befriedigt werden. Dieser Gier nicht nachzugeben ist eine Aufgabe, die ich wohl bis zum Ende meiner Tage zu bewältigen habe. Und ein wichtiger Bestandteil dieser Aufgabe besteht darin, vor süffigen Getränken nicht davonzurennen, sondern sie neben mir existieren zu lassen, ohne sie jedoch zu konsumieren.

Ich habe also eine Flasche Prosecco gekauft und sie schnell in meinen Rucksack verschwinden lassen. Sie ist natürlich nicht für mich, die Flasche. Sie ist für Marion. Jens' Ehefrau hat Geburtstag und will ihn, gemeinsam mit einem knappen Dutzend Freunden und Bekannte, beim Grillen in ihrem Schrebergarten feiern.

Nach allem, was Jens mir über seine unmoralische Liebschaft erzählt hat, bin ich nicht gerade heiß auf dieses Fest. Aber Jens hat mich inständig gebeten zu kommen. Marion weiß übrigens nicht, dass ich alles weiß. Das finde ich doppelt Scheiße.

Als ich durch die *Kleingartensiedlung Sonnenschein e. V.* marschiere, die schwere Last eines zehnprozentigen Getränks im Genick und einen beim Bahnhofsfloristen gekauften Strauß orangefarbener Rosen in der Hand, bin ich dennoch erstaunlich guter Laune. Ich summe leise die Melodie von Dave Brubecks *Take Five* vor mich hin. Wer behauptet, Jazz könne keine Ohrwurmqualitäten haben, ist ein Idiot. Es gibt eingängige Komplexität. Das ist kein Widerspruch. Wirklich nicht. *Dubn-du-du-du-du-duuu-bam-da-damm.*

Eine Frau in den Sechzigern steht in Parzelle dreiundfünfzig, die stämmigen Arme in die nicht minder stämmigen Hüften gestemmt, und blickt kritisch auf ihren Ehemann hinunter, der vor ihr an einem Beet kniet und Blumenstauden einpflanzt. »Nicht so dicht beieinander«, nörgelt sie mit offensichtlicher Routine. »Du pflanzt *immer* alles so dicht beieinander!«

Der Mann widerspricht nicht. Er verzieht nicht einmal das Gesicht. Völlig gelassen nimmt er die Pflanze aus der bereits gebuddelten Kuhle, legt sie vorsichtig aufs Gras und hebt dann mit einer kleinen Schaufel eine neue Mulde aus, gute fünf Zentimeter rechts von der alten. Die Frau beäugt den Vorgang skeptisch. Sicher wird sie gleich etwas anderes an der Art auszusetzen haben, wie er die Rabatten bestückt.

Tut mir der Mann Leid? Natürlich tut er mir Leid! Weit mehr als ein halbes Jahrhundert weilt er nun schon auf diesem Planeten, und trotzdem hat er es nicht weiter gebracht als bis zu einem piefigen Kleingärtnerleben, in dem er geduckt vor einer Frau herumkriecht, die vermutlich schon beim Frühstück etwas an ihm auszusetzen hat.

Wenn *ich* Blumen pflanzen würde, wäre niemand da, der mich kritisieren könnte.

Ich könnte meine Blumen sogar mit den Blüten nach unten einbuddeln, niemand würde sich daran stören!

Ich bin frei und unabhängig!

Niemanden interessiert es, wie ich etwas pflanze. Und ob überhaupt.

Niemand interessiert sich für mich.

Der Mann klopft die Erde rund um seine abstandsadäquat vergrabene Pflanze fest und erhebt sich. Die Frau gibt ihm zu meiner Verwunderung einen kurzen Kuss auf die Wange, bevor er in die Schreberhütte geht. Ich wette, dort wartet ein schönes kaltes Bier auf ihn.

»Thomas, hallo! Wie schön!« Marion nimmt mir den Rosenstrauß ab. Erst jetzt dämmert mir, wie dämlich es ist, zu einem Fest in einem rundum blühenden Schrebergarten eine Hand voll Schnittblumen mitzubringen. Aber Marion tut so, als wären meine piefigen Mickerrosen eine wunderbare Geste. Marion ist nämlich eine ganz Nette. Dachte ich zumindest bis vor kurzem.

Jetzt, da ich weiß, wie viel Elend hinter der für mich

bisher völlig glaubwürdigen Herzlichkeit auf der Lauer liegt, zieht sich bei mir alles zusammen. Trotzdem bin ich fest entschlossen, mir nichts anmerken zu lassen. Marion hat einen Mann, der sie zu verlassen droht, und macht tapfer gute Miene zum bösen Spiel. Jens' Leben ist am Scheideweg, und beide Wege, die ihm zur Auswahl stehen, sind dornig und versprechen einen schmerzhaften Marsch. Doch auch er simuliert ein intaktes Dasein.

Und ich?

Na ja, ich bin eben ich. Ich bin vielleicht grundgrummelig, aber ich habe gar kein richtiges Problem. Es soll also mit dem Teufel zugehen, wenn nicht auch ich etwas fröhlicher erscheinen kann, als ich wirklich bin.

Ob womöglich die ganze Welt so ist?

Alles nur Theater?

Niemand ist wirklich glücklich? Alle tun nur so, weil das einfach netter ist? Kann das möglich sein?

Nein! Selbst in meinen düstersten Momenten wäre ich niemals bereit, das zu glauben.

Ich nehme den Rucksack von der Schulter und ziehe die Proseccoflasche hervor. »Und noch was zum Begießen«, sage ich und halte die mich lüstern anfunkelnde Pulle hoch.

»Die nehme ich!«, mischt sich Jens ein, der nun neben mir auftaucht. »Hallo, Thomas. Alles klar?«

»Peachy«, grinse ich.

»Onkel Thomas! Onkel Thomas!« Jens' Tochter Emma zupft energisch an meinem Hosenbein. »Hast du mir etwas mitgebracht?«

Ich schüttele bedauernd den Kopf. Vergessen! Dabei habe ich mir nach dem letzten Besuch bei Jens und Marion fest vorgenommen, ihre Kinder das nächste Mal mit irgendeinem Geschenk zu beglücken. Emma fragt mich nämlich jedes Mal, wenn sie mich sieht, erwartungsvoll und wider besseres Wissen, ob ich etwas für sie habe. Emma ist fünf Jahre alt. Und mit fünf ist die Hoffnung noch lebendig.

»Aber ich habe zaubern gelernt, nur für dich«, sage ich, während ich mich zu ihr hinunterbeuge. Ich fingere eine Münze aus der Tasche, lasse sie schnell über meine Fingerkuppen wandern, in meiner Hand verschwinden, absolviere mit der anderen Hand ein Ablenkungsmanöver, während ich die Münze in den Ärmel fallen lasse. Dann öffne ich die Hand, in der sich die Münze vermeintlich befindet, und sage mit gespielter Überraschung: »Leer! Wo ist sie denn hin?«

»Uiii!«, staunt Emma.

Ich streiche ihr mit der leeren Hand über den wuscheligen Kleinmädchenkopf und halte dann plötzlich inne. »Nanu? Was ist denn das?«, wundere ich mich theatralisch – und ziehe dann die Münze aus ihren Locken hervor und zeige sie Emma.

»Toll!«, sagt die Kleine. »Kann ich die behalten?« Ohne eine Antwort abzuwarten, schnappt sie sich das Zwei-Euro-Stück und rennt weg.

Jens lacht. »Was möchtest du trinken?«, fragt er.

»Was ich trinken *möchte*, ist eine Sache«, antworte ich. »Was ich trinken *werde*, ist eine Cola light, wenn du hast.«

Jens angelt mein Getränk aus der Kühlbox, die neben ihm auf dem Boden steht.

»Die sind alle schon wieder größer geworden!«, sage ich und zeige auf Emma, die ihren beiden älteren Brüder Lukas und Tom gerade stolz die Münze zeigt, die sie von mir ergattert hat. »Dabei ist es doch keine zwei Monate her, dass ich bei euch war!«

»Ja«, stimmt Jens mir zu. »Das geht echt verdammt schnell …« Seine Stimme wird leise. Und sein Blick spricht Bände.

Ich balanciere meinen Teller, den ich am Büfett mit Spargelsalat, Hackbällchen und unter kühner Missachtung meiner fettreduzierten Ernährungsstrategie mit vier Käse-Blätterteigstangen aufgefüllt habe, und suche einen leeren Platz an einem der im Garten verteilten Tische. Ich erspähe einen freien Klappstuhl neben Marions Schwester. Natalie ist etwas jünger als Jens' Frau und ein echtes Energiebündel, das nicht nur immer sein Herz auf der Zunge, sondern meistens auch noch unverschämt tief ausgeschnittene T-Shirts trägt.

»Thomas«, lächelt sie, als ich mich neben sie setze. »Ich habe neulich von dir geträumt.«

»Etwas Unanständiges, hoffe ich?«

»Nee«, sagte sie. »Wir waren auf einem Segelboot. Ganz weit draußen auf hoher See. Du hast versucht, mit einer improvisierten Angel Fische zu fangen. Wir hatten nämlich kein Essen an Bord.«

Ich sehe Natalie verblüfft an.

»Ich habe einfach nur an Deck gelegen und mich gesonnt. Als ob gar nichts wäre«, fährt sie fort. »Du hast kleine Stofffetzen an die Angel gehängt, weil du keinen richtigen Köder hattest. Totaler Schwachsinn.«

»Taugt nicht mal für einen Axel-Lachmann-Sketch«, stimme ich zu.

»Was meinst du, was das zu bedeuten hat?«, fragt sie. »Dass ich von dir träume, meine ich.«

»Dass du vor dem Zubettgehen nichts Schweres mehr essen solltest?«, schlage ich vor.

»Ich war völlig überrascht, als ich aufwachte und nicht mehr auf dem Boot mit dir war. Ich bin mir sicher, dass das etwas zu bedeuten hat.« Natalie hatte schon immer eine Tendenz zum Esoterischen. Sie glaubt an das Schicksal, an Zeichen und Wunder. Zweimal im Jahr lässt sie sich für Hunderte von Euro von einem asiatischen Astronomen ein detailliertes Horoskop erstellen.

»Ich fühlte mich ganz sicher mit dir«, lächelt mich Natalie an. »Obwohl du offenbar keine Ahnung hattest, was du da überhaupt mit deiner Angel machen solltest.«

Ich bin für einen Sekundenbruchteil versucht, ihr vorzuschlagen, meinem Analytiker von ihrem Traum zu erzählen. Vielleicht kann der ihn ja deuten. Aber ich verkneife es mir. Das fehlt mir gerade noch, dass alle erfahren, dass ich in psychologischer – pardon: psychiatrischer – Behandlung bin.

»War sie groß und eindrucksvoll, meine Angel?«

»Nein. Sie war kurz«, grinst Natalie mich frech an. »Aber sehr flexibel, wenn ich mich richtig erinnere …« Ich grinse zurück, lasse das Thema dann aber auf sich beruhen. Natalie und ich flirten gerne, bremsen die zweideutigen Scherze aber stets vor dem Moment ab, von dem an es kein Zurück mehr gegeben würde. Nicht, dass sie mich nicht gereizt hätte: Natalie ist attraktiv und witzig, und es wäre sicher ein großes Vergnügen, mit ihr ein paar nach Feng-Shui ausgerichtete Beischlafpositionen auszuprobieren. Aber es wäre bloß eine kurze, nichts bedeutende Affäre. Sie mag mich, bilde ich mir zumindest ein, wirklich. Es ist nicht nur meine mutmaßlich flexible Rute, die sie reizt. Auch wenn's großkotzig klingt: Ich bin offenbar ihr Typ. Überhaupt finden Frauen mich gemeinhin *süß*. Ein Attribut, das ich jederzeit gegen *scharf*, *cool* oder *spannend* tauschen würde, aber da gibt's wohl keine Chance. Ich bin eben einer dieser *knuffigen* Kerle. Einer, den sie herzen und knuddeln wollen. Ein fusseliges Stofftier. Ich grinse viel, mache lustige Sprüche, geize nicht mit Komplimenten und trample meistens nur in die Fettnäpfchen, die keine Blamage, sondern aufrichtiges Amüsement nach sich ziehen. Ich bin außerdem klug genug, nicht immer zu sagen, was ich denke. Trotzdem glaube ich, dass viele Frauen den melancholischen Bodennebel, in dem ich stehe, sehr wohl registrieren. Frauen können so etwas. Frauen sind unheimlich.

Es gibt eine Sorte von Frau, die sich von mir angezogen fühlt. Vielleicht appelliere ich an ihren Mutterinstinkt, an ihr Helfersyndrom oder an ihren Schmusetrieb. Dass ich nicht komplett Scheiße aussehe, sondern – in aller Bescheidenheit – ein durchaus vorzeigbarer Typ bin, schadet natürlich auch nicht. Denn auch das weibliche Helfersyndrom hat seine Grenzen.

Aber nach einer gewissen Zeit bekommt dann selbst die schmusigste Frau spitz, dass ich nur ein Leih-Teddy bin. Mit mir ist nichts von Dauer. Zu zweit sein – das kann ich nicht. Ich will es vielleicht – aber ich kapiere einfach nicht, wie es funktioniert. Und deshalb überlege ich mir stets sehr gründlich, mit welcher Frau ich den Flirt bis an die Bettkante treibe. Weil es eben immer nur das eine bleiben wird: ein mehr oder weniger langer Flirt mit zwangsläufig ernüchterndem Ende.

Ein gesprächsintensives Gefühlsbündel wie Natalie zur bloßen Triebbefriedigung auszubeuten wäre kein netter Zug. Sie würde mehr von mir wollen als bloß Spaß und Sex. Und das wäre illusorisch. Ich würde sie enttäuschen. Und das wäre unfair und widerlich von mir. Nicht zuletzt, weil sich dann auch Jens und Marion stundenlang mit Natalies Klagen über mich auseinander setzen müssten. Und die beiden haben es ja auch ohne meine Einmischung schon schwer genug.

Ich schaue zu den beiden Gastgebern hinüber. Sie sitzen zwar nebeneinander, sind aber gleichzeitig voneinander abgewendet. Ihre Rücken berühren sich fast. Aber auch wirklich nur fast. Jens befreit gerade Toms ferngesteuerten Jeep von ein paar kleinen Zweigen, die sich in der Hinterachse verhakt haben, während sich Marion mit einem Pärchen unterhält, das ich nicht kenne.

Ich finde es entsetzlich, sie so zu sehen. Die beiden waren meiner Meinung nach immer ein gut funktionierendes Paar. Nicht überquellend vor Liebe, nicht elektrisiert vor Leidenschaft, aber voll aufrichtiger Zuneigung und großem Respekt füreinander. Ich habe die beiden immer beneidet. Und jetzt? Alles nur Theater.

Jens hat seinem Sohn die Stöckchen aus dem Spielzeugauto gepult und gießt sich gerade ein neues Bier ein. Er sieht, dass ich ihn mit nachdenklicher Miene beobachte, und wirft mir ein resigniertes Lächeln zu. Erst jetzt bemerke ich, wie erschöpft er aussieht. Er tut mir Leid.

Ob er mir mehr Leid tut als ich mir selbst? Schwer zu sagen. Jens hat zu viel Liebe in seinem Leben. Liebe, die einander dummerweise in die Quere kommt. Ich dagegen habe zu wenig.

Was ist schlimmer?

9. *Kapitel*

Wenn Sachen wirklich dicke kommen, wenn Ärger und Probleme sich zu unüberwindbaren Hügelketten auftürmen, dann hält der mit bildhaften Ausdrücken reich gesegnete Engländer einen ganz besonders eindringlichen Ausdruck dafür bereit: *The shit hits the fan* – Die Scheiße fliegt in den Ventilator. Und an diesem Mittwoch, drei Tage bevor wir unsere Reise ins schöne Schweden antreten wollen, klatschen die Exkremente des Schicksals tatsächlich in bedrohlicher Masse und mit solch immenser Wucht in das Drehgebläse, dass die kleinen, stinkenden Spritzer uns allen wie Mini-Pershings um die Ohren fliegen.

Die erste Fäkalattacke findet um 10 Uhr 30 im Konferenzzimmer von *Punchline Entertainment* statt. Ich stehe noch im Flur und schmauche hastig eine Zigarette. Im Konferenzzimmer herrscht nämlich Nikotinverbot. Ich sehe Axel Lachmann um die Ecke biegen. Der kleine Wichser strahlt so breit über das ganze Gesicht, als hätte er sich eine Banane quer in den Mund geschoben. Meine beiden Co-Autoren scharwenzeln um ihn herum. Sie sehen aus wie zwei eifrige Schlümpfe, die willfährig und voll Tatendrang dem großen Schlumpf in den Wald folgen, wo sie wieder einmal die Brücke für ihn aufbauen müssen, die der böse Zauberer Gurgelhals bei seinem letzten Angriff auf das Schlumpfdorf zerstört hat. Die kleinen Schlumpfscheißer können es offensichtlich kaum erwarten, für den großen Schlumpf loszuhämmern und zu nageln. Ich dagegen bin eindeutig der Miesmacherschlumpf: Ich mag keine Brücken bauen. Und den großen Schlumpf mag ich schon gar nicht.

Axel nickt mir kurz, aber immer noch breit grinsend zu, als er die Tür öffnet. Die beiden Juniorautoren huschen hinter ihm her, wobei sie jeden Blickkontakt mit mir vermeiden. Komisch. Ich drücke meine Zigarette im Aschenbecher aus und folge der Dreierbande in den Konferenzraum. Einer meiner Kollegen geht zur Kaffeemaschine und fragt Axel, wie er sein Getränk wünscht.

»Mit Milch und Zucker«, sagt Lachmann.

Der Kaffeeschlumpf zögert kurz, fragt dann aber auch mich, ob ich einen Becher haben will. Ich sage einfach nur »Ja«, und dann setze ich mit einer kleinen Verzögerung sogar noch ein »danke« hinterher, weil ich Malte ja versprochen habe, etwas umgänglicher und professioneller im Umgang mit jungen Kollegen und minderbegabten TV-Komikern zu sein.

»Schon gesehen?«, fragt Axel und schiebt mir die neue Ausgabe des *Focus* über den Tisch.

Ich traue meinen Augen nicht.

Auf dem Titelbild prangt ein Foto von Axel Lachmann, der mit Krone und Zepter auf einem Thron sitzt, breit und sichtlich selbstverliebt grinsend. *King of Comedy* prangt als Schlagzeile unter dem Bild.

»*King of Comedy!*«, strahlt Axel. »Cool, oder?«

»*King of Comedy*«, sage ich irritiert, »ist ein Film von Martin Scorsese mit Robert de Niro und Jerry Lewis in den Hauptrollen. Er handelt davon, dass ein nervtötender Vollidiot sich irrtümlich für lustig hält und zum Geiselnehmer wird, nur um seine Witze im Fernsehen erzählen zu dürfen.«

»Wird er am Ende erschossen? Oder kommt er in den Knast?«, fragt Lachmann. An seinem zufriedenen Gesichtsausdruck erkenne ich, dass er den Film und somit auch die Antwort sehr wohl kennt. Hier stimmt etwas nicht. Hier stimmt etwas ganz und gar nicht!

»Nein«, gebe ich zähneknirschend zu. »Er wird ein Star.«

»*Quod erat demonstrandum*«, sagt Axel Lachmann breit grinsend und liefert so den eindrucksvollen Beweis, dass selbst bei Schwachköpfen gewisse Partikel einer Waldorfschulausbildung im Hirn kleben bleiben.

Ich zwinge mich, nichts mehr zu sagen. Wir benehmen uns wie wadenbeißende Fünfzehnjährige! Und ich habe nicht vor, mich noch weiter zu entwürdigen. Stattdessen schlage ich den *Focus* auf und beginne, den Lachmann-Huldigungsartikel zu lesen. Der mehrseitige Text beginnt mit der szenischen Beschreibung eines seiner Sketche. *So tollkühn anders, so subtil und gleichzeitig surreal ist deutscher Humor sonst nicht,* befindet der *Focus*-Autor am Ende des Absatzes. Es ist einer der Sketche, die ich geschrieben habe.

Als Malte den Konferenzraum betritt, verschwindet

Lachmanns überhebliches Grinsen. Der Komikkönig bemüht sich um einen seriösen Gesichtsausdruck. Malte dagegen sieht aus, als hätte man ihm gerade mit einem Hammer auf den Kopf geschlagen und als würde er noch überlegen, ob er zurückprügeln oder resigniert auf weitere Schläge warten soll.

Er entscheidet sich für Letzteres. »Ich vermute«, beginnt er, ohne sich auch nur hinzusetzen, »dass Thomas der Einzige ist, der es noch nicht weiß?« Ich sehe Malte erstaunt an. Und der lässt, während er weiterspricht, seinen Blick auf mir ruhen. »Axel, der *King of Comedy,* hat in den letzten Wochen einen Deal mit dem ZDF für eine Samstagabendshow ausgehandelt. *Lach, Mann!* wird nach dieser Staffel auslaufen. Axels neue Sendung wird nicht von *Punchline* produziert, sondern von *Rope TV.*«

Ich reiße meinen Blick von Malte los und sehe zu Axel hinüber, der seine Selbstzufriedenheit nur schwer verbergen kann.

»Ich werde Nobbi und Anton als Autoren mit zum ZDF nehmen«, erklärt er, während er seinen beiden Witzschlümpfen freundlich zulächelt und die beiden ihren Chef darob dankbar anstrahlen. Himmel, ich kann es ihnen nicht mal übel nehmen. Nobbi ist gerade Vater geworden und Anton baggert gerne gut aussehende junge Frauen an. Die beiden brauchen das Geld.

Gönnerhaft wendet sich Axel nun an mich: »Wir sollten uns auch zusammensetzen, Thomas. Mein fester Autorenstab ist zwar voll, aber vielleicht kannst du ja als freier Autor ein paar Sketche für mich schreiben.«

In dieser Sekunde gehen mir so etwa fünfzig Antwortmöglichkeiten durch den Kopf, die allesamt den Straftatbestand der Beleidigung erfüllen. Zu meiner eigenen Überraschung murmele ich bloß: »Ja. Schauen wir mal.«

Vielleicht siegten bei dieser überraschend dezenten und für mich völlig atypischen Reaktion mein unterschwelliges Sicherheitsdenken und die logische Überlegung, dass ich ja von irgendetwas leben muss? Vielleicht bin ich es aber auch nur leid, meine Spucke an Idioten wie Axel zu verschwenden. Es bringt ja nichts.

Malte räuspert sich und nimmt Platz. »Okay«, sagt er, »*back to business.* Wir müssen noch fünf Shows voll kriegen, inklusive der Doppelfolge für die Feiertage.«

Die Schlümpfe schlagen ihre Notizblöcke auf und der *King of Comedy* lehnt sich weit in seinen Stuhl zurück.

»Irgendwelche Ideen?«, fragt Malte.

Nach der Konferenz gehe ich mit Malte essen. Wir sitzen im Steakhaus. Ich zünde mir erst einmal eine Zigarette an, während ich die Speisekarte studiere, und bestelle dann Pute, weil ich im Gegensatz zu neunundneunzig Prozent der Weltbevölkerung den Rinderwahnsinn noch nicht vergessen habe und mir sicher bin, dass das kleinste Stück Kuh, das ich verzehre, unverzüglich zum Ausbruch der Creutzfeldt-Jakob-Krankheit führen wird. Malte säbelt wenig später ungerührt an einem T-Bone-Steak herum. Aber Malte betrachtet sich ja auch als Cowboy. Und Cowboys werden nicht krank.

»Wie schlimm ist Axels Abgang für dich? Finanziell, meine ich?«

»Ich hoffe, ich muss niemanden feuern«, antwortet Malte. »Wir haben diverse andere Eisen im Feuer, aber Axel war schon ein ziemlicher Aktivposten.« Sein Gesichtsausdruck signalisiert weit mehr Sorge als seine Worte. Ich habe das starke Gefühl, dass er mir etwas verheimlicht.

»Die anderen Sendungen laufen?«

»Die laufen … okay. Und wir bereiten ja auch Neues vor. Ich hab ein paar interessante Exposés auf dem Schreibtisch.« Malte schiebt sich ein Stück potenziell durchgedrehtes Rindvieh ins Gesicht und signalisiert der Kellnerin, dass sie ihm noch ein Bier bringen soll. »Und du?«, fragt er. »Kommst du klar?«

Ich zucke die Schultern. »Ich habe bald kein Einkommen mehr. Aber ich brauch ja auch nicht viel. Und so habe ich endlich Zeit, an meiner One-Man-Show zu arbeiten.«

»Sitzt du da immer noch dran?«, wundert sich Malte. »Da hast du schon vor zwei Jahren von geredet.«

»Ist eben ein Riesenprojekt«, sage ich. »Sehr viel konzeptionelle Arbeit. Und ich will, dass es wirklich perfekt wird.«

»Du willst wirklich raus auf die Bühne und dich zwei Stunden lang um Kopf und Kragen reden?«

»Na ja«, sage ich. »Eigentlich besteht der Plan darin, mich *nicht* um Kopf und Kragen zu reden, sondern reich und berühmt zu werden. Mir schwebt so etwas wie Philosophie mit Gelächter vor. Ein witziger Rundumschlag über meine Existenz und die menschliche an sich.«

»Wie viel ist denn schon fertig?«, will er wissen.

»Ich habe den Einführungsmonolog«, behaupte ich. »Aber der funktioniert noch nicht so richtig. Vielleicht schreibe ich ihn neu.«

»Mmm«, murmelt Malte. Ich weiß nicht, ob sich das auf sein Steak oder auf mein erschreckend langsam voranschreitendes Traumprojekt bezieht.

Während des Essens trinkt Malte noch ein drittes Bier. Als ich mir zum Nachtisch einen Espresso bestelle, ordert er sich einen Whisky. Wir sitzen fast eineinhalb Stunden im Steakhaus, und in der ganzen Zeit bietet Malte mir nicht an, an einer seiner anderen Sendungen mitzuarbeiten. Dabei weiß ich, wie sehr er meine Arbeit schätzt. Das kann nur eins bedeuten: Er hat keinerlei Verwendung für mich. Und da weiß ich mit Gewissheit, dass er mir etwas verheimlicht.

Über Jens entleert sich der Darm der Vorsehung einige Stunden später. Er hat gerade seinen Sohn Tom vom Fußball abgeholt und schließt die Tür zu seiner Wohnung auf, als sein Handy klingelt. Es ist Karin.

»Hallo«, begrüßt er sie mit gedämpfter Stimme. Tom sieht seinen Vater fragend an und zieht sich dann die Schuhe aus.

»Ich kann heute nicht kommen, das weißt du doch«, sagt Jens gerade leise zu Karin, als Marion im Flur erscheint. Sie lehnt sich an die Wand, während sie ihrem untreuen Mann demonstrativ beim Telefonieren zuhört. Sie kocht vor Wut.

»Nein«, sagt Jens so bestimmt, wie das im gepressten

Tonfall möglich ist, ins Telefon. »Heute geht's wirklich nicht.«

Tom, der mit seinen zehn Jahren zwar nur grob begreift, was genau hier vorgeht, spürt sehr wohl die Spannung, die in der Luft liegt. Ohne ein Wort zu sagen, verschwindet er in seinem Zimmer.

»Emma wartet schon die ganze Zeit auf dich«, sagt Marion mit eiskalter Stimme. »Sie will dir das Bild zeigen, das sie heute im Kindergarten gemalt hat. Sie ist sehr stolz drauf.«

Jens wirft Marion einen hilflosen Blick zu und konzentriert sich dann wieder auf Karin. »Was ist denn so wichtig«, fragt er, »dass es nicht bis morgen warten kann?«

»Genau: *Morgen* ist Schlampenfickertag«, zischt Marion. »Heute ist die Familie dran, morgen die Geliebte, übermorgen wird gepackt und dann verschwindet der Herr der Schöpfung für vier Wochen in den Urlaub.«

Jens schluckt. Er hat die vierwöchige Abwesenheit von seiner Fahrschule monatelang im Voraus organisiert, hat sogar einen Aushilfsfahrlehrer auf Honorarbasis eingestellt und die Theoriestunden für diesen Zeitraum eingeschränkt. Aber natürlich wird Marion während dieses Monats trotzdem reichlich Mehrarbeit haben. Sie muss nicht nur die Kinder und den Haushalt versorgen, sie ist auch zuständig für die Buchhaltung der Fahrschule.

Jens ist sich sehr wohl bewusst, was er ihr zumutet. Und er hat ein schlechtes Gewissen deswegen. Doch als er diesen Urlaub zu planen begonnen hat, gab es noch keine dicke Luft zwischen seiner Frau und ihm. Marion hat ihm diese vier Wochen zugestanden. Zunächst zähneknirschend, doch dann hat sie an einem Abend sogar großmütig gesagt, er hätte sie sich verdient.

Jetzt, unter derart brutal geänderten Voraussetzungen, lässt sie ihn natürlich nicht mehr so leicht vom Haken. Die Reise abzusagen kommt aber nicht Frage. Jens braucht diese Reise. Sie ist sein Rettungsanker. Ohne diese Reise wird er kollabieren.

»Nein«, sagt Jens zu Karin. »Es geht wirklich nicht!«

»Papa! Papa!«, erklingt nun Emmas Stimme, die mit einem bunt betuschten Zettel winkend auf ihn zustürmt. »Guck mal! Mein Bild! Das da ist die Sonne. Die ist direkt über dem Kopf von der Prinzessin, und deshalb sieht das aus wie eine Krone. Ist aber eine Sonne. Das sieht man doch, oder?«

»Pssst«, sagt Jens. »Papa telefoniert. Ich gucke mir das gleich an.« Während er lauscht, was Karin zu sagen hat, umarmt Emma ihren Vater und drückt ihren Kopf gegen seinen Bauch. Jens krault ihr Haar.

Marion öffnet die Tür zu Lukas' Zimmer. Ihr ältester Sohn sitzt am Computer und mäht gerade eine Horde Soldaten mit einem virtuellen Maschinengewehr um. »Essen!«, ruft Marion über das Knattern und die Schmerzenschreie hinweg, die aus dem Lautsprecher dröhnen. »Du kannst nachher weiterspielen!«

Jens steht weiterhin hilflos im Flur, immer noch in Schuhen und Mantel, und lauscht mit heruntergefallener Kinnlade dem, was Karin ihm mitzuteilen hat.

Emma hat zwischenzeitlich von ihm abgelassen und

folgt ihrer Mutter in die Küche. »Was gibt's denn? Ich will Pizza!«

Lukas erscheint im Flur und sieht seinen Vater. Jens nickt seinem Sohn nervös zu, doch Lukas funkelt ihn nur wütend an.

»Hast du verstanden, was ich gesagt habe?«, schrillt Karin an sein Ohr.

»Das ist doch nicht dein Ernst! Lass uns morgen in Ruhe darüber reden. Wir können doch nicht …«

Weiter kommt er nicht. Wieder redet Karin. Und dann, irgendwann, legt er auf.

»Alles okay?«, fragt Marion sarkastisch, als er zu seiner Familie an den Esstisch kommt. »Probleme?«

Jens antwortet nicht. Er erzählte seiner Tochter erst einmal, wie toll ihr Bild ist und dass man natürlich ganz klar erkennen kann, dass das Gelbe mit den Zacken eine Sonne ist. Er gibt Emma einen Kuss auf die Stirn und bestätigt ihr, was für eine tolle kleine Künstlerin sie ist.

Danach geht er ins Bad, schließt hinter sich ab, setzt sich auf den Badewannenrand, lässt den Kopf in die Hände fallen und fängt an zu schluchzen. Er ist am Ende seiner Kräfte.

Karin ist das Warten leid und hat ihm ein Ultimatum gestellt: An dem Tag, an dem er aus Schweden zurückkommt, muss er sich entschieden haben. Ob er seine Frau verlässt oder nicht. Wenn nicht, wird er sie nie wiedersehen.

Die Hölle, daran hege ich keinen Zweifel, ist nicht heiß. In ihr lodern keine Flammen und spritzt kein Blut. In der Hölle wird niemand geschlagen oder ausgepeitscht. Die Hölle ist einfach nur ein riesiges, verwinkeltes, kaltes Hochhaus voller Aktenordner. Millionen, nein, Milliarden Aktenordner! In jedem dieser Ordner befinden sich Hunderte von wahllos eingehefteten Rechnungen und Belegen. Und alle Sünder müssen eine Unendlichkeit lang nichts anderes tun, als durch diesen Akten-Wolkenkratzer zu irren und einen ganz bestimmten Zettel zu suchen. Satan ist ein Buchhalter.

Ich habe mir in meinem Wohnzimmer bereits eine kleine private Vorhölle zum Üben eingerichtet, denn seit sechs Wochen drängt mein Steuerberater, den ich mir bald wohl nicht mehr leisten kann, darauf, dass ich ihm endlich die Tantiemengutschrift für die Auslandshonorarvergütung dreier meiner Sketche geben soll. Ohne diesen Wisch kann er nämlich meine Steuererklärung nicht einreichen.

»Das waren höchstens fünfhundert Euro. Tragen Sie einfach sechshundert ein, das ist garantiert mehr als genug«, habe ich ihm vor ein paar Stunden am Telefon vorgeschlagen.

»Das Finanzamt braucht exakte Summen«, seufzte er.

»Ja, ist mir schon klar«, sagte ich. »Aber wenn der Beleg nicht da ist, ist er nun mal nicht da.«

»Irgendwo muss er doch sein. Sie werden ihn ja wohl kaum weggeworfen haben«, lässt er nicht locker. Der Mann ist Steuerberater und somit genetisch darauf programmiert, etwas nicht zu verbummeln. Nicht nur, dass er selbst jederzeit jedes auch nur eventuell nötige Schriftstück blitzschnell hervorziehen kann – ihm ist es schier unmöglich, sich vorzustellen, dass es tatsächlich Menschen gibt, die Zettel einfach so herumschwirren und herumliegen lassen, die bedrucktem Papier Freiheiten und Auslauf und gelegentlich sogar die Chance geben, einfach zu verschwinden. Menschen wie mich.

»Schauen Sie noch mal ganz genau nach. Es ist wirklich wichtig«, hat mein Steuerberater gesagt, und so sitze ich nun also seufzend inmitten eines Berges aus Ordnern, Zetteln, Plastiktüten und Schuhkartons voller Papier in allen Größen, Formen und Farben.

Ich finde einen Kassenbon von Schuh Kay aus dem Jahre 1995, eine nicht ausgefüllte Lohnsteuerkarte von 1987 und sogar ein handgeschriebenes Gedicht aus meinen Teenagerjahren, als ich versucht habe, meiner Klassenkameradin Marlene meine Zuneigung in wackliger Versform zu eröffnen, inspiriert von meinem damaligen Lieblingsdichter Federico García Lorca. Marlene hat mir das Gedicht seinerzeit zurück- und damit automatisch auch einen Korb gegeben. Nachdem ich mir das schmierlappige Poem nun noch einmal durchlese, kann ich es ihr nicht verdenken.

Die Tatsache, dass ich ausgerechnet an jenem Tag dem Drängen meines Steuerberaters nachgebe und meine Finanzunterlagen sortiere, an dem ich meine Festanstellung als Axels Witzemacher verloren habe, beweist, dass ich mit zunehmendem Alter auch ein zunehmendes Sicherheitsdenken entwickle. Früher war das anders. Früher dachte ich, dass ich mich immer irgendwie durchmogeln könne. Und so war es auch.

Die ersten drei Jahre, nachdem ich zu Hause ausgezogen und ins noch umzäunte Berlin umgesiedelt war, um der Bundeswehr und dem Zivildienst gleichermaßen zu entgehen, hatte ich nicht einmal eine Wohnung. Ich schlief mal hier, mal dort, bei Freunden und Bekannten, mitunter gar bei Wildfremden, die ich in einschlägigen Kreuzberger Kneipen um einen Platz auf ihrem Flokati angebettelt hatte. Fast ein Jahr lang wohnte ich, ohne auch nur einen Pfennig für Miete, Heizung, Strom, Telefon, Essen oder Trinken zu zahlen, bei einer Theologiestudentin namens Renate. Ich dachte, es wäre ein Akt christlicher Nächstenliebe, dass sie mich durchfütterte. Und unsere gelegentlichen sexuellen Zusammenstöße wären bloße Triebbefriedigung, die nichts zu bedeuten hätten. Erst als ich bei ihr auszog, weil ich mich in eine Kellnerin in Amsterdam verguckt hatte, und Renate darob in Tränen ausbrach, dämmerte mir, dass ich ihr womöglich doch wichtiger war, als ich bis dato geahnt hatte.

Renate ist heute übrigens Pastorin und hat eine eigene Gemeinde in Hannover. Die Kellnerin aus Amsterdam verschwand nur vier Wochen nach meinem Umzug nach Holland aus meinem Sichtfeld. Allerdings nicht, ohne mir vorher noch Filzläuse angehängt zu haben.

Im Laufe der Jahre wurde ich ruhiger und braver. Ich bezog eine eigene Wohnung, zuerst in Berlin, dann in Hamburg, die ich durch Aushilfsjobs in Kneipen finanzierte. Einer »meiner« Stammgäste brachte mich irgendwann als Kulissenschieber und Hilfsbeleuchter ans Theater. Ich war kein besonders guter Beleuchter, hatte dafür aber viele inhaltliche und stilistische Ideen, die ich den herumwimmelnden Dramaturgen unermüdlich unterbreitete. Die Ideen waren offenbar nicht schlecht. Ich wurde nämlich Dramaturgieassistent, wirkte später sogar als Autor an einer Einaktertrilogie auf der Studiobühne mit, kam dadurch an meinen ersten Auftrag als Drehbuchhandwerker für eine Vorabendserie im Regionalprogramm – und von da an entwickelten sich die Dinge dann immer weiter.

Die durchschnittliche Haben-Summe auf meinem Girokonto wuchs stetig, und ich gewöhnte mich an einen gewissen Lebensstandard. Ich hatte und habe keine Tendenz zum Protzen oder Schwelgen, aber ich finde es zugegebenermaßen schön, nicht nur Kotelett, sondern hin und wieder auch mal eine Entenbrust in die Pfanne hauen zu können.

Es wäre kein großes Problem für mich, meinen Standard wieder zurückschrauben. Ehrlich nicht. Aber auf den Punkt, dass ich wieder auf den Flokatis andere Leute den Wohnparasiten spiele, will ich dann doch nicht mehr absinken.

Und so forsche ich jetzt gerade nicht nur nach meinem Auslandshonorarbeleg, sondern auch nach einer Lösung meines sich drohenden finanziellen Desasters. Ich gehe, während ich mich durch meine chaotische Zettellandschaft fräse, im Geiste eine Liste von Leuten durch, die ich wegen potenzieller Aufträge ansprechen könnte. Ja: Ich, dem alles bislang immer irgendwie so zugeflattert ist, begebe mich auf die ernsthafte Suche nach einem Job. Hartz IV macht müde Männer munter.

»Das ist ja total witzig, dass du gerade heute anrufst«, lacht Rüdiger, seines Zeichens Produzent bei Azalee Flimmerware, einer in den letzten drei Jahren stark expandierten Produktionsfirma, die vorwiegend die privaten TV-Sender mit Serien und Shows bestückt. »Wir haben nämlich nachher ein großes Brainstorming zu einem neuen Reality-Format, das wir für RTL2 entwickeln. Das ist ein total junges Autorenteam und, um ehrlich zu sein: Ein erfahrener alter Hase wie du könnte dabei nicht schaden. Die Frischlinge sind alle total eifrig und wirklich voller neuer, irrer Ideen. Aber ich habe das Gefühl, die werden manchmal ganz schön übers Ziel hinausschießen. Die haben noch kein Gespür fürs Machbare. Du hättest nicht zufällig um fünf Zeit? Ich meine: Wenn Reality überhaupt dein Ding ist. Ist ja nicht jedermanns Sache.«

»Nee, Reality finde ich spannend«, lüge ich. »Wenn's nicht völlig in die asozialen Gefilde absinkt, kann das, glaube ich, echt Laune machen.«

»Keine Angst, das ist ziemlich High Class, was wir hier in der Mache haben. Nicht so'n *Big-Brother*-Scheiß, wo tätowierte Lufthirne arschwackelnde Silikonmuttis bespringen. Wir ... ach, komm doch einfach vorbei! Wir erklären dir alles. Um fünf?«

»Ich werde pünktlich sein«, verspreche ich und lege auf.

Eine Reality-Show?

Aua!

Ich finde meine Auslandshonorarabrechnung tatsächlich noch – sie klebt, mit irgendeiner ominösen bräunlichen Substanz besudelt, auf der Rückseite eines Artikels über die hohe, nur in England wirklich populäre Kunst des pointenlosen Witzes, den ich mir mal aus der *Zeit* ausgerissen habe. Na also! Ich scanne das Zettelchen – die Summe liegt übrigens noch unter fünfhundert Euro – und schicke die Bilddatei per E-Mail an meinen Steuerberater.

Da es bereits halb fünf ist, mache ich mich auf den Weg zu meinem Auto, um zum Meeting bei *Azalee* zu fahren. Ich bin ziemlich happy, dass sich so schnell etwas Neues aufzutun scheint, und doppelt happy, dass es eine eventuelle Zusammenarbeit mit Rüdiger ist, die sich da anbahnt. Rüdiger ist ein netter Kerl. Ein entspannter Intellektueller, der den Balanceakt zwischen seiner privaten Vorliebe für sperrige moderne Musik von Stockhausen bis Philip Glass und der deutlich weniger komplexen Form von Massenunterhaltung, mit der er seine imposante CD-Sammlung finanziert, mit bemerkenswerter Gelassenheit ausführt.

Ich bin gerade aus der Ausfahrt raus, als der Schwindel einsetzt. Vor meinen Augen senkt sich plötzlich ein Schleier, meine Atmung wird schwer, meine Hände schweißnass. Ich keuche und schaffe es gerade noch, schnell an den Straßenrand zu steuern, die Bremse zu treten und den Motor auszuschalten, bevor es in meinem Kopf schwarz wird …

… und ich offensichtlich für ein paar Sekunden die Besinnung verliere. Als ich jetzt wieder zu mir komme, fühle ich mich, als hätte sich Otfried Fischer auf meinen Brustkorb gesetzt. Ich beginne so ruhig zu atmen, wie es der Druck auf meinem Oberkörper und meine aufkeimende Hysterie erlauben. *Das* kann jetzt wirklich keine normale Panikattacke mehr sein. Das, Scheiße noch mal, ist jetzt wirklich ein Herzinfarkt! Da! Mein linker Arm wird taub! Ist das nicht ein untrügliches Zeichen für einen Infarkt? Das habe ich doch bei *Emergency Room* hundertmal gesehen!

In meinen Ohren saust und rauscht es, mein Herz schlägt mir bis zum Hals. Doch gleichzeitig zwinge ich mich zum Atmen. *Ruhig! Gaaanz ruhig! Immer tiefer ausatmen als einatmen.*

Gelassen …

Gelassen …

Leicht gesagt, wenn man stirbt!

Doch ich sterbe nicht. Der Schleier hebt sich nach einer Weile, mein Herz klopft nur noch schnell, aber nicht mehr rasend. Mein Nacken und meine Schultern fühlen sich an, als hätte jemand heißes Wasser darübergegossen. Erst jetzt merke ich, dass ich mich dermaßen verkrampft am Lenkrad festgeklammert habe, dass es keinen einzigen Muskel in meinem Oberkörper gibt, der nicht wie ein Stahlseil gespannt ist.

Ich sammle mich für zwei Minuten, fahre dann meinen Wagen langsam, fast stotternd zurück auf den Parkplatz, trete mit weichen Knien auf die Straße und winke ein Taxi heran. Nachdem ich dem Fahrer die Adresse von *Azalee* genannt habe, lehne ich mich gegen das Polster des Rücksitzes zurück und schließe die Augen. Mein Herz schlägt immer noch so kräftig, dass ich es bis in meine Schläfen vibrieren fühle. Wenn ich aus

Schweden zurück bin, werde ich noch einen anderen Arzt konsultieren. Ich will, dass man alle Tests mit mir macht, die es überhaupt gibt. Ich glaube nicht an diese Panikattackentheorie.

Wir sind zu acht, als wir in Rüdigers Büro gebeten werden. Es ist das geschmackvollste Office, das ich je gesehen habe. Die Wände sind in einem dezenten Terrakottaton gehalten. Ein edler Designerschreibtisch mit dazugehörigem orthopädisch wertvollem und gleichzeitig bildschönem Drehstuhl thront an der Stirnseite des Raumes. Dahinter erheben sich vor einer Fensterfront drei große, exotische Topfpflanzen. Die Sitzgruppe, auf der wir uns niederlassen, besteht aus einem alten, liebevoll restaurierten Ledersofa, drei farblich darauf abgestimmten Korbsesseln und einer Art-déco-Chaiselongue, auf der sich einst womöglich Mae West höchstpersönlich geräkelt hat. An den Wänden hängen gerahmte Plakate und Kunstdrucke, die von Rüdigers musikalischer Leidenschaft zeugen. Als zentraler Blickfang dient ein mannsgroßes, auf Stoff gedrucktes Motiv anlässlich der New Yorker Premiere von Glass' *Einstein on the Beach.*

»Wow!«, sagt einer der jungen Autoren, mit dem ich durch die Tür komme, und wendet sich Rüdiger zu: »Geiles Büro! Sie müssen einen schwulen Innenarchitekten haben.«

»Ja«, antwortet Rüdiger in neutralem Tonfall. »Meinen Lebensgefährten.«

»Oh!« Der höchstens dreiundzwanzigjährige Schreiberling läuft rot an. »Ich … Das tut mir Leid …«

»Muss es nicht«, sagt Rüdiger trocken. »Es gibt schlimmere Schicksale, als einen Innenarchitekten zu lieben.«

Ich lache innerlich. So etwas passiert, wenn man ums Verrecken locker und easy sein will und schon losplappert, bevor das Gehirn die Gelegenheit hat, die geplante Äußerung kurz auf ihren potenziellen Fettnäpfchenfaktor zu checken. Als ich damals meine ersten Schritte im Business wagte, schlich ich so vorsichtig umher, als würde ich über Eierschalen laufen. Ich war kein Duckmäuser und kein Mauerblümchen, aber meine Priorität bestand darin, zu lernen und gute Arbeit zu leisten. Das bedeutete meiner Ansicht nach zwangsläufig, dass ich die meiste Zeit zuhörte, anstatt zu reden. Viele Kiddies, die heute durch die Branche flitzen, wollen dagegen vor allem einen pfiffigen Eindruck machen. Sie denken, es wäre cool, Dinge schon zu wissen, bevor sie auch nur die Chance haben, sie überhaupt zu erfahren.

Als ich mich in der Runde umsehe, verstehe ich, warum Rüdiger glaubt, dass ein erfahrener Autor bei diesem Projekt hilfreich ist. Hier sitzt niemand über dreißig. Die Jungs haben steil gen Himmel gegelte Haare oder eine dieser Frisuren, die aussehen, als hätte Donny Osmond sich nach dem Aufstehen nicht gekämmt. Es fällt mir leicht, die Kiddies albern zu finden ... etwas schwerer ist es allerdings, mir selbst einzureden, ich wäre nicht neidisch auf ihre glatte, straffe Haut, die markanten Kinnpartien und auf die Waschbrettbäuche, die man unter ihren hippen Klamotten vermuten darf ...

Egal. Das sind doch Riesenbabys! Männer werden

erst im Alter attraktiv. In *meinem* Alter. Man denke nur an Bruce Willis oder Sean Connery, die sehen jetzt besser aus als früher. Diese adoleszenten Schreiberlinge, das sind doch alles bloß kleine Bart Simpsons. Ja, all das sage ich zu mir selbst ... und höre nicht hin, als eine innere Stimme frech antwortet: *Du bist aber nicht Sean Connery, lieber Thomas. Du bist ein Johannes Heesters in der Warteschleife!*

Die beiden Girlies, die sich nebeneinander auf der Chaiselongue niedergelassen haben, sind faltenfreie, leuchtäugige Küken. Und ein unbestritten superber Anblick. Lisa, so stellt sich die eine gerade dem nächstsitzenden Aushilfs-Brad-Pitt vor, ist blond, mehr als schlank und präsentiert ihr windschnittiges Fahrgestell stolz, indem sie ein hautenges T-Shirt trägt, das sich über zwei grapefruitgroße, feste Brüste spannt. Anna, die neben ihr sitzt, stammt, wie ich vorhin im Vorzimmer mitbekommen habe, aus Zypern, ist entsprechend schwarzhaarig, braunäugig und mit deutlich dunklerem Teint gesegnet als der Rest von uns. Anna wiegt locker zehn Kilo mehr als Lisa, hat damit aber vermutlich immer noch einen akzeptablen Body-Mass-Index. Sie ist nicht mollig, sondern kurvig. Wenn man Anna ein Stück Salamipizza reicht, wird sie mit großer Wahrscheinlichkeit hineinbeißen. Lisa dagegen würde wohl einen Exorzisten rufen.

Ich lächele Anna zu. Das Lächeln, das sie mir zurückschickt, ist jedoch nur von jener unverbindlichen, nachsichtigen Sorte, das Supermarktkassiererinnen für Rentner übrig haben, die an der Kasse nicht schnell genug ihr Kleingeld sortiert bekommen. Ich senke schnell den Kopf, blättere meinen Notizblock um und klicke auf den Druckkopf meines Kugelschreibers.

»Okay«, sagt Rüdiger. »Die meisten von uns kennen sich ja schon. Wen ihr alle aber noch nicht kennt, ist Thomas.« Er nickt in meine Richtung und ich hebe die Hand. »Hallo«, sage ich in die Runde.

»Thomas wird eventuell zum Team stoßen, wenn ihr alle euch heute gut benehmt und lieb zu ihm seid«, fährt Rüdiger fort und macht damit mehr Aufhebens um meine Person, als mir lieb ist. »Mit Thomas habt ihr einen echten Profi vor euch. Er ist Chefautor von *Lach, Mann!* …«

»Cool!« – »Fett!« – »Hey!« – Die Youngster, von denen einige wahrscheinlich sogar freiwillig den Fernseher einschalten, um Axel beim Herumkaspern zuzuschauen, sind beeindruckt.

»… und wäre eine echte Bereicherung fürs Team. Von Thomas könnt ihr noch eine Menge lernen!«

Ich wehre mit einer bescheidenen Geste ab, nehme aber gleichzeitig mit einiger Befriedigung zur Kenntnis, dass Anna mich nun mit deutlich mehr Interesse anlächelt als noch eine Minute zuvor.

»Also«, Rüdiger räuspert sich, »für Thomas und alle, die während der letzten drei Meetings geschlafen haben, fasse ich noch einmal kurz zusammen, was wir bislang haben: Arbeitstitel der Sendung ist *Die Sexklinik*. Sechs Paare, die nach eigenem Bekunden ein nicht zufrieden stellendes Liebesleben oder sogar echte sexuelle Probleme haben, ziehen für sechs Wochen in eine schicke

Jugendstilvilla, wo sie von drei Therapeuten befragt und gecoacht werden. Sie werden in Gruppen- und Einzelsessions animiert, Neues auszuprobieren, ihre tiefsten Geheimnisse und Wünsche auszusprechen und ohne Scheu und falsche Scham endlich ihre Bedürfnisse auszuleben, um so langfristig ihre Beziehungen zu retten.«

Als Rüdiger mir am Telefon versprochen hat, dass diese Realityshow *High Class* sei, war mir natürlich klar, dass das eine Übertreibung sein musste. Dass ein Feingeist wie er jedoch so tief im Niveau sinken kann, schockt mich jetzt doch.

»Mutti traut sich ihren ersten Analverkehr und alle schauen zu?«, versuche ich mit einem peinlich berührten Grinsen zu verifizieren, ob ich das Konzept richtig verstanden habe.

»Du, wir zeigen das alles sehr ästhetisch, mit Weichzeichner und natürlich FSK 16. Wir machen ja keinen Hardcoreporno«, beeilt sich Rüdiger zu versichern. »Aber natürlich geht's da zwischendurch schon mal richtig zur Sache. Quote muss sein. Andererseits ist die Show aber auch ganz konkrete, reale Lebenshilfe für die Paare da draußen vor der Glotze. Wir haben echte Psychologen im Einsatz. Da geht's wirklich um die seelischen Dinge, um Erkenntnisse der Sexualwissenschaft, Kritik am blanken Hedonismus, da kommen Elemente rein von Susan Sontag bis Adorno.«

Ich werfe einen raschen Blick in die Runde und sehe, dass die Bedeutung von Rüdigers letzten drei Sätzen für alle Anwesenden ein völliges Geheimnis ist. Allerdings macht das auch keinen Unterschied. Rüdigers hehrer

Anspruch – ganz gleich, ob er in diesem Moment wirklich noch daran glaubt, ihn durchsetzen zu können, oder ob er sich die Show so bloß selbst halbherzig schönredet, damit er beim Blick in den Spiegel keinen Würgereiz bekommt – wird am Ende im fertigen Produkt nicht mehr zu spüren sein. Das Ganze kann gar nichts anderes werden als *Deutschland sucht die Superficker.*

»Und unsere Aufgabe als Autoren besteht darin, dass …?«, frage ich.

»Das Problem ist, dass die Liste der gängigen Sexualprobleme ziemlich kurz ist«, erklärt Rüdiger. »In den meisten Fällen mangelt es der Frau an technischer Finesse ihres Partners. Oft unternimmt der nicht einmal den Versuch, ihr einen Orgasmus zu bescheren. Das Hauptproblem der Kerle ist dagegen fast immer, dass sie irgendwelche Dinge nachmachen wollen, die sie in irgendwelchen Pornos gesehen haben und sich nicht trauen, das zu äußern. Oder aber, dass er für seinen Vorschlag von der Partnerin nichts als Ekel und Empörung erntet. Damit ist dann leider fast schon alles abgedeckt.«

»Außerdem sind die Typen, die bei so einer Sendung mitmachen wollen, alle ziemlich gleich«, ergänzt einer der Autoren – ein am Hals tätowierter Jüngling, der aussieht, als hätte er nach der Besprechung noch einen Vortanztermin für eine neue Boygroup.

»Stimmt«, ergänzt Rüdiger. »Die meisten Leute, die echte sexuelle Probleme haben, sind verklemmt. Verklemmte werden bei so einer Sendung aber nicht mitmachen. Ein echter Catch 22. Die Männer, die sich beim Probecasting gemeldet haben, sind daher eher …« Er sieht zu mir hinüber, und ich habe das Gefühl, dass er sich nun fast ein bisschen schämt vor mir.

»Asoziale Vielficker?«, assistiere ich.

Rüdiger zuckt mit den Achseln. »Wenn du es so nennen willst … Die Frauen erkennen das Fabrikat des Vibrators schon am Geräusch, die Kerle hinterfragen gar nicht, wie und ob sie's treiben sollten. Die rammeln einfach los. *Ein* solches Paar müssen wir natürlich in der Show haben, die sind für ein paar kopfschüttelnde Lacher und die *BILD*-Schlagzeilen gut. Aber wir brauchen auch andere Varianten: Die regressive Klosterschülerin, die mit der Therapeutin zögerlich den Blowjob mit einer Banane übt, den Nadelstreifenmanager, der heimlich davon träumt, angepinkelt zu werden …«

»Kurz und knapp«, sage ich, »wir inszenieren die komplette Sendung durch, erfinden die Probleme, schreiben die Dialoge auf einem Niveau, das weder die Darsteller noch das Publikum über- oder überhaupt fordert, und entscheiden natürlich auch, wer ein genitales Happy End hat und wer nicht?«

»Nicht ganz«, versucht Rüdiger zu retten, was nach dieser wohl zutreffenden Vermutung von mir noch zu retten ist. »Wir mischen vielmehr Inszenierung und authentische Elemente. Ich nenne es einfach mal eine Borderline-Dokumentation.«

Ich lache. »Okay, ich wollte nur wissen, woran ich bin.«

»Ich finde das voll cool«, meldet sich einer der Hipster zu Wort und wirft Rüdiger dabei einen Lob heischenden Blick zu. »Und ich glaube, damit haben wir mal etwas vollkommen Neues am Start. Also, *ich* bin gerne dabei.«

»Okay, Max, danke«, beeilt Rüdiger sich zu sagen. »Aber genug der Vorrede. Die Castingfirma hat uns schon mal ein paar Bänder vorbeigeschickt, damit wir sehen, wer in der engeren Auswahl ist.« Auf Knopfdruck fahren die Jalousien nach unten, ein großer Flachbildschirm, der an die Wand montiert ist, flammt auf.

»Na wunderbar«, grinse ich. »Das ist doch mal eine Verbesserung zu den schmuddligen Sexkinos meiner Jugend.«

Rüdiger wirft mir einen tadelnden Blick zu, aber ich sehe, dass wir uns verstehen.

Als die Konferenz sich auflöst, verspreche ich Rüdiger, mich im Lauf der nächsten anderthalb Wochen bei ihm zu melden, ob er mich für die erste Staffel als Autor einplanen kann. Als ich danach auf der Straße vor dem *Azalee*-Gebäude stehe, widerstehe ich der Versuchung, den nächstgelegenen Taxistand aufzusuchen. Es ist noch nicht einmal halb acht und ich habe es nicht eilig. Ganz davon abgesehen muss ich ab sofort ja auch Geld sparen. Also gehe ich gemütlich in Richtung Bushaltestelle.

Ich will mir gerade den Ohrhörer meines MP3-Players einstöpseln und eine der BBC-Radio-Comedyshows weiterhören, die ich bei eBay ersteigert habe, als ich ein Hupen höre. Erstaunt drehe ich mich um. Neben mir fährt im Schritttempo ein Smart – und am Steuer sitzt Anna.

»Hunger?«, fragt sie lächelnd.

Ich mustere die dralle Schöne und lächele. *Appetit* trifft es wohl eher. »Irgendetwas Leichtes und Bekömmliches vielleicht«, nehme ich ihr unausgesprochenes Angebot an.

»Steig ein!«

Es ist kurz nach ein Uhr nachts, als ich auf die Leuchtanzeige des Radioweckers schaue. Neben mir liegt Anna … nackt, versteht sich. Sie umklammert ihre Decke wie einen überdimensionalen Teddybären und streckt mir ihren festen Hintern entgegen. Ein ausgesprochen erfreulicher Anblick.

Wir haben zusammen beim Thailänder gegessen und ausgiebig geflirtet. Die Initiative ging dabei mehr von ihr aus als von mir. Anna ist sich ihres Sexappeals sehr bewusst. Schade. Ich persönliche finde die Frauen am erotischsten, die den Grad ihrer sinnlichen Präsenz nicht so genau einordnen können. Die nicht bewusst steuern, wie sie bei uns Kerlen etwas erreichen. Ich fühle mich immer ein ganz klein wenig beleidigt, wenn Frauen ihr Programm abziehen, wenn sie ihre kleinen Gesten und ganz speziellen Bewegungen abspulen, im Gespräch diese exakt ausbalancierte Mischung aus Koketterie und Schmeichelei benutzen und uns so genau dahin treiben, wo sie uns haben wollen. Was mich ärgert, ist, dass diese Frauen glauben, wir Männer wüssten nicht, was sie da tun. Tatsächlich sind nur wenige von uns so dämlich, dass sie die üblichen weiblichen Maschen nicht durchschauen. Wir sagen nur nichts. Wir spielen einfach mit. Bei flüchtigem Sex ist eben nicht der Weg das Ziel. Wir Jungs wollen einfach nur ankommen.

Aber egal. Anna und ich, das ist ein flüchtiges Ereignis. Sie weiß es und ich weiß es. Das ist fair, das ist okay. Es war sehr schnell klar, dass wir ein gemeinsames Interesse haben – aber keine Spur dieses aufregenden Kribbelns, das entsteht, wenn zwei Menschen sich mehr als nur spannend finden, sich vorsichtig ausloten, zwischen denen sofort eine gewisse Grundspannung knistert. Was wir haben wollten, war ein schöner, solider One-Night-Stand. Und den haben wir bekommen, beide.

Doch, ja: Ich mag Anna. Sie ist smart, witzig und höllisch sexy. Aber als ich auf die Uhr sehe und die letzte Ziffer eine Minute vorspringt, überlege ich doch schon, wie ich sie so höflich wie möglich aus der Wohnung bugsieren kann. Ich hoffe, sie ist keine Frühstückerin …

Es klingelt an der Tür. Um kurz nach eins? Wer …? Ich richte mich auf. Anna dreht sich, im Halbschlaf vor sich hin knurrend, um. Ich schlüpfe schnell in Unterhose und T-Shirt und gehe zur Tür. Als ich durch den Spion blicke, sehe ich … Jens.

»Kann ich hier pennen?«, fragt mein bester Freund, nachdem ich die Tür geöffnet habe und er eingetreten ist. »Es tut mir echt Leid, dich so zu überfallen.«

»Hey, kein Problem. Was ist passiert?«

»Marion hat mich rausgeschmissen«, seufzt Jens.

»Und warum bist du nicht zu Karin gegangen?«, stelle ich die nahe liegende Frage.

»Das geht nicht«, sagt Jens. »Es ist … kompliziert«

»Hallo«, sagt Anna, die plötzlich im Türrahmen des Schlafzimmers auftaucht. Sie trägt nur einen Slip und ihr knappes Unterhemdchen mit Spaghettiträgern.

»Hallo«, sagt Jens ziemlich irritiert.

Doch, ja, für einen kurzen Moment finde ich es schon cool, wie Jens den scharfen Feger anstarrt, den ich mir da aufgerissen habe. Kommt schließlich nicht oft vor, dass mein Singlestatus auch mal einen nachweislich positiven Aspekt hat. Leider vergeht mein kurzer triumphaler Auftritt als Babe-Magnet so schnell, wie er gekommen ist. Denn Jens ist nicht gekommen, um mich ob meines Liebeslebens zu beneiden. Er ist zweifelsohne hier, weil er ein Problem hat.

»Anna, Jens. Jens, Anna«, stelle ich die beiden vor und schlurfe dann in Richtung Küche. »Ich koche uns mal einen Kaffee. Dann können wir reden.«

Ich gehe eigentlich davon aus, dass Anna, während ich in der Küche die Kaffeemaschine in Betrieb setze, in ihre Klamotten schlüpft und sich stilvoll verabschiedet.

Ich liege nur zur Hälfte richtig.

Als ich ein paar Minuten später mit zwei Kaffeebechern ins Wohnzimmer komme, ist Anna zwar angezogen, sitzt aber neben Jens auf dem Sofa. Ich räuspere mich irritiert. Anna erhebt sich und nimmt mir die Becher ab.

»Danke«, lächelt sie, gibt Jens den einen Becher und trinkt einen kleinen Schluck aus dem anderen. Mir bleibt nichts anderes übrig, als in die Küche zurückzugehen und mir selbst einen weiteren Kaffee einzuschenken.

Als ich dreißig Sekunden später ins Zimmer zurückkehre, hat Anna Jens bereits zum Reden gebracht. »Ich verstehe sie ja sogar«, seufzt er. »Ganz ehrlich: Marion und ich hängen momentan total in der Luft. Es ist echt übel, was ich ihr zumute. Ich *weiß* das. Ich weiß das wirklich.«

Anna sieht Jens an. Ihr Blick ist irgendwie … neutral. Interessiert, analytisch. Es ist, als würde sie dreidimensionales Reality-Fernsehen schauen. Wahrscheinlich betrachtet sie das hier gerade als erstklassige Recherchemöglichkeit für die neue Sendung. Mitleid darf Jens von ihr wohl kaum erwarten – oder von irgendeiner anderen Frau auf diesem Planeten.

»Sie hat gesagt, ich müsse mich entscheiden. Sofort. Karin oder sie. Sie halte das einfach nicht mehr aus.« Jens schaut zu mir herüber und wartet auf eine Reaktion.

»Und du hast dich für Karin entschieden?«, tippe ich.

Jens sieht mich kopfschüttelnd an. »Dann wäre ich jetzt ja wohl bei ihr, Thomas.«

Ich bin echt schlecht in diesen Dingen.

»Aber du musst doch wissen, wen von beiden du liebst«, sagt Anna.

»Ich liebe beide.« Jens' Stimme ist kaum mehr als ein Flüstern.

»Aber wen liebst du mehr?«, beeile ich mich zu fragen, bevor Anna das Gespräch völlig an sich reißen kann. Ich habe irgendwie das Gefühl, dass ich als schlechter Freund dastehe, wenn eine fremde Frau meinem besten Kumpel in seiner schwersten Krise die einfühlsameren Fragen stellt.

»Ich liebe sie verschieden. Aber ich liebe sie beide«, seufzt Jens. »Und dann sind da ja auch noch die Kinder.«

»Du hast Kinder?«, fragt Anna.

»Drei.« Jens bricht in Tränen aus. »Und ich will sie nicht verlieren!«

Ich signalisiere Anna, dass sie ein Stück zur Seite rücken soll. Dann setze ich mich neben Jens und lege meinen Arm um ihn. Er sinkt dankbar an meine Schulter und weint hemmungslos.

Das ist der Moment, in dem Anna endlich merkt, dass sie hier fehl am Platze ist. Sie geht in den Flur, zieht ihre Jacke und die Schuhe an und kommt noch einmal ins Wohnzimmer zurück, um sich zu verabschieden. »Viel Glück«, sagt sie zu Jens und gibt mir einen eher flüchtigen Kuss. »Ich geh dann mal.«

»Ich rufe dich an«, behaupte ich. »Nach Schweden.«

»Klar«, antwortet Anna und lächelt wissend. »Tu das.«

10. Kapitel

Jens trommelt nervös auf das Dach des Wagens. »Das wäre ja auch zu schön gewesen, um wahr zu sein!«, ruft er. »Als Malte vorhin tatsächlich pünktlich vor deiner Tür stand, konnte ich es gar nicht fassen. Malte – pünktlich! Zum ersten Mal in seinem Leben!«

Ich kann es mir nicht verkneifen, mich über Jens' theatralischen Habitus lustig zu machen. »Ja, war das nicht erstaunlich, wie er auf den Glockenschlag vor uns erschien!«, ereifere ich mich mit pompöser Stimme. »Ach, was sage ich: Erstaunlich? Es war ein *Wunder!* Es war, als hätten wir ins Antlitz Gottes geblickt.«

»Aber wo ist er jetzt?« Jens kann erstaunlich ironieresistent sein, wenn er will.

»Der kommt schon«, versuche ich meinen Freund zu beruhigen. Tatsächlich werde aber auch ich langsam etwas unruhig. Ich bin weit davon entfernt, mich ähnlich grenzhysterisch zu gebärden wie Jens, aber ich ertappe mich zumindest bei einem nervösen Fußwippen. Einmal mehr lasse ich meinen Blick über den riesigen Platz voller stehender und rollender Wagen wandern. Malte ist nirgends in Sicht. Gerade ist die Schlange neben uns in Bewegung geraten, und es wird nicht mehr lange dauern, bis auch wir dazu aufgefordert werden, auf die Fähre zu fahren. Ein unmögliches Unterfangen, denn direkt vor unserem Auto parkt Maltes herrenloses, protziges SUV. Er selbst ist vor mehr als einer halben Stunde losgedackelt. *Ich geh mir ein bisschen die Beine vertreten,* hat er bloß gemurmelt. Seitdem warten wir auf seine Rückkehr.

»Ich wünschte, du hättest ihm nie von dieser Reise erzählt«, ereifert sich Jens. »Am liebsten würde ich ihn einfach hier stehen lassen!«

»Na, nun übertreib mal nicht«, versuche ich ihn zu beruhigen. Schließlich weiß ich, dass es hier gerade nicht nur um Malte geht. Jens ist wütend auf die ganze Welt. Die Ultimaten, die ihm sowohl seine Frau als auch seine Geliebte gesetzt haben, machen ihm zu schaffen. Er ist ein Nervenwrack. Ich kann das aus eigener, leidvoller Anschauung beurteilen, denn die letzten drei Tage hat er bei mir gewohnt.

Sein Urlaubsgepäck hat er an einem Nachmittag aus der Wohnung geholt, als Marion zur Arbeit war und ihre Mutter auf die Kinder aufpasste. Natürlich wollte er sich dabei auch von den dreien verabschieden, sich mit ihnen aussprechen, ihnen versichern, dass alles gut werden wird. Doch die beiden Kleinen haben wohl gar nicht richtig verstanden, was er sagte, und Lukas weigerte sich sowieso, ihm auch nur in die Augen zu schauen. Jens' großer Sohn hat sich einfach in seinem Zimmer verschanzt und die Anlage aufgedreht. Jens musste mit Tränen in den Augen den Rückzug antreten.

Ich weiß, dass Jens durch die Hölle geht, ehrlich. Ich habe ihm stundenlang zugehört, ihn zu trösten versucht, bin ein wirklich guter Freund gewesen. Aber jetzt fängt der Urlaub an, und der war bisher eigentlich als Spaß gedacht. In diesem Urlaub wollten wir doch das Elend des Alltags abschütteln, anstatt uns mental darin zu suhlen. Es könnte Jens wirklich nur gut tun, wenn er endlich versuchen würde abzuschalten. Und auch ich brauche jetzt etwas Spaß. Mir geht es schließlich auch nicht gut: Mein Job ist im Eimer, mein Liebesleben ein schlechter Witz und neuerdings habe ich auch noch dieses fiese Ziehen oberhalb der Leistengegend. In einer medizinischen Datenbank im Internet stand, dass das ein erstes Symptom für Nierenversagen sein kann.

»Da bist du ja endlich«, ruft Jens plötzlich und schreckt mich aus meinen apokalyptischen Fantasien über ein Leben mit der Dialyse auf. »Wo bist du denn gewesen?«

Malte grinst breit. »Da waren diese Kids, die fahren zu einem Festival, irgendwo in der Nähe von Stockholm. Lustige Bande, echt. Und die Mädels …« Er leckt sich mit der Zunge über die Lippen. »Knusprig! *Echt* knusprig!«

Erst jetzt bemerke ich, dass Maltes Augen irgendwie trüb und unübersehbar rötlich eingefärbt sind. »Und? Wie viele Joints habt ihr geraucht?«, frage ich.

»Nur einen«, strahlt Malte. »Oder zwei? Hey, guck mal, der Typ da will uns auf die Fähre locken.« Er zeigt fröhlich auf einen Mann in orangefarbener Jacke, der uns mit energischen Gesten zum Losfahren auffordert. »Perfektes Timing! Na, wie habe ich das gemacht? Auf die Sekunde!«

»Darf ich ihn bitte sofort erwürgen?«, fragt mich Jens.

»Gib mir noch ein paar Stunden, vielleicht mache ich dann mit«, antworte ich.

Nachdem wir unsere Drei-Bett-Kabine bezogen haben und Jens endlich Abstand davon genommen hat, Malte weiterhin mit bösen Blicken für sein Verhalten zu rügen – weil unser selig bekiffter Mitreisender das nämlich sowieso nicht bemerkt –, machen wir uns auf den Weg in das Selbstbedienungsrestaurant auf dem Oberdeck.

Während Jens und ich noch einen leeren Tisch suchen, prescht Malte bereits zum Büfett und belädt sich seinen Teller. Er türmt wahllos Vorspeisen, Hauptgerichte und Desserts zu imposanten Lebensmittelbergen auf. Die einzelnen Komponenten sabschen durcheinander wie in einem abstrakten Klecksgemälde. Selbst Jens kann sich ein ungläubiges Lachen nicht verkneifen, als Malte glücklich strahlend neben uns Platz nimmt und gierig Krabbensalat-Schokopudding-Klumpen und Hähnchen-Nuggets mit Götterspeise vertilgt, als wäre das das normalste Essen der Welt.

»Wisst ihr, was euer Problem ist«, doziert er mit dicken Backen. »Ihr benehmt euch so alt, wie ihr tatsächlich seid. Ihr vergreist freiwillig!« Spricht's und schiebt sich ein Stück Fischfrikadelle, an dem der Zuckerguss des daneben geparkten Butterkuchens klebt, in seinen ohnehin schon überfüllten Mund. »Ihr übt euch im Phlegma, obwohl ihr noch so viel Neues ausprobieren könntet!« Dann kichert er. »Ihr seid *alt!* Mann, seid ihr alt! Guckt doch nicht so! Ist doch wahr.«

Jens und ich schauen uns an. »Du hast Recht«, sage ich schließlich mit ernstem Gesicht. »Genau in diesem Moment, wenn ich dich so anschaue und schonungslos in mich gehe, dann stelle ich fest, wie ungleich souveräner du dein Leben zu meistern verstehst als ich.«

Malte nickt eifrig.

»Du hast da etwas Preiselbeergelee am Kinn kleben«, fahre ich genauso ernsthaft fort.

»Und an der Nase«, ergänzt Jens.

»Wir bewundern dich, Malte, wirklich«, sage ich. »Du bist *toll!*«

Einen Moment lang können wir uns noch zusammenreißen, dann prusten wir los.

Malte ist es egal, dass wir über ihn lachen. Hauptsache, wir lachen. »Noch 'n Bier, Jens? Cola light für dich, Thomas?«

Wir nicken. Als Malte sich erhebt, stößt er mit einem jungen Mann zusammen, dessen blond gefärbten Haare zu einem Irokesen aufgetürmt sind.

»Hey, Alter!«, lacht der Jüngling, der sich gerade Richtung Büfett durch den Gang schiebt, und knufft Malte auf den Arm. »Alles cool?«

Malte grinst immer noch breit und selig. Er sieht aus wie der erste Vorsitzende einer Dorftrottel-Selbsthilfegruppe. »Hi«, strahlt er. »Das war gutes Zeug vorhin, echt!«

Der Jüngling lächelt. »Wir machen nachher noch Party auf'm Achterdeck. Kannst ja auch kommen«, sagt er, bevor er weitergeht.

»Hey, ja! Cool. Mach ich«, freut sich Malte, obgleich

sein jugendlicher Kifferkumpel längst verschwunden ist. Dann strahlt er uns an. »Geil! Das wird noch richtig lustig heute Nacht.«

»Denk dran, dass du morgen noch mehrere hundert Kilometer fahren musst«, ermahnt ihn Jens.

»Bleib locker ...« Malte wirft ihm nur einen nachsichtigen Blick zu. »Auf welchem Deck feiern die noch mal«, fragt er dann mich. »Ich hab das eben nicht richtig mitbekommen.«

»Achterdeck«, sage ich. Und als ich seinen immer noch verwirrten Gesichtsausdruck richtig deute, setze ich hinterher: »Das ist *hinten.*«

Zwei Stunden später bricht Malte dann tatsächlich zu seinem Kiffer-Kindergeburtstag am Heck des Schiffs auf. Vielleicht glaubt er ernsthaft, eines der höchstens zwanzigjährigen Mädels aufreißen zu können, die er schon auf dem Parkplatz im Fährhafen ins Visier genommen hat.

Ich weiß nicht, ob ich Malte wegen seiner völligen Distanzlosigkeit, seiner gnadenlosen Selbstüberschätzung und infantilen Vergnügungssucht beneiden oder bemitleiden soll. Ich weiß nur, dass ich lieber die Toiletten im B-Deck geschrubbt hätte, als mir mit einer Hand voll gerade mal eben volljähriger Hiphop-Babys einen Joint zu teilen. Warum soll ich mir selbst mit voller Absicht schmerzhaft bewusst machen, wie alt und jenseits aller hippen Trends ich inzwischen bin?

Okay, ich gebe es zu: Auch ich trauere meiner Jugend nach. Vor zwanzig Jahren bin auch ich noch mit Fähren zu Rockfestivals gefahren, habe Alkohol und Drogen im Übermaß konsumiert, wahllosen, unkomplizierten Sex und so gut wie keinen Stress gehabt. Damals spielten auf den Festivals aber auch Bands, die ich kannte. Ich habe mich zu *The Cure* in Ekstase getanzt, zu den Balladen von Richard Thompson mein Frühstücksbier getrunken und bin nachts um drei beim Schlusskonzert von den *Undertones* auf der Wiese eingeschlafen. Heute hopsen da irgendwelche DJ Buhus, Technotrios namens *Klockotronic* und was weiß ich was noch für dubiose, digitalisierte, goateebärtige Coolinskis herum, von denen ich noch nie etwas gehört habe.

Nein, lieber bin ich alt, als der Jugend des neuen Millenniums hinterherzuhecheln. Ich finde Tattoos doof, Piercings sogar noch schlimmer. Ich mag Handys nicht besonders. Ich fand's damals schon blöd, meine LPs gegen CDs austauschen zu müssen, und es stinkt mir, dass ich meine Billy-Cobham-CD jetzt auch noch für einen MP3-Player konvertieren soll, nur weil »man« das jetzt angeblich so macht. Und ich verstehe schon gar nicht, warum industrielles, monotones Gestampfe, das wie die Frühschicht am Roboterfließband in den VW-Werken klingt, plötzlich Musik sein soll.

Ich zünde mir eine Zigarette an, lehne mich an die Reling und blickte übers Meer. Die Sonne beginnt gerade unterzugehen. *Komisch*, denke ich, *in meinem Alter soll man für die Schönheiten der Natur doch angeblich sensibilisiert sein. Also müsste ich so einen ästhetischen Moment zu schätzen wissen.* Aber als ich in den Sonnenuntergang schaue und nach einem Gefühl in mir suche, ist da … nichts. Absolut nichts.

Ich finde, dieser Sonnenuntergang ist bloß ein ziemlich langweiliges Orange auf dunkelblauem Grund. Dieser Sonnenuntergang sagt nicht: *Ich bin schön.* Er sagt nicht: *Die Welt ist voller Wunder.* Er sagt nicht: *Besinne dich auf den Einklang mit der Natur.* Wenn dieser Sonnenuntergang überhaupt irgendetwas sagt, dann bloß: *Hey, Alter, guck mal: Der Tag ist zu Ende. Wenn du morgen früh aufstehst, bist du schon wieder vierundzwanzig Stunden näher am Sarg.*

»Na, Thomas«, höre ich plötzlich Jens' Stimme. Mein Kumpel lehnt sich neben mich an die Reling. Er hält ein Dosenbier in der Hand, an dem er nippt. »Alles okay?«

Ich nicke nur.

»Toller Sonnenuntergang, oder?«, sagt Jens.

»Ja, sehr schön«, lüge ich.

Wir stehen eine Weile da und sagen nichts. Jens genießt offenbar tatsächlich das Naturschauspiel, das sich da zwischen Himmel und Wasser abspielt. Vielleicht lenkt es ihn von seinem persönlichen Elend ab. Ich aber stehe einfach nur so da. Mit dem Gesicht nach vorn.

»Langsam wird's kalt«, behaupte ich schließlich. »Ich glaube, ich geh in die Kabine. Vielleicht lese ich noch ein bisschen.«

»Ich komm mit.«

»Wollen wir Malte Bescheid sagen?« Jens schüttelt den Kopf: »Ich war eben hinten und hab mal vorsichtig um die Ecke geguckt. Er sitzt da inmitten der Teenies auf dem Boden und blödelt total herum. Er glaubt vermutlich, er sei cool und witzig. Die Kiddies scheinen ihn aber eher für einen durchgeknallten Opa zu halten, über den man sich gut lustig machen kann.«

»Er ist ja auch wirklich bald Opa«, grinse ich. »Aber ist doch egal. Hauptsache, er ist happy.«

Jens zuckt nur mit den Schultern. »Er weiß ja, wo die Kabine ist.«

Was …? Ich fahre aus dem Schlaf hoch. Da, wieder: *bonk, bonk*. Ein energisches Klopfen. *Sehr* energisch.

Ich reibe mir die Augen, brauche ein paar Sekunden, um mich zu orientieren, und werfe dann einen verschlafenen Blick auf die Leuchtziffern meiner Armbanduhr. Es ist kurz nach zwei Uhr nachts.

»Bitte öffnen Sie!«, ruft eine laute Männerstimme.

Ich wuchte mich aus dem Bett, wobei ich mit dem Kopf an den Rahmen des oberen Etagenbettes krache, halte mir kurz den brummenden Kopf und drücke dann den Türgriff hinunter.

»Was 'n los?«, höre ich hinter mir das verschlafene Murmeln von Jens, der sich nun auch aufrichtet.

Im Türrahmen steht ein großer, blonder, gut aussehender Mann in Uniform, von dem so manche Frau zweifelsohne liebend gern geweckt werden würde. Mich dagegen wundert sein Anblick nur.

»Ja?«, brumme ich und räuspere mich dann, um den nikotinbedingten Ochsenfrosch, der sich nachts in meiner Luftröhre breit zu machen pflegt, ins Freie zu pressen.

»Kennen Sie einen gewissen Malte Konecker?«, fragt der Uniformierte.

Ich drehe mich erschrocken um und werfe einen Blick auf das Bett, das Malte sich beim Bezug der Kabine reserviert hat. Es ist leer.

»Was ist mit ihm?«, frage ich.

»Folgen Sie mir bitte.«

Der blonde Mann mit den glänzenden Knöpfen und der schicken weißen Mütze stellt sich als der Erste Offizier der Fähre vor. Sein Name ist Grauweiler. Davon einmal abgesehen, erfahren Jens und ich allerdings nichts Relevantes, während wir ihm in einer dauerlaufähnlichen Gangart auf allerlei verschlungenen Wegen durch das halbe Schiff folgen. Wir haben uns beide nur schnell unsere Jeans und Schuhe angezogen und befinden uns während unserer geheimnisvollen nächtlichen Joggingmission mental in einer Grauzone zwischen Sorge, Neugier und Restmüdigkeit.

»Ist er verletzt oder so?«, frage ich den Offizier.

»*Oder so* würde ich sagen«, antwortet Grauweiler. Und zum ersten Mal habe ich das Gefühl, den Hauch eines sarkastischen Grinsens in seiner Stimme zu erkennen.

»Hat er …«, versuche ich es noch einmal, als der Offizier mich schon unterbricht. »Wir sind da«, sagt Grauweiler und öffnet eine Tür. Erst jetzt bemerke ich, dass wir uns offensichtlich immer weiter nach oben gearbeitet haben und nun direkt vor dem Steuerraum stehen. Grauweiler signalisiert uns einzutreten.

»Das sind seine Freunde, Käpt'n«, sagt er zu einem älteren Herrn, dessen Uniform sich bedrohlich eng um seine veritable Wampe spannt.

»Aha«, sagt der Kapitän und mustert uns. Jens und ich

starren ihn nur an und warten auf eine Erklärung, was das alles hier soll.

Der Kapitän brummt genervt auf und nickt in Richtung der hinteren Ecke des Raums. Ich folge seinem Blick.

Dort kauert Malte auf dem Boden. Mit nacktem Oberkörper. Er klammert sich verbissen an einem Rohr fest, das die Wand entlangläuft. Als er Jens und mich sieht, hellen sich seine Gesichtszüge auf.

»Gott sei Dank!«, ruft er. »Da seid ihr ja! Könnt ihr diesen Hirnis mal erklären, dass sie bloß nach rechts abbiegen müssen und schon sind wir auf der Palmeninsel! Die glauben mir nicht!«

Wir sehen Malte fassungslos an.

»Ist das nicht irre?«, juchzt er und erhebt sich mühsam. »Ich hab sie vorhin erst entdeckt. Stellt euch vor: Ein Palmeninsel mitten in der kalten Ostsee! Und sie ist sogar erleuchtet.« Malte wirft dem Kapitän einen geringschätzigen Blick zu, den dieser mit eisiger Miene quittierte. »Käpt'n Nemo hier behauptet, ich lüge. Dabei ist sie doch direkt da vorn!« Er zeigt durch die vordere Glasfront aufs Meer.

Dort sehen wir natürlich nichts.

Außer Wasser, versteht sich.

»Äh …«, macht Malte und kratzt sich am Kopf.

Der Offizier grinst breit.

»Sie ist weg!«, staunt Malte.

»Da *war* nie eine Insel!«, bellt der Kapitän. »Und ich hätte nicht übel Lust, Sie nach der Ankunft bei der Polizei anzuzeigen!«

Malte glotzt immer noch blöde aufs Meer hinaus. »Die war da! Echt!«, versichert er mir. »Mit Palmen und Lampions und sogar mit 'nem Regenbogen! Ach, menno … Jetzt sind wir vorbeigefahren!« Er stürzt in Richtung Steuerruder. »Drehen Sie sofort um, Sie Süßwassermatrose!«, brüllt er den Kapitän an.

Jens, Offizier Grauweiler und ich schnappen uns Malte zeitgleich. »Schaffen Sie mir den Idioten aus den Augen!«, brüllt der Kapitän mit sich überschlagender Stimme und wendet uns dann demonstrativ den Rücken zu.

»Komm mit, Malte«, sagte ich. »Du musst dich ausschlafen.«

Malte schmollt, murmelt noch ein paar unverständliche Worte, fügt sich dann aber seinem Schicksal und meinem festen Griff.

Ich ziehe Malte ins Freie. Auf dem Weg zur Kabine beruhigt er sich zum Glück ein wenig.

»Was, um Himmels willen, hast du eingeworfen?«, frage ich.

»Nichts Besonderes! Zwei, drei Joints, ein paar Bier … ach ja, und Löschpapier«, grinst Malte. »Aber das hat doch nichts mit der Insel zu tun. Die war echt da. Hey, vielleicht sieht man die ja noch vom Heck aus? Vielleicht sind meine Freunde noch da! Weißt du, Thomas, ich hätte Bock, die kleine Rothaarige zu ficken. Die steht auf mich!«

Er macht schon wieder Anstalten auszureißen. Jens und ich nehmen ihn wie ein Schraubstock in die Mitte.

Maltes Widerstand ebbt ab und wir schaffen es schließlich tatsächlich, ihn in die Kabine zu bugsieren. Wir schieben ihn auf ein Bett, ziehen ihm nicht einmal Hose und Schuhe aus, sondern werfen ihm nur eine Wolldecke über.

»Ruh dich aus«, befehle ich.

»Bmmmmm«, brummt Malte. Für zwei Minuten summt er noch etwas, das wie ein Shanty klingt. Dann hören Jens und ich ihn schnarchen.

Löschpapier?

Ich wusste gar nicht, dass die Teenies heute wieder mit LSD herumfuhrwerken …

Als wir am nächsten Morgen mit Malte in der Cafeteria sitzen, grinst er über das ganze Gesicht. Es ist ein müdes Grinsen, zugegeben. Ich finde auch, dass es ein wenig verlegen wirkt. Doch er grinst.

Da die Essensberge des gestrigen Tages wahrscheinlich immer noch halb verdaut in seinem Magen auf Bearbeitung warten, trinkt er nur einen Kaffee. Jens und ich haben uns dagegen am Frühstücksbüfett mit Toast, Schinken und Obstsalat versorgt.

»Wir könnten doch mit den anderen zu dem Festival fahren«, schlägt Malte allen Ernstes vor. »Kommen wir eben erst drei Tage später am Haus an. Machen wir einfach noch ein bisschen Party vorher.«

Jens sieht aus, als wolle er gleich über den Tisch springen, Malte die Zunge aus dem Mund reißen und sie mit seinem Brotmesser auf die Tischplatte nageln.

»Halt den Mund, Malte«, sage ich nur. Da ich selbst dazu tendiere, mitunter unfassbar dumme Dinge zu machen, weiß ich, dass die einzig effektive Form der Ablehnung ein deutliches Abbügeln ist.

Malte sieht mich tatsächlich nur an und zuckt dann folgsam mit den Schultern. »War ja nur 'ne Idee.«

»Du kannst auf jeden Fall nicht fahren«, verkündet Jens. »Die Drogen sind immer noch in deinem System. Du kommst auf den Beifahrersitz!«

»Du willst doch nur meine Karre lenken!«, mault Malte.

»Ich kann gut drauf verzichten, in deinem albernen Phallussymbol herumzukutschieren«, schnappt Jens.

»Phallussymbol?« Malte sieht Jens ungläubig an. »Was soll an meinem SUV denn bitteschön ein Phallussymbol sein? Vielleicht ist dein Pimmel ja schwarz und viereckig – meiner nicht!«

»Ich meine damit, dass es ein Angeberauto ist«, sagt Jens gefährlich ruhig.

»Dann sag das auch!«, blafft Malte. »*Phallussymbol!* Was für ein Quatsch!«

»Jens hat Recht«, versuche ich den Dialog auf eine zivilisierte Ebene zu bringen. »Du bist noch auf Restspeed. Lass ihn fahren.«

»Nie im Leben!«, ruft Malte. »Der versaut mir die Karre. Der tuckert so langsam, dass sich der Wagen noch dran gewöhnt. Der macht aus meinem Baby eine Omakutsche!«

»Fahr du, Thomas«, sagt Jens.

»Okay.«

»Okay«, knurrt Malte. »Mann, wenn ich gewusst hätte, dass ich hier mit den Betschwestern auf Wallfahrt gehe, hätte ich zwei Wochen Pauschi auf Barbados gebucht. Da kannste so breit sein, wie du willst!«

Durch die Fenster der Cafeteria sehen wir, dass der Hafen immer näher kommt. Wahrscheinlich werden wir schon in einer Viertelstunde offiziell aufgefordert werden, in unsere Autos zu steigen.

Wir gehen unter Deck zu unseren Wagen. Schon kurz darauf öffnet sich die Luke und wir sind offiziell in Schweden angekommen.

Wir haben noch nicht einmal das Hafengelände verlassen, als Malte schon lauthals schnarcht. Ich schiebe eine CD von Nils Landgren in den Player. Für die nächsten fünfzig Minuten verwandelt Schwedens einfallsreichster Jazzer zehn verschiedene Abba-Songs in wunderbar verquere Bigbandkonstrukte. »*What's the name of the game?*«, singe ich mit und trommele dabei in möglichst versetzten Synkopen auf das Lenkrad.

»Gnnnhgh«, knurrt Malte und presst sein unrasiertes Gesicht gegen die Seitenscheibe.

Es ist früher Nachmittag, als wir unser Ziel erreichen.

Björnvatten als Stadt zu bezeichnen wäre ähnlich vermessen, als wenn man Erkan und Stefan zu den großen deutschen Satirikern zählte. Das Örtchen, durch das wir unsere beiden Wagen steuern, ist bloß eine Ansammlung von maximal fünfzig Häusern, einer Kirche, einer Kneipe und einem ziemlich kleinen, merkwürdig würfelförmigen Gebäude, an dem die drei beleuchteten Buchstaben *ICA* prangen. Darunter verkündet ein kleinerer Schriftzug selbstbewusst, dass es sich hierbei um einen *Stormarknad* handelt, einen Supermarkt. Ich parke vor dem größenwahnsinnigen Tante-Emma-Laden, denn hier sollen wir den Schlüssel für unsere Hütte erhalten.

»Nett«, sagt Malte, der inzwischen aufgewacht ist, aus dem Wagen steigt und sich mit großer Geste reckt und streckt.

Jens, der direkt hinter uns geparkt hat, tritt zu uns. »Wir sollten auch gleich ein paar Vorräte einkaufen.« Er wirft einen Blick auf das Obst und Gemüse in der kleinen Auslage.

»Wir könnten grillen«, schlage ich vor.

»Gute Idee«, findet Malte.

»Wollen wir Würstchen kaufen oder auf dem Weg zum Haus einen Elch überfahren?«, fragt Jens und grinst zum ersten Mal seit gestern Nachmittag. Na endlich!

»Ich vermute mal, die haben hier bereits abgepackte Elchsteaks«, sage ich. »Mir geht das ganze Häuten und Ausweiden immer auf die Nerven.«

»Vom Waschen und Ausbeulen des Autos mal ganz zu schweigen«, nickt Jens grinsend.

»Wir haben schließlich Urlaub!«

»Sind Elche eigentlich wirklich essbar?«, meldet sich Malte zu Wort.

»Warum denn nicht? Ich habe jedenfalls schon mal Rentierfleisch gegessen und das ist ja so ähnlich«, sage ich.

»Und?«, fragt Malte. »Hat's geschmeckt?«

»Ein bisschen wie langweiliger Hirsch.«

»Na, dann passt das ja zu uns«, frotzelt Jens mit einem

Seitenblick auf Malte und trottet dann zur Eingangstür hinüber. Wir folgen ihm.

»*Hej, kan jag hjälpa er?*«, begrüßt uns eine freundliche Frau. Sie steht an einem der Regale und füllt es mit Konservendosen. Wir alle drei mustern sie so unauffällig, wie es uns möglich ist – man kann also davon ausgehen, dass es bei Malte einem offensichtlichen Abchecken gleichkommt.

Die Frau ist Ende dreißig, vielleicht Anfang vierzig, entgegen aller Schwedinnenklischees nicht blond, sondern brünett und hat trotz kleiner Fältchen im Gesicht eine frische, irgendwie jugendliche Aura. Vielleicht liegt das an den Sommersprossen, mit denen ihr ganzes Gesicht übersät ist, vielleicht an ihrer kleinen, drahtigen Statur, vielleicht an ihren leuchtenden Augen, mit denen sie uns drei ansieht. Sie ist nicht schön im klassischen Sinne … aber sie ist definitiv faszinierend.

»Hi«, sagt Malte und drängelt sich an uns vorbei wie ein Streber in der Schule bei der Zeugnisverteilung. »*We rented a house at the lake. You are supposed to have the key?*« Er spricht Englisch, in der sicheren Annahme, dass man damit in der ganzen Welt irgendwie zurechtkommt.

»Ah, ihr seid das! Willkommen in Björnvatten«, antwortet die Frau überraschenderweise in einwandfreiem Deutsch, das jedoch mit einem herzallerliebsten Akzent gewürzt ist. »Ihr könnt ruhig deutsch reden.«

»Umso besser«, sagt Malte und setzt sein mechanisches Verführerlächeln auf.

»Ich habe lange auf einem Kreuzfahrtschiff einer deutschen Reederei gearbeitet, wisst ihr«, sagt die Frau, stellt die letzte der Dosen ins Regal und gibt dann einem nach dem anderen von uns die Hand. »Ich bin Malin.«

Auch wir stellen uns vor, dann folgen wir ihr zu einer Tür, hinter der sich ein kleines Büro verbirgt.

»Seid ihr Angler?«, fragt sie.

»Nicht wirklich«, antworte ich.

»Wir haben Angeln mit, aber nur so für nebenbei. Mal sehen, ob wir die überhaupt benutzen«, erklärt Malte, dem es offenbar wichtig ist, dass Malin ihn nicht für einen jener mäßig erotischen Kerle hält, die sich bereits vor Sonnenaufgang mit Gummihosen in die Brandung stellen und arglosen Schuppentieren auflauern.

»Na ja, normalerweise kommen die Leute zum Angeln her«, erklärt Malin und reicht Malte einen Schlüsselbund. »Zwei Haustürschlüssel, ein Schlüssel fürs Bootshaus, einer für die Garage. Im Schuppen ist der Stromgenerator. Könnt ihr damit umgehen?«

»Klar!«, sagt Malte. Dabei könnte ich schwören, dass er mit Generatoren genauso gut umgehen kann wie ich mit Frauen, nämlich gar nicht. Trotzdem sage ich nichts. Wenn er angeben will, dann soll er doch. Mit seiner großen Klappe hat er sich jetzt jedenfalls automatisch die Zuständigkeit für unsere Energieversorgung während des gesamten Urlaubs eingehandelt.

»Ihr braucht Benzin«, sagt Malin.

»Nee, noch nicht. Thomas hat meinen SUV auf dem Weg hierher voll getankt, und die Rostlaube von Jens verbraucht doch so gut wie nichts.«

»Ich meine ja auch nicht fürs Auto. Für den Generator«, lächelt sie.

»Oh, okay. Ja. Klar …«

Jens und ich grinsen uns an. Während Malte weiterhin versucht, die hübsche Malin zu beeindrucken, gehen wir die drei kurzen Regalfluchten ab, packen Wurst und Kotelett in den Einkaufskorb, Butter, Milch, Brot, Selters und Cola. Jens schnappt sich außerdem noch einen der Beutel Grillkohle, die neben dem Eingang auf einem Stapel liegen.

»Die braucht ihr nicht«, sagt Malin. »Am Haus steht haufenweise Holz.«

»Umso besser, dann können wir uns das Geld ja sparen.« Jens legt den Kohlesack zurück auf den Stapel. »Wo steht denn hier das Bier?«

Malin wirft ihm einen *Ach-du-dummer-kleiner-Tourist*-Blick zu. »In Schweden gibt's Alkohol nur in bestimmten Shops. Der nächste ist in Gäddede«, erklärt sie uns.

»Ist das weit?«

»Achtzig Kilometer«, sagt Malin und amüsiert sich sichtlich über Jens' und Maltes synchron herunterfallenden Kinnladen. Ich habe es gut, ich kann gelassen bleiben. Für mich ist Alkohol schließlich tabu, und ich bin ohnehin nicht heiß darauf, den Jungs die ganzen Ferien über beim Schlucken zuzuschauen.

»Wir haben ja eine Kiste im Wagen«, sagt Malte nach dem ersten Schreck zu Jens. »Und ein paar Flaschen Hochprozentiges haben wir ja auf dem Schiff gekauft. Damit kommen wir erst mal über die Runden, oder?«

»Am Samstag ist in Gäddede ein Volksfest«, verrät uns Malin. »Da ist richtig was los. Vielleicht wollt ihr ja da hinfahren, dann könnt ihr bei der Gelegenheit einkaufen.«

»Gute Idee«, sagt Jens.

»Bist du auch da?«, fragt Malte und wirft Malin einen flirtenden Blick zu.

»Klar«, sagt sie. »Alle werden da sein. Ist ja sonst nicht viel los hier.« Sie geht zur Kasse, tippt unsere Einkäufe ein und nimmt unser Geld entgegen. »Zum Haus müsst ihr aus der Stadt raus, immer geradeaus und dann die zweite Straße rechts. Dann wieder geradeaus. Euer Haus ist ganz am Ende des Wegs.«

»Danke«, sage ich.

»Wir sehen uns«, lächelt Malin.

»Ganz sicher!« Malte kann selbst mit zwei Worten einen vermeintlichen Besitzanspruch klar machen.

Malin lacht. Ob sie Malte an- oder auslacht, ist nicht eindeutig zu erkennen.

Wir verlassen Björnvatten, fahren die Landstraße entlang und warten darauf, dass endlich eine Abzweigung kommt. Nach zehn Minuten geht rechts tatsächlich ein Weg ab. Malte, der die Fahrhoheit über seinen Wagen zurückgefordert hat, macht Anstalten abzubiegen.

»Hier noch nicht«, sage ich. »Sie hat gesagt, die *zweite* rechts.«

»Ich hatte nun wirklich was Besseres zu tun, als ihr zuzuhören!« Malte bringt sein Auto-Schlachtschiff wieder auf geraden Kurs und fährt weiter. Es dauert zehn weitere Minuten, bis wir endlich abbiegen können. Die

Straße führt direkt durch einen Wald. Nach fünf Minuten sehen wir ein Haus. In der Auffahrt steht ein alter, ramponierter Range Rover. Ein Mann in einer zerschlissenen Cordhose und einem *Carlsberg*-Werbe-T-Shirt kratzt sich am Kopf, während er uns vorbeifahren sieht. Ich winke ihm freundlich zu. Der Mann behält seinen völlig neutralen Gesichtsausdruck und kratzt sich dann zur Abwechslung am Gesäß.

Weiter geht es durch den Wald. »Wann kommt denn endlich das Haus?«, nölt Malte. »So viel Natur auf einmal gibt's doch gar nicht. Können die nicht hier und da mal ein Haus hinbauen, nur damit die Leute sicher sein können, dass sie sich noch auf dem Planeten Erde befinden? Ist ja richtig gruselig, diese Einsamkeit.«

»Ich hab mich früher immer gefragt, wie Hänsel und Gretel sich im Wald verirren konnten«, sage ich. »Ich meine, als Kind war ich mit meinen Eltern höchstens mal im Stadtpark oder in so einem Pipiwäldchen im Harz. Ein Wald, das waren für mich hundert Bäume und ein Eichhörnchen. Da läufst du keine zehn Minuten und schon bist du wieder an irgendeiner Straße. Ich dachte damals wirklich, Hänsel und Gretel seien irgendwie geistig behindert, weil doch schließlich jeder Blödmann aus so einem albernen Wald herausfinden kann. Doch jetzt beginne ich zu ahnen, was die armen Kinder durchgemacht haben …«

Malte sieht mich an – so lange, wie es die gewundene und holprige Strecke zulässt – und grinst breit: »Vielen Dank, dass du diese wirklich rührende Erinnerung an deine Kindheit mit mir geteilt hast!«

»Gern geschehen«, sage ich. »Ich kann dir bei Gelegenheit auch gern mal erzählen, wie ich die Sache mit dem Ungeheuer unter meinem Bett in den Griff gekriegt habe.«

»Später vielleicht«, sagt Malte. »Jetzt müssen wir erst mal dieses elende Knusperhäuschen finden!«

Während er das sagt, fahren wir eine weitere Kurve. Und da sehen wie es: unser Ferienhaus!

»Wow«, ruft Malte. »Das ist ja geil!«

»Donnerwetter«, staune ich.

Hinter uns drückt Jens auf die Hupe. Und für jemanden wie Jens grenzt es an tollkühnen Übermut, eine nur für den Notfall gedachte akustische Signaleinrichtung ohne zwingenderen Grund als pure Ausgelassenheit und Freude über das, was er sieht, zu betätigen.

»Das«, prophezeit Malte, »wird ein wirklich geiler Urlaub werden!«

Ich nicke begeistert und Jens hupt tatsächlich noch einmal.

Wir haben ja keine Ahnung!

11. Kapitel

Wir verbringen mehr als eine Stunde damit, das unerwartet prachtvolle Haus und das riesige Grundstück abzuchecken. Wie aufgeregte Kinder wuseln wir durch die Zimmer und den Garten und rufen uns ständig begeistert Sachen zu wie: »Hey, wir haben einen Whirlpool! Und eine Sauna!«, und: »Habt ihr schon diesen riesigen Grill gesehen? Wie auf der Southfork Ranch!«, und: »Das Sofa ist saugemütlich!«, und: »Ich nehme das Schlafzimmer mit dem Balkon! Erster, ohne Streit!«

Natürlich haben wir auf der Homepage, über die wir das Haus gebucht haben, gesehen, dass es der Luxusklasse angehört. Doch die tatsächliche immense Größe unseres Ferienhabitats, die außergewöhnliche Stilsicherheit der Einrichtung und der unglaubliche Frieden, die Gemütlichkeit und die Geborgenheit, die dieses Haus ausstrahlt, übertreffen dann doch all unsere Erwartungen. Wenn Pippi Langstrumpf das ganze Gold, das frevelhaft ungenutzt in der Truhe in ihrem Wohnzimmer herumliegt, dazu benutzt hätte, ihre Villa Kunterbunt von einem Topdesigner restaurieren und aufmotzen zu lassen – es hätte nur halb so toll ausgesehen wie die Luxusbude, durch die wir drei glücklichen Männer nun hopsen.

Nachdem wir uns ausgiebig über unsere mehr als glückliche Hauswahl begeistert haben, holen wir unsere Sachen aus den Autos und freuen uns, dass keine Frauen da sind, die uns zwingen, die Klamotten aus den Koffern und Reisetaschen in die Schränke zu sortieren. Kurz vor sechs schmeißen wir dann den Grill an, sitzen auf der riesigen Veranda und blicken über den See, auf dessen glatter Oberfläche sich das Sonnenlicht spiegelt.

Jens sagt kein Wort, stürzt ein Bier in sich hinein und verzieht sich dann erst einmal mit seinem Handy ans Seeufer. Er setzt sich auf einen großen Stein und wählt.

»Was meinst du: Welche seiner Frauen ruft er an?«, fragt Malte.

»Beide vermutlich.«

»Der arme Kerl steckt echt in der Klemme.« Erstaunlicherweise liegt kein Spott in Maltes Stimme. Er scheint aufrichtiges Mitleid für Jens' chaotische Situation zu empfinden.

»Er hängt voll durch«, seufze ich. »Es wäre deshalb auch echt nett, wenn du nicht allzu sehr auf ihm herumhackst.«

»Ach, komm«, grinst Malte. »Ich verarsche ihn doch nur mit meinen Sprüchen. Ist nicht ernst gemeint.«

»Ich weiß«, sage ich. »Trotzdem.«

»Okay.« Malte hebt die Hände, als wolle er mir zeigen, dass er unbewaffnet ist und nicht zum Kämpfen antreten wird. »Ich werde ihn nur noch herzen und kuscheln, den armen Fremdgeher. Wenn er lieb darum bittet, kriegt er sogar eine Fußreflexzonenmassage von mir.«

»Haha.«

Malte grinst. Er ist mir eine Spur zu selbstsicher ... es wird Zeit, auch bei ihm mal ein bisschen zu sticheln.

»Willst du nicht vielleicht auch deinen Sohn anrufen?«, schlage ich daher vor. »Enzo weiß schließlich, was für ein miserabler Autofahrer du bist, und macht sich sicher schon Sorgen.«

»Pass auf, was du sagst«, ermahnt mich Malte. »Spotte niemals über die sexuelle Leistungsfähigkeit, das Fahrvermögen oder den Frauengeschmack eines Mannes! Ich lasse es dir noch einmal durchgehen, weil du selbst ja kein richtiger Mann bist und das nicht wissen kannst, aber für die Zukunft erwarte ich von dir den Respekt, der mir zusteht.«

»Ja, Bwana!«

Malte kramt aber tatsächlich sein Handy hervor. »Und du?«, fragt er. »Wen rufst *du* an?«

»Hey«, sage ich, »wenn ich jemanden hätte, der sich um mich sorgt, würde ich doch nicht hier mit euch Losern herumhängen.«

Malte tippt eine Zahlenfolge in sein Mobiltelefon und wendet sich von mir ab. Ich sehe zu Jens hinunter, der gerade von seinem Stein aufspringt und aufgeregt gestikulierend ins Handy spricht. Ich weiß nicht, ob er Marion oder Karin angerufen hat, aber mit welcher von beiden Frauen er auch spricht: Sie macht ihm offenbar gerade die Hölle heiß.

»Marion war total kühl. Sie hat mich nur zwei, drei Dinge über die Fahrschule gefragt. Es gab da ein paar unklare Buchungen. Dann hat sie mir immerhin kurz die Kinder gegeben. Zumindest die Kleinen. Lukas war nicht da – angeblich ...« Jens stochert gedankenverloren in dem Kartoffelsalat herum, den ich mit Hilfe eines erstaunlich geschmacksneutralen Fertigdressings schnell angerührt habe. »Es ist, als würde sie schon anfangen, mich gefühlsmäßig aus ihrem Leben zu radieren. Dabei habe ich mich doch noch gar nicht entschieden.«

Malte beißt in seine Bratwurst und verfolgt Jens' mit leiser Stimme vorgetragenen Bericht mit sichtlichem Unbehagen. Er sagt kein Wort. Es gibt Momente, da erkennt selbst Malte, dass ein lockerer Spruch nicht angebracht ist.

»Aber mal ganz ehrlich: Tief in deinem Innersten hast du doch eigentlich schon beschlossen, sie zu verlassen, oder?«, frage ich.

»Nein!«, ruft Jens und senkt dann, erschrocken über diese für ihn so untypische Vehemenz, wieder die Stimme. »Oder ja? Ich weiß nicht. Aber wenn ich Marion verlasse, verlasse ich ja auch meine Kinder. Mein Zuhause.«

»Und was hat Karin gesagt?«, will ich wissen.

»Sie hat gedrängt, dass ich mich endgültig zu ihr bekenne. Ich habe gesagt, sie hätte mir doch bis zum Ende des Urlaubs gegeben, doch sie sagt, jeder Tag, den ich für meine Entscheidung brauche, würde diese Entscheidung wertloser machen. Ob ich eine Ahnung hätte, wie sie sich fühlt, wenn ich sie in meinem Kopf auf den Prüfstand neben Marion stelle, als würde ich darüber nachdenken, mir ein neues Auto zu kaufen.«

Ich sage es nicht laut, aber ich kann Karin verstehen.

Der Romantiker, der tief unter meinen diversen Schichten sozialer Inkompetenz, Gedankenlosigkeit und Fettnäpfchenaffinität schlummert, findet nämlich auch, dass Liebe etwas Eindeutiges und Unmittelbares sein muss. Zeitverzögerte Leidenschaft ist ein Oxymoron, oder?

»Ich fürchte, bei dieser Entscheidung kann dir niemand helfen, Jens«, sage ich und lege meine Hand auf seinen Arm.

»Ich weiß. Und wenn wir schon mal dabei sind … diesem ekelhaften Kartoffelsalat ist auch nicht mehr zu helfen«, fügt Jens tapfer noch einen lockeren Spruch an.

»Zumindest einer von uns hätte ja auch mal daran denken können, ein paar Gewürze und Kräuter mitzunehmen.«

»Ich fahre gleich morgen in den Ort und kaufe das Zeug bei Malin ein«, kündigt Malte an.

»Vergiss nicht, die liebe Malin schön von uns zu grüßen«, sage ich mit einem anspielungsreichen Grinsen. »Und zwar wirklich von uns *allen!*«

»Ich werde mich hüten«, grinst Malte zurück.

»Was geierst du die arme Frau eigentlich so an?«, will Jens wissen. »Die ist doch überhaupt nicht dein Typ: Sie ist locker über dreißig, hat keinen nennenswerten Busen und macht einen recht intelligenten Einruck.«

»Du hast es wegen deiner derzeitigen Situation vielleicht noch nicht gemerkt, aber wir sind im Niemandsland und Frauen gibt's hier seltener als Elche. Da nimmt man logischerweise, was man kriegen kann«, erklärt Malte mit nachsichtigem Tonfall.

Ich habe mir in den letzten Jahren angewöhnt, erst ins Bett zu gehen, wenn ich wirklich hundemüde bin und kaum noch die Augen offen halten kann. Früher habe ich mich einfach irgendwann in die Kiste gepackt, mir ein Buch geschnappt und manchmal drei, vier Stunden gelesen, bevor ich meinen Lidern erlaubte, sich über meine Pupillen zu stülpen. Doch seit einiger Zeit ist das Bett zu einer Belastungsprobe für meine Nerven geworden. Sobald ich in den Laken liege, bin ich nämlich meinem Körper vollständig ausgeliefert. Dann gibt es keine Einflüsse mehr von außen, keine zerstreuenden Aktivitäten und Bewegungen, keinen Fernseher, der den Kopf frei und leer hält, keinen Computer, der mich vom Denken und Beobachten ablenkt. Wenn ich im Bett liege, konzentriere ich mich unverzüglich und ausnahmslos auf die hundertachtzig Zentimeter Menschenmaterial, aus dem ich bestehe.

Während ich also so daliege, in der relativen Stille meines Hamburger Schlafzimmers, merke ich manchmal, dass etwas nicht stimmt. Dass mein Herz plötzlich unregelmäßig schlägt zum Beispiel. Manchmal, vielleicht jedes zwanzigste Mal, setzt es sogar für einen Schlag aus. Einfach so. Und je länger, je intensiver ich auf das arrhythmische Pochen meiner Pumpe lausche, umso lauter und disharmonischer wird es. Irgendwann spüre ich die Herzschläge nicht mehr nur in meinem Brustkorb, sie dröhnen in meinen Ohren, sie pulsieren in meinen Armen, sie pochen in meinem Kopf.

Ump, Ump, Ump …

… und da ist sie dann schon wieder, diese grauenhafte,

bedrohliche Lücke! Das eine *Ump,* das fehlt! Das Un-*Ump!*

Für eine halbe Sekunde funktioniert mein Körper nicht. Für eine halbe Sekunde bin ich tot. Jede Minute mindestens einmal. Da ist an Schlaf natürlich nicht mehr zu denken.

Weil ich durchaus zum Masochismus neige, schaue ich nichts lieber als amerikanische Krankenhausserien. Und ich warte nicht einmal, bis sie ganz normal im Fernsehen laufen – ich besorge mir über den amerikanischen EBay-Ableger alle Episoden von *Emergency Room, Chicago Hope*, von *House* und *Medical Investigation.* Und warum? Nur, damit ich stundenlang zusehen kann, wie nette Hausfrauen aus Connecticut an einem plötzlichen Ausbruch der Ebola-Seuche zugrunde gehen. Wie ein importierter Goldfisch aus Südamerika eine tödliche Kolibakterie im Wasserkreislauf eines Wohnblocks verbreitet, wie Leistungssportlern wegen Wundbrand plötzlich die Beine amputiert werden. Wie nette, lebensfrohe Zeitgenossen an Syndromen erkranken, die selbst den genialsten Medizinern der Welt bisher unbekannt geblieben sind. Und natürlich sehe ich auch, wie in jeder Folge mindestens einem Menschen das Herz stehen bleibt.

Kurz gesagt: Ich weiß *alles* über Krankheiten, ihre Symptome, Verläufe und ersten Warnzeichen. Während ich also daliege, in meinem leeren Bett, in meinem stillen Schlafzimmer, und meinem Herzen zuhöre, wie es nicht funktioniert, wird manchmal mein linker Arm taub, was ja bekanntlich das erste Indiz eines

Herzinfarkts ist. Ich kann dann auch meine Beine nur noch mit Anstrengung bewegen, sie fühlen sich fremd und steif an. Wahrscheinlich habe ich nicht nur eine erschreckende Herzkrankheit, sondern auch noch eine Thrombose. Und Thrombosen können tödlich enden! Natürlich wird dann auch noch mein Mund trocken, ich bekomme Schwierigkeiten zu schlucken … lauter Symptome für so ziemlich alles Schreckliche, was einen menschlichen Körper befallen kann.

Um diese kleinen, mentalen Tode zu vermeiden, schleppe ich mich des Nachts also oft einem Zombie gleich durch die Wohnung und weigere mich, mein Zubettgehritual zu beginnen, bevor ich nicht sicher sein kann, dass ich wenige Sekunden nachdem mein Kopf aufs Kissen sackt in tiefen Schlaf fallen werde.

So sitze ich also auch in der ersten Nacht in unserem schwedischen Traumhaus um zwei Uhr nachts noch vor dem Fernseher und kann dank der monströsen Satellitenschüssel, die ans Dach unseres Urlaubsdomizils geschraubt ist, zwischen Teleshoppingkanälen aus fünf Ländern hin und her zappen, die mich ablenken und einlullen, während ich darauf warte, dass die große Müdigkeit mich endlich überwältigt.

Als ich erfreut zur Kenntnis nehme, dass ich eben gerade noch mit angeschaut habe, wie eine überdrehte Blondine mir ein chinesisches Messerset andrehen wollte, und mir im nächsten Moment eine welke Matrone mit Donnerbusen exorbitant hässliche Porzellanpuppen andient, weiß ich, dass ich kurz weggedöst bin. Ich habe also endlich den Müdigkeitspunkt erreicht, der es mir gestattet, mich ins Bett zu begeben und auf ein zügiges, Un-*Ump*-freies Wegdämmern zu hoffen.

Nicht einmal drei Minuten später falle ich in einen tiefen Schlaf … und träume von leprakranken Porzellanpuppen und einem amerikanischen Fernseharzt, der mir mithilfe eines chinesischen Messersets die tauben Lippen aus dem Gesicht schneidet, um sie als Organspende an eine überdrehte Blondine weiterzugeben.

Das Frühstück, das wir am nächsten Morgen auf der Terrasse einnehmen, zieht sich gemütlich bis kurz nach elf. »Wollen wir angeln?«, fragt Jens dann plötzlich.

Malte und ich sehen ihn überrascht an. Klar, Jens hat für uns drei bunt zusammengewürfelte Angelausrüstungen mitgenommen. Die hatte er noch aus der Zeit, als er selbst manchmal am Wochenende die eine oder andere Forelle fing, im Keller herumliegen. Er hat sogar einen wuseligen Haufen Würmer in einer mit Luftlöchern gespickten Tupperwaredose dabei. Doch irgendwie sind wir sicher gewesen, dass wir den ganzen Kram nur pro forma eingepackt haben und im Endeffekt unsere Fische dort erbeuten würden, wo zivilisierte Menschen das eben tun: im Supermarkt. Dass Jens tatsächlich gleich am ersten Tag einen Angelausflug vorschlägt, trifft uns völlig unerwartet.

»Muss man Fische nicht ganz frühmorgens angeln?«, frage ich. »Das sieht man doch immer im Fernsehen: Die wettergegerbten Männer mit der Naturburschenaura, die stippen ihre Würmer doch stets ins Wasser, wenn noch nicht mal die Sonne aufgegangen ist.« Ich deute nach oben, wo der große, gelbe Feuerball am wolkenlosen Himmel inzwischen für eine Temperatur von fast sechsundzwanzig Grad sorgt.

»Süßwasserfische kann man angeln, wann man will«, behauptet Jens. »Mehr oder weniger zumindest.«

»Haben die jetzt nicht Mittagspause?«, erkundigt sich Malte.

Jens schüttelt nur den Kopf.

»Okay!« Ich klatsche entschlossen und demonstrativ in die Hände. »Dann lasst uns mal Flossentiere das Fürchten lehren!«

»Ich nehme die aber nicht aus!«, kündigt Malte an.

»Hast du Angst, dass Blutspritzer auf deine Rolex kommen?«

»Rolex sind für Zuhälter!«, protestiert Malte und hält seine wuchtige Armbanduhr zwecks Begutachtung in die Höhe. »Das ist eine Breitling!«

»Ui!«, staune ich übertrieben. »Sehr beeindruckend! Aber kann sie auch das?«

Ich drückte diverse Knöpfe an meiner bunten *Beavis-&-Butthead*-Uhr, bis eine blecherne Cartoonstimme ruft: »*Get up, Motherfucker!*«

»Oha«, sagt Malte mit ehrlicher Annerkennung. »Auch cool, irgendwie. Mach noch mal.«

Während ich den pubertären Weckruf erneut einprogrammiere, steht Jens auf und holt die Angeln.

»Das wird nix mehr«, sagt Malte.

»Wir haben auch so gut wie keine Würmer mehr«, gebe ich zu bedenken.

»Wer weiß, ob die hier überhaupt Fische drin haben.«

»Oder die mögen keine deutschen Würmer.«

»Ich muss mal«, jammert Malte.

»Pinkel über Bord«, meldet sich Jens zu Wort, der unsere Quengeleien schon eine ganze Zeit lang mit stoischer Ruhe erträgt.

»Ich muss aber nicht *pinkeln.*«

»Dann verkneif's dir noch ein bisschen.« Jens sieht Malte an wie seinen jüngsten Sohn und wendet sich dann schulterzuckend an mich. »Vielleicht ist es einfach zu warm. Und ehrlich gesagt: Es ist so lange her, dass ich geangelt habe … Ich habe so ziemlich alles darüber vergessen.«

»Aber es war gemütlich und wir sind ein bisschen braun geworden«, versuche ich unserem Fischfangfiasko eine positive Seite abzugewinnen.

»Und selten fühlte ich mich mehr wie ein echter Kerl«, grinst Malte. »Ganz kernig und nah an der Natur. Ein Jäger und Sammler …«

»… dem langsam, aber sicher die Familie wegstirbt, weil er nichts zu essen mitbringt«, ergänzt Jens lachend.

»Was für eine Familie?«, sage ich. »Malte ist schließlich ein einzelgängerischer Jäger und sammelt nur für den Eigenbedarf, genau wie ich.«

»Ich wollte eigentlich sagen, dass ich ein Jäger und Sammler bin, der wirklich mal muss!«, wirft Malte mit einem dringlichen Unterton ein.

»Zurück also«, seufzt Jens.

»Aber vorher drehen wir die Ruder um«, befehle ich. Als wir nämlich vor fast drei Stunden auf den See hinausrudern wollten, haben wir schnell festgestellt, dass Malte die Ruder verkehrt herum in die Halterung des Bootes eingelegt hat. Hätten wir vorschriftsmäßig mit der stromlinienförmigen, spitz zulaufenden Seite des Bootes voran in See stechen wollen, hätten wir mit den nach außen ausgebeulten Seiten der Ruderblätter voran paddeln müssen, was sich schnell als mehr oder weniger unmöglich erwies. So haben wir, unter einer Mischung aus lautem Fluchen und Lachen, das Boot verkehrt herum mehrere hundert Meter auf den See hinausgenötigt, was unnötig mühsam und uns irgendwie auch peinlich war. Wie können drei gestandene Mannsbilder zu dämlich sein, ein vergleichsweise simples Fortbewegungsmittel wie ein Ruderboot sachgemäß zu bedienen? Auf dem Rückweg sollte uns das nicht wieder passieren. Also lösen wir jetzt die Halterungen in den Ruderaufhängungen und machen Anstalten, die Ruder auszutauschen.

»Ich finde das immer noch merkwürdig«, gibt Jens zu bedenken. »Müssen wir die Ruder nicht einfach nur umdrehen, statt sie auszuwechseln?«

»Aber das haben wir doch gerade schon in Ruhe analysiert«, sage ich. »Wenn wir …«

»Spar uns den Vortrag, Thomas – mir ist heiß, wenn ich nicht bald ans Ufer komme, passiert ein Unglück, und wenn du meinst, man muss die Ruder tauschen, dann mache ich das jetzt eben.« Malte versteht gerade offensichtlich keinen Spaß mehr. Er beginnt, sich an den Rudern zu schaffen zu machen.

»Hey«, warnt Jens erschrocken und erhebt sich gleichzeitig, um Malte zur Hand zu gehen, »pass auf, du wackelst total!«

»Lass mich mal … so, ja, ich hab's«, mische ich mich ein, greife nach dem einen Ruder, das Malte tatsächlich gerade aus der Hand zu gleiten droht, und –

Platsch!

– es landet im Wasser.

»Scheiße!«, rufe ich.

»Keine Panik!« Malte versucht, das davontreibende Paddel mit dem anderen zu erwischen. Er stellt sich in seiner Hektik so dämlich an, dass er mir das lange, schwere Holzding fast an den Schädel schlägt. Ich werfe mich erschrocken nach links – so energisch, dass das Boot zu kippen droht.

»Verdammt noch mal!« Malte stolpert mit dem Ruder, das bereits halb im Wasser verschwindet, zur Seite, droht das Gleichgewicht zu verlieren, kann sich gerade noch fangen … und stößt dabei das Ruder von sich.

Einen Moment lang treiben beide Ruder durchaus idyllisch ein paar Meter von unserem Boot entfernt nebeneinander her. Dann versinkt das eine langsam und majestätisch unter der Wasseroberfläche – und begleitet von einem »Nein!«-Schrei aus drei Kehlen folgt ihm das andere.

»O Scheiße«, sage ich.

»Erwähn dieses Wort besser nicht in meiner Gegenwart«, knurrt Malte.

»Und was jetzt?«, fragt Jens und sieht mich an. »Es war schließlich deine Idee, die Ruder auszutauschen. Also, was nun, großer Meister?«

Ich gebe mir alle Mühe, den souveränen Macher heraushängen zu lassen. »Wir werden das Boot eben anders antreiben. So ein Arm und die dazugehörige Hand sind ja irgendwie wie ein organisches Mini-Ruder, oder?«

Aber dieser Versuch erweist sich als ebenso anstrengend wie unergiebig. Wir beugen uns über den Bootsrand, krallen uns mit der einen Hand darin fest und beginnen wie die Blöden, mit dem anderen Arm im Wasser herumzuwuseln. Allerdings lässt die bescheidene Strecke, die wir nach einer gefühlten Ewigkeit zurückgelegt haben, einen klaren Kurs vermissen. Wir schaffen es – was ja auch irgendwie eine Leistung ist –, gleichzeitig zickzack und im Kreis zu fahren, werden dabei patschnass und drohen mehr als einmal, das Boot umzukippen.

»Hört auf«, sage ich schließlich. »Das hat keinen Zweck.«

»Und nun?«, fragt Jens und klingt richtig ängstlich.

»Jetzt machen wir das, was Männer in solchen Situationen immer tun«, sagt Malte.

»Und das wäre?«, will ich wissen.

»Wir schlagen den Vollidioten tot, der diese verdammte Idee gehabt hat!«

Nach mehr als einer halben Stunde, in der wir uns ausgiebig gegenseitig die Schuld an dem Dilemma gegeben und parallel dazu mehre dumme Ideen zur Bootsbewegung ausprobiert und wieder verworfen haben, setzen sich Jens und ich so weit wie möglich ans hintere Ende des Bootes und singen so laut wir können *Sweet*

Home Alabama. Wir klingen wie ein doppelter Donald Duck, denn während wir singen, halten wir uns die Nase zu. Wir wollen weder sehen noch hören noch riechen, wie Malte auf der anderen Seite in akrobatischer Manier seinen Hintern über den Bootsrand wuchtet und sein verdautes Frühstück in den See fallen lässt.

»Wat mutt, dat mutt«, ruft uns Malte zu. Da wir ihn noch viel zu deutlich hören, singen wir etwas panisch noch lauter. »*Sweet Home Alabama / Where the skies are so blue / Sweet Home Alabama / Lord, I come home to you!*«

Als Malte endlich fertig ist, schlägt er vor, dass wir auslosen, wer von uns sich auszieht, ins Wasser springt und das Boot ans entsetzlich weit entfernte Ufer schiebt. Während er das sagt, sehen wir seine Knödel am Boot vorbeischwimmen.

Jens und ich haben so richtig Lust, Malte zu erwürgen.

Eine Viertelstunde später kippt Jens die restlichen Würmer aus der Tupperware und benutzte die längliche Dose als Ruder auf der linken Seite, während ich mit dem Deckel der Kühlbox, in der wir unsere inzwischen vertilgten Essens- und Getränkevorräte gelagert hatten, auf der rechten Seite paddle. Da mein Ersatzruder etwa doppelt so groß ist wie das von Jens, benutze ich es in doppelt so langen Abständen wie mein Kumpel das seine. Auf diese Weise bewegen wir uns tatsächlich in einem halbwegs geraden Kurs auf das Ufer vor unserem Haus zu. Vorausgesetzt, wir brechen nicht vor Erschöpfung, Dehydration oder einem dramatisch absinkenden

Blutzuckerspiegel vorher zusammen, rechnen wir damit, in etwa zwei Stunden anzukommen.

Mann, bin ich sauer!

Plötzlich ruft Malte: »Hey! Ein Boot!«

Tatsächlich sehen wir ein Kanu in enorm zügigem Tempo auf uns zukommen. Wir hören auf, unser groteskes Notrudermanöver zu vollführen, und sehen dem rettenden Engel strahlend entgegen. Wir wedeln wie blöd mit den Armen. Doch der Mann an Bord, den ich nach einer Weile als jenen Herrn identifiziere, den ich bei der Einfahrt durch den Wald stoisch vor einem Range Rover habe stehen sehen, lässt in keiner Weise erkennen, ob er diese Gesten als an sich adressiert erkennt.

Immerhin steuert er direkt auf uns zu.

Wenige Minuten später stupst sein Kanu gegen unser Boot. Der Mann, den ich auf etwa sechzig schätze, trägt ein zerschlissenes T-Shirt von *Grateful Dead* und hat eine Zigarette im Mund, die ich gierig anstarre. Mein eigener Fluppenvorrat ist schon vor über einer Stunde zur Neige gegangen.

»Ihr seid erbärmliche Sänger«, sagt der Mann auf Englisch. *»Fucking awful.«* Er hat einen schottischen Akzent, den ich deshalb so leicht identifizieren kann, da ich – vom Jazz einmal abgesehen – kaum etwas lieber höre als meine alten Kassetten mit den Liveshows des schottischen Komikers Billy Conolly. Billy hat dieselbe von allerlei ulkigen *oi*-Lauten und unzähligen rollenden *Rs* durchzogene Diktion wie unser immer noch völlig neutral dreinblickender Retter.

»*Sweet Home Alabama* ist sowieso schon ein grauenhafter Song. *But you made it even worse!*«

»Sorry«, sage ich und kann mir dabei ein Grinsen nicht verkneifen.

»Gott sei Dank haben Sie uns gehört«, strahlt Malte und streckt unserem muffeligen Retter die Hand entgegen, die er jedoch einfach ignoriert. Stattdessen angelt der Schotte zwei relativ kurze Plastikruder aus seinem Kanu und gibt sie Jens.

»*You're German?*«, fragt er.

»Ja, aus Hamburg«, antwortet Malte.

»Habt ihr was zu saufen im Haus?«

»Äh?« Malte sieht ihn verwundert an.

»Alkohol«, spezifiziert der Mann, nach wie vor ohne erkennbare emotionale Regung.

»Ein paar Flaschen Whiskey und Wodka …«

»Gut. Ich komme nachher zu euch und dann lassen wir uns voll laufen. Lasst mich nicht zu lange warten, okay?«, ordnet der Mann an und paddelt auch schon wieder davon.

»Habe ich das eben richtig verstanden?«, fragt Jens. »Der kommt zu uns ins Haus und trinkt uns unseren Schnaps weg?«

»Die Rettung ist offenbar nicht umsonst.« Ich muss lachen. Irgendwie gefällt mir der ungehobelte alte Sack. Keine Ahnung, wieso.

Jens reicht Malte die beiden kurzen Plastikruder.

»Wieso denn ich?«, nörgelt Malte.

»Wat mutt, datt mutt«, lächelt Jens.

Eine knappe Stunde später sitzen wir auf der Terrasse

und blicken auf den unschuldig in der Nachmittagssonne glitzernden See.

»Das wäre beinahe unser Grab geworden«, sage ich und zeige mit dramatischer Geste zum Wasser.

»Red doch keinen Scheiß«, knurrt Malte. Er schmollt immer noch, weil Jens und ich ihn die komplette Strecke zum Ufer haben alleine rudern lassen.

Bevor ich etwas erwidern kann, hören wir Schritte auf dem Kiesweg, der zu unserem Haus führt. Als wir uns umdrehen, sehen wir den Schotten mit schnellen, aber unangestrengt wirkenden Schritten auf uns zukommen.

»Hey!«, ruft der knorrige Kerl schon von weitem. »Könnt ihr mir meine Ruder zurückgeben, oder habt ihr die nach Gebrauch auch einfach ins Wasser geworfen?«

Jens und ich lachen. Malte brummt irgendetwas.

»Ich habe Fleisch mitgebracht«, sagt der Mann und kommt nun die Stufen zur Terrasse hoch.

»Klasse, dann schmeiße ich am besten direkt den Grill an«, sagt Jens und macht bereits Anstalten aufzustehen.

»Nicht nötig«, sagt der Mann. Er hält eine Plastiktüte hoch, die er dann öffnet, so dass wir alle einen Blick hineinwerfen können.

Malte verzieht angeekelt das Gesicht.

»Pemmikan«, sagt der Mann. »Trockenfleisch vom Rentier. Sehr nahrhaft.«

Jens hebt skeptisch eine Augenbraue.

Ich greife in die Tüte, beiße dann ein Stück Rentier-

Crunch ab und kaue. »Lecker!«, sage ich. Ich mag trockenes Fleisch. Ich würde beim Grillen auch Würstchen absichtlich verkohlen lassen, wenn ich nicht wüsste, dass das Krebs erregend ist.

»Echt?«, fragt Jens skeptisch nach und greift vorsichtig in die Tüte.

»Echt lecker«, bestätige ich.

»Und was ist mit dem Wodka?«, fragt der Mann, während er sich auf einem der leeren Stühle niederlässt.

»Kommt sofort.« Malte greift hinter sich und zieht eine halb volle Flasche hervor. Ich will gerade aufstehen und ein Glas aus dem Wohnzimmer holen, als der Mann die Flasche ansetzt und einen großen Schluck daraus nimmt. Damit hat er das Eis zu Malte endgültig gebrochen. Mein sonst so luxusorientierter Kumpel lacht. »Ich bin übrigens Malte«, stellt er sich vor und verzichtet diesmal darauf, unserem schottischen Fleischlieferanten die Hand zu reichen. »Das da ist Jens und der Typ mit der Cola light ist Thomas.«

»Max«, sagt der Mann.

»Hallo, Max«, sage ich, und auch Jens hebt grüßend die Hand.

Max nickt kurz zurück und nimmt dann einen umso längeren Schluck Wodka.

»Lebst du ganz allein hier, Max?«, fragt Jens.

»Ja«, antwortet unser trinkfester Gast. Er hat innerhalb einer Viertelstunde einen halben Liter Wodka vernichtet, zeigt aber kaum Anzeichen einer Alkoholisierung. Das kommt mir nur allzu bekannt vor.

»Ist das nicht einsam?«, will Jens wissen.

»Ich habe vorher in Aberdeen gelebt. Zweihundertfünfzigtausend Einwohner und ich war trotzdem einsam.«

»Aber was verschlägt einen ausgerechnet hierher?«, frage ich. »Ins Niemandsland von Schweden?«

»Ich habe den Liebhaber meiner Frau ermordet und verstecke mich vor der Polizei.«

Malte prustet vor Schreck das Bier aus, das er gerade trinkt. Jens reißt entsetzt die Augen auf. Mir fällt die Kinnlade herunter und das Stück Pemmikan, das ich kaue, aus dem Mund.

»I'm only joking, lads«, sagt Max nüchtern. Sein Gesicht bleibt dabei völlig neutral.

Wir lachen alle drei nervös. So wahnsinnig spaßig finden wir das nicht …

»In Wirklichkeit habe ich einfach gern Sex mit den Tieren des Waldes«, verrät uns Max.

Wir sehen ihn perplex an.

»Ich bin Geheimagent und es gibt keine bessere Tarnung?«

Jens ist nun völlig verwirrt. Ich fange an zu kichern.

»Ich habe meine Autoschlüssel verloren und komme nicht mehr zurück nach Schottland?«

Jetzt kichern wir alle drei.

»Ich will hier eine Shopping Mall errichten, aber es gibt viel zu wenig Platz dafür?«

Wir lachen.

Max' Gesichtsausdruck bleibt völlig regungslos. Das ist echt der trockenste Typ, der mir je begegnet ist!

»Nein, im Ernst«, sagte Max und beugt sich ein wenig zu uns vor. »Ich genieße einfach den Frieden und die Ruhe.« Sein Gesichtsausdruck ändert sich, er sieht plötzlich nachdenklich aus und bedrückt. »Früher, als ich noch Söldner in Bosnien war, dachte ich, Töten wäre mein Leben. Aber jetzt weiß ich es besser. All diese Gewalt, die kann einen Mann zerstören.«

Wir lachen nicht mehr.

»Ohne Scheiß?«, fragt Malte. »Du warst Söldner?«

»Ja.« Max sieht uns mit ernstem Gesicht an. »Aber erst nachdem ich meine Karriere als Balletttänzer wegen eines Bänderrisse aufgeben musste.« Er greift wieder zur Wodkaflasche. Als er uns blöd dreinblickende Deutsche anschaut, kann selbst er nicht länger cool bleiben. Max lacht nicht – er brüllt lauthals in den Wald hinaus.

»Laddies«, sagt er schließlich, nachdem er sich wieder beruhigt hat, »ich hoffe, ihr bleibt eine Weile. Ihr gefallt mir.«

12. Kapitel

Die ersten Tage laufen super. Wir haben – alle Koteletts zusammengezählt – ein komplettes Schwein eingegrillt, Malte und Jens haben in unermüdlichem Einsatz den gesamten Vorrat an Alkoholika abgearbeitet, während ich bei jeder Zigarette, die ich mir anzünde, überlege, wann genau ich denn nun eigentlich mit dem Rauchen aufhören will.

Keiner von uns rasiert sich, denn wir sind ja unter uns. Während Malte stattdessen einmal täglich wie ein Vollidiot mit seinem SUV über Wiesen und holprige Acker brettert und dabei durchs Fenster Sachen brüllt wie: »Wow, was für geile Stoßdämpfer!«, und: »Allradantrieb, Jungs! Allradantrieb!«, scheint Jens tatsächlich ein bisschen Energie zu tanken und an seinem inneren Frieden zu arbeiten. Zumindest redet er von Tag zu Tag weniger über sein polygames Dilemma.

Und ich? Ich lese. Ich lese allein in den ersten drei Tagen drei komplette Romane: Ben Eltons *High Society*, Kurt Vonneguts *Das höllische System* und Friedrich Dürrenmatts *Grieche sucht Griechin.* Was für großartige Autoren! Ich liebe es, wenn kluge Menschen komisch sind. Wenn man Scharfsinn mit einem Lachen serviert, ist das meiner Ansicht nach doppelt so viel wert wie schlicht präsentierte Weisheit.

Ja, es ist schön in Schweden. Ich hatte die ganzen letzten Tage nicht eine einzige Panikattacke. Gestern, am Freitag, habe ich es sogar gewagt, ins Bett zu gehen und dort zu lesen, bevor ich dann tatsächlich ohne ein einziges Un-*Ump* meines Herzens einschlief.

Heute ist Samstag – und somit Volksfest in Gäddede. Malin, die von Malte bei zwei nicht wirklich erforderlichen Einkäufen in ihrem Bonsai-Supermarkt gehörig, aber nur mäßig erfolgreich in die Flirtzange genommen worden ist, hat unserem Freund versichert, dass das Gäddeder Volksfest eine wirklich vergnügliche Angelegenheit sei. Doch Jens und Malte würden heute auch hinfahren, wenn dort etwas ungleich weniger Reizvolles stattgefunden hätte: ein Trödelmarkt mit Schwerpunkt auf selbst getöpferten Krügen und Vasen zum Beispiel, eine öffentliche Probe der Gäddeder Volkstanzgruppe oder auch eine gesellige Massenschlachtung der heimischen Rindviehpopulation. Denn nach Gäddede lockt sie nur am Rande die Aussicht, ein wenig Spaß zu haben. Der größte Anreiz ist für sie der lizenzierte Alkoholshop, in dem meine Kumpel ihren so gut wie verebbten Schluckvorrat aufzustocken gedenken. »Und zwar nicht zu knapp!«, wie Malte betont.

Auf dem Weg nach Gäddede halten wir bei Max an und finden ihn hinterm Haus, wo er gerade Holz hackt. Es ist ein beachtlicher Anblick, angesichts dessen sich so mancher über sechzigjährige Herr, der mit Wabbelbauch, Breitarsch, porösen Muskelfasern und bürostuhlbedingtem Konditionsmanko durch die Tage schlurft, in Ehrfurcht verneigen würde. Max ist Energie pur. Sein nackter Oberkörper strotzt vor Muskeln, die ganz offenkundig von harter Arbeit und nicht von Sit-ups, Crunches und Hanteltraining stammen. Obwohl es heiß ist und der Holzstapel neben ihm verrät, dass er sich schon eine ganze Weile hackenderweise betätigt, schwitzt er kaum. Auf seiner linken Schulter hat er ein Tattoo. Das Motiv ist allerdings so ungewöhnlich wie alles an Max: Es ist keine Schlange, kein Adler, kein Schwert oder ein sonstiges typisch männliches Insignum. Es ist … ein süßes kleines Hoppelhäschen mit einem Lolli, das seine Betrachter munter anlächelt.

Als wir Max fragen, ob er uns zur Gäddeder Sause begleiten will, winkt er ab. »Was soll ich denn da?« Eine berechtigte Frage, denn tatsächlich ist unser eremitischer Nachbar von einer festzeltaffinen Stimmungskanone in etwa so weit entfernt wie Angela Merkel von einem Bademodenmodel.

»Sollen wir dir etwas aus dem Schnapsladen mitbringen?«, fragt Jens und rechnet offensichtlich damit, dass Max ihm begierig eine Liste mit hochprozentigen Wünschen diktiert.

»Kauft euch einfach genug zu saufen, dass es für mich auch noch reicht, wenn ich bei euch vorbeikomme.«

Wir verabschieden uns und steigen wieder in Maltes SUV.

»Ich finde Max seltsam«, verrät uns Jens, nachdem wir eine Weile schweigend gefahren sind. »Ich würde zu gern wissen, was seine Geschichte ist.«

»Ach, ich denke, es ist die alte Leier«, sagt Malte. »Max war verheiratet, hatte drei Kinder, lernte eine neue Frau kennen und verließ nach langem Zögern seine Familie. Doch seine neue Freundin war auch nicht das Wahre. Alles lief schief, seine neue Fritte verkrümelte sich schon nach wenigen Wochen. Als seine Frau ihn nicht zurückhaben wollte und seine Kinder ihn nicht mal mehr mit dem Arsch anschauten, war Mäxchens Leben ruiniert. Er fing das Saufen an, verlor seinen Job und wäre in der Gosse geendet, hätte er nicht von seinem nach Schweden ausgewanderten Großonkel ein einsames Haus im Wald geerbt.«

Es ist mucksmäuschenstill im Auto.

Jetzt ist Malte zu weit gegangen.

Das war nicht mehr komisch.

»So etwas kann den Besten von uns passieren«, fügt er jetzt auch noch hinzu.

»Fahr rechts ran«, sagt Jens leise. Er sitzt neben Malte auf dem Beifahrersitz, aber selbst von der Rückbank aus kann ich sehen, dass er kreidebleich ist.

Malte fährt an den Straßenrand und hält an. Jetzt spürt auch er, dass er die Grenze von der Stichelei zur Schweinerei überschritten hat. Er setzt zu einer zaghaften Entschuldigung an, bevor Jens aussteigen und die zwei Kilometer zurück zum Haus gehen kann. »Hey, ich wollte nicht …«

Doch weiter kommt er nicht.

Denn in diesem Moment trifft ihn Jens' Faust mit voller Wucht auf die Nase.

»Aua!«, schreit Malte. »Scheiße!«

»Aua!« Jens schüttelt seine Hand und verzieht das Gesicht. »Verdammte Scheiße!« Entgegen landläufiger Klischees sind gewalttätige Akte nämlich sowohl für den Geschlagenen wie auch für den Schläger eine schmerzhafte Erfahrung.

»Ich blute!«, jault Malte und starrt fassungslos die rote Flüssigkeit an, die aus seiner Nase auf seinen Handrücken tropft.

Ich fingere ein Tempotaschentuch hervor und reiche es Malte wortlos. Während der seine Nase abtupft, sagt Jens mit leiser Stimme: »Das war ganz mies, Malte. Das war widerlich.«

Malte wendet sich Jens zu und legt seine linke, nicht blutbeschmierte Hand auf dessen Schulter. »Du hast Recht. Entschuldige. Den Schlag habe ich verdient«, sagt er, was Jens und mich gleichermaßen überrascht und beeindruckt. Doch, das hat Stil. *Respekt, Malte*, denke ich.

»Okay«, sagt Jens. »Dann können wir jetzt ja weiterfahren.«

»Kleinen Moment noch.« Malte dreht sich zu mir um. »Gib mir mal bitte die ganze Packung Taschentücher, Thomas. Da kommt noch mehr Blut.«

»Soll *ich* vielleicht fahren?«, schlägt Jens vor.

»Übertreib's nicht«, knurrt Malte.

»Da!«, rufen Jens und Malte in seltener Eintracht, als wir kurz nach dem Passieren des Gäddeder Stadtschildes an einem Laden vorbeifahren, der mit großen Plakaten Sonderangebote von Baileys, Bacardi, Faxe und Aquavit offeriert. Malte biegt in den dazugehörigen Parkplatz ein und ehe ich noch »Viel Spaß« rufen kann, sind die beiden schon aus dem Wagen gesprungen. Ich folge ihnen nicht, denn einen Alkoholiker durch die Gänge eines Fuselshops flanieren zu lassen ist in etwa so grausam, wie einen Diabetiker in einer Confiserie einzuquartieren.

Ich steige aus dem Wagen, lehne mich an die Heckklappe und zünde mir eine Zigarette an. Ich muss pinkeln, gedenke aber bis zur Ankunft auf dem Festplatz, wo es zweifelsohne Toiletten geben wird, durchzuhalten. Hmm … Könnte mein mitunter überstarker Harndrang ein Symptom für Diabetes sein? Aber vielleicht habe ich auch eine schlimme Blasenerkrankung?

Ich blase kleine Rauchkringel in die Luft. Die Sonne strahlt, der Himmel ist von einem bestechenden Hellblau, das nur von wenigen kleinen, flauschigen Wölkchen unterbrochen wird. Es ist ein richtig schöner Tag.

Zwei Frauen gehen an mir vorbei, beide strohblond und mit leuchtend blauen Augen in ihren scharf geschnittenen, mit außergewöhnlich hohen Wangenknochen gesegneten Gesichtern. Tolle Frauen.

»Hej«, sage ich und lächele sie an. Keine Ahnung, wieso ich das mache. Ich bin von Natur aus kein Flirter und hätte gar keine Ahnung, was ich tun sollte, wenn die beiden durch meine lässige Begrüßung animiert tatsächlich ein Gespräch mit mir anfangen würden. Wahrscheinlich würde ich rot werden. Ich bin deshalb ziemlich erleichtert, als die beiden blonden Prachtfrauen mir nur einen kurzen Blick zuwerfen, mein blödes »Hej« ebenso freundlich wie unverbindlich mit zwei eigenen

»Hejs« beantworten und dann einfach weitergehen. Ich sehe ihnen ein bisschen verschämt nach. Die eine hat eine enge Jeans an, die sich um ihren kleinen, wohlgeformten Po spannt. Die andere trägt einen langen Batikrock. Ich mag lange Röcke.

Nachdem Malte und Jens drei Kartons voll Hochprozentigem und drei Paletten des Sonderangebot-Faxe-Biers in den Kofferraum geladen haben, machen wir uns auf den Weg zum Festplatz. Jens hat im Gespräch mit dem Kassierer des Shops herausgefunden, dass das Volksfest nicht einmal fünf Gehminuten entfernt ist, und so lassen wir das Auto einfach stehen. Jens muss allerdings vorher noch das Gesöff mit einer Wolldecke vor den Blicken vorbeischlendernder Passanten verbergen.

»Bei den Preisen für Alkohol hier ist der Anreiz, mal schnell die Scheibe einzuschlagen, sicher enorm«, mutmaßt er.

Malte, der prompt im Geiste sein geliebtes Auto zertrümmert, geschändet und von fremden Leuten befingert vor sich sieht, pflichtet ihm eiligst bei. Für einen kurzen Moment befürchte ich, dass er uns in Schichten zum Wachdienst an seiner Karre einteilt. Tut er aber zum Glück nicht.

Ich rauche eine weitere Zigarette, während wir durch die Straßen von Gäddede gehen. Um uns herum wuseln erstaunlich viele Leute. Offenbar lockt diese Festivität so ziemlich alle Bewohner in einem Umkreis von hundert Kilometern an. Schon bald hören wir Musik und Gelächter.

Das Fest ist erheblich größer und voller, als wir es erwartet haben. Bestimmt vierzig Buden und Fahrgeschäfte sind hier aufgebaut. An einem Autoskooter lümmelt die Dorfjugend herum. Alle kauen Kaugummi, alle fingern immer wieder an ihren Handys herum, die Mädchen aufgebrezelt wie kleine pummelige Sahnetorten, die Jungs so cool, wie ihre Pickel, ihr Stimmbruch und ihre schlaksigen Figuren es zulassen. Ihnen allen ist wie mit übergroßen Buchstaben auf die Stirn geschrieben, dass sie nach so etwas Ähnlichem wie Liebe suchen. Dazu schallt *Vague Ideas* aus den Lautsprechern, eine Coverversion von *Del Amitri: »Nothing ever happens, nothing happens at all«*, singt die Band, während die kichernden und grölenden Kids sich in ihren gepolsterten Wagen anrempeln und wegstoßen, obwohl sie doch eigentlich danach gieren, einander zu berühren.

Irgendwie bin ich seltsam gerührt von diesen unbeholfenen Partisanen der Romantik. Ich muss daran denken, wie schön es wäre, auch wieder so aufgeregt sein zu können, und es macht mich ein wenig traurig, dass meine schon deutlich länger währende Suche nach dem Glück so ungleich komplizierter und mühseliger ist als ihre.

Aber: Suche ich überhaupt noch richtig? Habe ich womöglich insgeheim schon den Status quo als abgestumpfter, wenig wählerischer Gelegenheitsvögler akzeptiert? Und sind das nicht viel zu weit schweifende und unpassend schwermütige Gedanken beim bloßen Anblick eines Autoskooters? Vielleicht bewege ich mich ja auf eine Depression zu. Ich bin in letzter Zeit auch so oft müde. Ein typisches Symptom! Hmm … Ich habe gelesen, dass moderne Antidepressiva nicht abhängig machen. Das beruhigt mich immerhin ein bisschen.

Malte zieht mich weiter und steuert die nächste Schießbude an. »Das hab ich schon seit Jahren nicht mehr gemacht!«, ruft er.

Bevor er das Luftgewehr anlegt, um eine an ihm vorbeiziehende Karawane von Blechelefanten unter Beschuss zu nehmen, schlage ich ihm vor, erst einmal das blutende Taschentuch aus seiner Nase zu ziehen.

»Sieht doof aus, weißt du«, sage ich.

»O Gott!«, stöhnt Malte, während er den tiefroten Fetzen eiligst entfernt. »Ich hatte das die ganze Zeit drin? Warum habt ihr nicht vorher etwas gesagt?«

»Weil dir der Gesichtstampon irgendwie doch ziemlich gut steht«, antworte ich.

»Ja, ich finde, es ist ein sehr befriedigender Anblick«, setzt Jens noch einen drauf. »Er macht mich stolz.«

»Und die Frauen, die du bisher vergeblich angegrient hast, haben sicher nur deswegen nicht reagiert, weil sie so viel raue Männlichkeit auf einmal kaum ertragen können.«

»Ihr seid solche Arschlöcher«, brummt Malte, kann sich aber ein Grinsen nicht verkneifen.

»Los jetzt, knall schnell deine Dickhäuter ab und dann ab zum Bierzelt. Ich muss pinkeln«, drängele ich.

Malte schaltet auf den Cool-Modus um, legt mit übertriebener Lockerheit das Gewehr an und beginnt unverzüglich zu schießen. Zwölf Schüsse …

… vier Treffer. Er bekommt den Trostpreis: Eine

Plastikrose, die er so angewidert entgegennimmt, als hätte der stoppelbärtige Schießbudenangestellte ihm eine Stuhlprobe ausgehändigt.

»Der Lauf ist total schief!«, motzt Malte, während er das Gewehr ablegt.

»Und du hattest ja auch Gegenwind«, beteuere ich.

»Und die Elefanten waren viel zu schnell«, tröstet ihn Jens. »Richtige Rennelefanten!«

»Und sie hatten diese blöden schusssicheren Westen an«, lache ich.

»Ja ja, ist gut«, unterbricht uns Malte. »Ich hab's verstanden.«

Jens schnappt sich das Gewehr und gibt dem Angestellten einen Geldschein. »Wie viele Treffer brauche ich für die Champagnerflasche?«, fragt er auf Englisch.

»Achtzehn von zwanzig«, lautet die Antwort.

»Vergiss es einfach«, knurrt Malte. Jens schießt achtzehn Mal ...

... und landete achtzehn Treffer. Grinsend nimmt er den Schampus entgegen. »Vier Jahre Zeitsoldat«, prahlt er. »Inklusive Ausbildung als Scharfschütze.«

»Deine Schüsse sind aber auch das einzig Scharfe an dir«, giftet Malte.

»Hey, ich hab zwei Frauen und eine Flasche Champagner. Du hast eine Plastikblume und Nasenbluten«, lächelt Jens locker. Es ist das erste Mal, dass Jens einen Witz über sein desolates Liebesleben macht.

»Geht schon mal rein und sucht uns ein hübsches Plätzchen«, sage ich am Eingang des Festzeltes und gehe dann ein paar Schritte weiter zu der Reihe von Mobiltoiletten, die hinter dem imposanten Stoffbau stehen. Ich öffne die Tür zu einer der leeren Pinkelbuden. Während ich mich erleichtere, versuche ich die schwedischen Graffiti zu entziffern, die mit Filzstiften an die Wand geschmiert worden sind. Die dazu gemalten Pimmelskizzen sowie eine anatomisch und künstlerisch extrem mangelhafte Darstellung einer übertrieben weit geöffneten Vagina lassen den Schluss zu, dass es sich um sexuelle Bemerkungen handelt. Ich lese einige laut vor. So muss es klingen, wenn ein Schlumpf einen obszönen Anruf macht: *Jag vill knulla Tilda. Slick mig i arslet. Jag vill slicka fitta. Jävla fitta! Jag har stånd och vill knulla!*

Als ich zwei Minuten später das Zelt betrete, verschlägt es mir erst einmal den Atem. Schwaden von Zigarettendunst, die selbst einem Kettenraucher wie mir wie toxischer Bodennebel vorkommen, füllen den Raum. Es riecht verführerisch und abstoßend nach Bier. Hunderte Leute grölen und lachen gegen die Amateurband an, die auf der Bühne berühmte Rocksongs covert. Gerade haben sie eine der Brachialbluesnummern von *ZZ Top* in der Mangel. Einige besonders mutige Paare tanzen dazu.

Ich sehe Jens, der mir zuwinkt. Er sitzt auf einer langen Holzbank an einem Holztisch. Neben ihm erkenne ich Malte, mit dem Rücken zum Tisch, denn er spricht gerade mit einer jungen, hübschen, natürlich blonden Frau auf der dahinter liegenden Bankreihe. Ihr Lachen ist so ungebremst wie ihr Busen voluminös. Malte sitzt noch nicht einmal fünf Minuten da und hat schon zu baggern angefangen? Vielleicht sollte ich mich beeindruckt zeigen. Aber ganz ehrlich: Ich finde es langsam peinlich.

Malte bemerkt mein Erscheinen gar nicht, als ich mich neben Jens setze. »Ist das für mich?«, frage ich.

»Ja, ich hab dir eine Cola mitgebracht«, sagt Jens. »Cola light haben die hier nicht.«

»Danke.« Ich stoße mit meinem kleinen Softdrinkglas gegen Jens' hopfenhaltiges Halblitergefäß. »Prost.«

»Auf unseren Urlaub!«

»*You have satellite TV?*«, fragt Malte gerade die junge Frau. Es ist kein Problem, in Schweden auf Englisch zu kommunizieren. Jeder, wirklich jeder hier scheint es zu verstehen und zu sprechen. Ich glaube, der Grund dafür liegt weniger in einer womöglich besseren Schulausbildung als vielmehr in der Tatsache, dass im schwedischen Fernsehen alle amerikanischen Serien und Filme im Originalton mit Untertiteln laufen. Es ist also überlebenswichtig für jeden Couchpotatoe hier, sich diese Zweitsprache schon so früh wie möglich anzueignen.

»Ein paar meiner Sendungen laufen gerade als Wiederholung auf Super-RTL. Die könntest du empfangen«, teilt Malte der Blondine mit nicht einmal im Ansatz vorgetäuschter Bescheidenheit mit. Er hat offenbar beschlossen, gleich zu Beginn die *Ich-bin-ein-berühmter-TV-Produzent*-Trumpfkarte auszuspielen.

»Wir haben Satellit, aber ich gucke nur MTV und den Discovery Channel. Ich kann ja kein Deutsch«, lacht die Frau. »Deine Shows würde ich gar nicht verstehen.«

Malte lacht auch: »Ach ja, natürlich.« Dabei dürfte es

ihm sowieso egal sein, ob die Mädels das, was er tut, verstehen.

Zwanzig Minuten später nippe ich an meiner zweiten nicht-leichten Cola, als sich von hinten eine Hand auf meine Schulter legt und eine fröhliche Frauenstimme »Hallo!« ruft. Und: »Da sind ja meine deutschen Freunde!«

Es ist Malin, die erst mir und dann Jens einen Kuss auf die Wange gibt. Derlei lockere und physische Begrüßungsrituale machen mich nervös. In Hamburg, wo ich geboren bin und auch mein komplettes bisheriges Leben verbracht habe, pflegt man gemeinhin eine sehr zurückhaltende, eben hanseatische Art des Umgangs: Händeschütteln gilt bei uns quasi schon als Vorspiel. Aber Malin verströmt so viel unkomplizierte Gelassenheit, hat eine so offene und fröhliche Aura, dass ihre Küsse nicht aufgesetzt oder unpassend wirken. Ihre Entspanntheit ist fast schon ansteckend.

Na ja. Fast.

Malin setzt sich uns gegenüber, legt Malte eine Hand auf den Arm und sagt vergnügt: »Ich sehe, du hast meine Tochter bereits kennen gelernt.«

»Hey, Mama«, sagt die Blondine.

Peng! Das ist eine Überraschung!

Natürlich ist es, rein rechnerisch betrachtet, völlig einleuchtend, dass Malin eine Tochter haben kann, die Anfang zwanzig ist. Doch Malin wirkt einfach nicht wie eine Mutter. Sie wirkt wie ein sexuell erwachtes Kind aus Bullerbü, wie ein lebenshungriges Energiebündel aus einem alterslosen Niemandsland. Petra Pan.

Sie ist eine reife Frau und ein neugieriges Mädchen zugleich. Die Vorstellung, dass sie jederzeit Großmutter werden kann, scheint völlig absurd.

Die beiden Frauen – die kindliche Mutter und die frauliche Tochter – sprechen über Maltes Kopf hinweg Schwedisch. Sie lachen und sehen dabei Malte an. Der wird tatsächlich rot.

»Kara arbeitet hier in Gäddede im Krankenhaus«, verrät uns Malin.

»Lass mich raten«, lache ich, während ich Malte zuzwinkere. »In der Altenpflege?«

Malte knurrt. Malin lacht und übersetzt ihrer Tochter meine Stichelei. Kara prustet los, streichelt Malte dann aber tröstend über den Kopf und sagt: »Ihr seid gemein. So alt ist er nun auch wieder nicht.«

»Er ist jung im Herzen. Und das ist es doch, was zählt«, sage ich, was Malte ein erneutes Knurren entlockt. »Ruhig, Brauner …«, stichele ich noch ein bisschen weiter. Dabei möchte ich gerade wirklich nicht in seiner Haut stecken. Natürlich ist nichts Schlimmes daran, dass Malte versehentlich einen multigenerationellen Doppelaufriss angeleiert hat. Schlimm ist eher, wie die beiden Frauen das aufnehmen. Es scheint sie überhaupt nicht zu stören, sie finden es offenbar eher amüsant. Und das lässt den Rückschluss zu, dass sie Malte nicht ernst nehmen. Das muss meinen Kumpel, der sich selbst für den zentralen Mittelpunkt im innersten Kern der Welt hält, mächtig wurmen.

Ich mustere Malte so unauffällig wie möglich. Er scheint hin- und hergerissen zu sein. Er hat die junge, sexy Kara angegraben, kann sich aber gar nicht mehr sicher sein, ob sie seine Avancen tatsächlich so ernst nimmt, wie er sie meint, oder ob sie bloß mit ihm herumalbert. Was soll er nun machen? Natürlich ist es schlicht peinlich, eine Frau unter den neugierigen Augen von deren Mutter anzumachen. Vor allem, wenn man die Mama kurz zuvor auch schon in der Mache hatte ... Man sieht Malte an, dass er überlegt, ob er seinen Flirt mit Kara einfach als Scherz abtun und sich lieber wieder auf Malin konzentrieren soll. Doch das ist zumindest zu diesem Zeitpunkt unmöglich, denn einerseits belegt Kara ihn fröhlich plappernd mit Beschlag – und andererseits hat sich Malin inzwischen einem offensichtlich interessanteren Gesprächspartner zugewandt.

Mir!

Malin und ich, wir reden. Wir reden ganz wunderbar. Ganz easy. Es ist, als würden wir mit unseren Worten an einem windstillen Tag Federball spielen. Sie fliegen ganz einfach hin und her, hin und her. Der eine von uns nimmt einen Satz auf, schlägt seine Antwort zurück, ganz locker aus dem Handgelenk, der andere kontert, ohne sich besonders anstrengen oder irgendwie verrenken zu müssen. Wir reden mit- und nicht gegeneinander. Ein perfektes Wortspiel. Keiner verpatzt eine Angabe, keiner schlägt daneben, niemand zielt zu hoch, zu weit oder zu schräg. Spielt zu hart oder zu lasch.

Und doch sind es keine Banalitäten, die wir austauschen. Malin, so erfahre ich, ist vierundvierzig Jahre alt – und Witwe. »Mein Mann ist vor sieben Jahren bei einem

Sturm mit dem Schneemobil gegen einen Baum gekracht«, erzählt sie und klingt dabei ganz ruhig, aber nicht gleichgültig. »Er verblutete, während die Ambulanz sich noch zu ihm durchkämpfte.«

Eine sehr skandinavische Art zu sterben, denke ich, sage aber nur: »Das tut mir sehr Leid.«

»Er war mein Seelenverwandter, weißt du«, sagt Malin. »Der eine Mensch auf dieser Welt, der wirklich zu mir gehört. Fünfzehn Jahre waren wir zusammen. Und es waren fünfzehn perfekte Jahre.« Sie lächelt mich an. »Bist du schon mal so viele Jahre am Stück bedingungslos glücklich gewesen?«

»Es gab mal fünfzehn Minuten, die waren gar nicht so übel.«

Malin drückt mir einen Daumen zwischen die Augen und versucht, die Grübelfalte, die sie dort auszumachen meint, zu glätten. »Selbstmitleidige Männer sind nicht attraktiv«, sagt sie.

»Ich hatte gehofft, ich wecke mit meiner Jammerei zumindest so etwas wie einen Beschützerinstinkt oder appelliere ans Retterinnensyndrom.« Ich weiß selbst nicht, wie ironisch ich das meine.

»Wir Frauen beschützen Männer nur deshalb, weil es so wenig richtige Kerle gibt, die uns beschützen können«, gibt Malin zu bedenken.

»Ist das so?«, grinse ich.

»Vielleicht«, lächelt Malin.

Oha! Wir haben uns aufs neckische Terrain getraut und wissen nun zum ersten Mal nicht mehr so recht, wie es weitergehen soll mit unserem Gespräch. Für einen kurzen Moment stecken wir in einer unbehaglichen Schweigelücke fest. Die Amateurband spielt gerade *Alive and Kicking* von den *Simple Minds*. Der klobige Sänger, der aussieht wie ein Kastengraubrot in Lederjacke, gibt sich alle Mühe, einen Rockstar zu imitieren.

Malin steht auf, schnappt sich meine Hand und zieht mich hoch. »Lass uns tanzen!«

»Ja klar«, sage ich, »okay … äh … toll!«

Von allen Dingen auf der Welt – Atomkriege, Magenspiegelungen und die Teilnahme an Veranstaltungen der FDP einmal ausgenommen – hasse ich nichts mehr als Tanzen! Tanzen ist sicherlich eine dufte Betätigung für Leute, die genetisch bedingt das Bedürfnis besitzen, die Bewegungen ihres Körper so adäquat wie möglich der Rhythmik und Melodie eines Musikstückes anzupassen. Menschen eben, die sich einfach so in den Akt des Tanzens verlieren und ihre Umwelt völlig vergessen können. Für die wurde das Tanzen erfunden.

Für jene Leute, die das Tanzen dagegen dazu benutzen, sich selbst darzustellen beziehungsweise anzupreisen, sich so erotisch oder elegant oder kraftvoll wie möglich in Pose zu werfen, erfüllt das Tanzen immerhin noch einen nachvollziehbaren Zweck.

Für einen Jazzfan aber, der Musik, die sich von jedermann problemlos mitklatschen lässt, schlicht für minderwertig hält, ist Tanzen eine Qual! Ist man noch dazu Realist und weiß, dass man niemals so etwas wie eine erotische Ausstrahlung entwickeln wird, ist tänzerischer Exhibitionismus eine regelrecht entwürdigende

Vorstellung. Und für eine jazzverliebte, realistische, jammerfaltige Trantüte wie mich, der sich lieber mit Honig beschmiert in einem Ameisenhügel verlieren würde als in sich selbst, ist es schlichtweg ein Ding der Unmöglichkeit, auf einer Tanzfläche motorisch aktiv zu werden, ohne dabei das Gefühl zu haben, dass jeder einzelne Mensch in Sichtweite sich über mein ungelenkes Gezappel halbtot lacht.

Kurz: Tanzen ist für mich Folter!

Warum ich trotzdem aufstehe und mich von Malin zu den herumhopsenden Paaren in die Mitte des Festzelts ziehen lasse? Sie ist eben Malin. Ich würde ihr in diesem Moment auch die Geheimzahl meiner EC-Karte verraten und meine linke Niere spenden, wenn sich mich darum bäte.

Irgendetwas ist passiert.

Malin ist – wen wundert's? – eine jener selbstvergessenen Vollbluttänzerinnen, die einfach so in der Musik versinken. Während ihr Körper ohne sichtbare Anstrengung oder überlegte Steuerung in weit ausladenden und trotzdem niemals pompös wirkenden Bewegungen die Musik illustriert, hat sie die Augen geschlossen. Ich kann sie also unverhohlen anstarren, während ich ihr gegenüber hilflos und möglichst dezent auf und ab wippe und hin und wieder meinen Kopf herumschlenkern lasse, als würden mir zwei, drei Halswirbel fehlen.

Malin ist ein magischer Anblick. Dabei ist sie eigentlich überhaupt nicht mein Typ. Objektiv gesehen ist sie mir zu dünn, zu blass, zu kurzhaarig. Aber anderseits ist sie ... *perfekt.* Ja, perfekt. Es macht mich glücklich, sie bloß anzusehen. Malin liebt das Leben, ohne ihre Umwelt davon lautstark in Kenntnis zu setzen. Diese Lebenslust ist ganz einfach offensichtlich. Und sie ist ansteckend. Malin kennt offenbar das Geheimnis, wie man genießt. Einfach so genießt.

Als die Gäddeder Musikanten ihr rumpelndes *Simple-Minds*-Imitat beenden, schwenken sie ohne nennenswerte Pause zum nächsten Song über: *Hymn* von *Barclay James Harvest.* Ein krasser Fall von Schmusepop.

Malin öffnet ihre Augen, lächelt und fordert mich mit winkendem Zeigefinger auf, die noch vorhandene Distanz von etwa dreißig Zentimetern zwischen ihr und mir zu überbrücken. Ich tapse unbeholfen grinsend auf sie zu und nehme sie in den Arm. »*Rivers deep and mountains so high*«, knödelte das singende Graubrot, während die kleine, blasse, kurzhaarige, schlichtweg perfekte Malin ihren Kopf an meine Brust legt und wir uns langsam zu drehen beginnen.

Ich glaube, ich werde jetzt mal schnell ohnmächtig. Aber dieses eine Mal weiß ich: Das taumelnde Gefühl in mir hat nichts mit meinem Blutzuckerspiegel zu tun. Oder Stress oder Angst. Diesmal hat das Gefühl, dass ich den Boden unter den Füßen verliere, andere Gründe.

Malins Kopf liegt kurz unter meinem Kinn an meiner Brust. Ich bin versucht, ihr Haar zu küssen, ihr strubbeliges Haar. Doch ich tue es nicht. Ich bin plötzlich wieder vierzehn Jahre alt und habe Angst, mich bei meinem ersten Kuss zu blamieren.

Malin und ich, wir tanzen eng, das ganze Lied hindurch. Keiner sagt etwas. Meine Hand bleibt züchtig auf ihrem Rücken liegen, ihre Hand auf meinem. Als das Lied endet, lächeln wir uns an. Sie mich keck, ich sie unbeholfen.

Und sagen immer noch nichts.

Als wir schließlich zur Tischbank zurückkehren, sehe ich, dass Malte gerade seine Hand auf Karas legen will – doch Malins Tochter zieht sie schnell weg. Zuerst vermute ich, dass Kara klug genug ist zu wissen, dass solche zärtlichen Gesten für Malte kein Signal aufrichtiger Zuneigung sind, sondern nur ein erster Schritt in Richtung Sex. Und dass sie Sex problemlos auch mit einem knusprigeren Exemplar der Gattung Mann haben kann. Doch dann bemerke ich den wahren Grund – denn in diesem Moment taucht ein mindestens ein Meter neunzig großer, kriminell gut gebauter, weißblonder Mittzwanziger an unserem Tisch auf und begrüßt Kara strahlend. Die beiden wechseln lachend ein paar Worte auf Schwedisch … und dann küssen sie sich. So richtig.

»Das ist Nicolas«, stellt Kara den strahlenden Hünen vor, als sie ihre exhibitionistische Zungenakrobatik kurz unterbrechen. »Mein Freund.«

Maltes Mund sagt »Hi«, sein entgleister Gesichtsausdruck brüllt dagegen *Scheiße.*

Ich muss mir ein Kichern verkneifen und drehe mich zu Jens, um zu schauen, wie der auf Maltes frontale Demütigung reagiert. Ich rechne mit einem breiten Grinsen. Doch stattdessen liegt Jens vornübergebeugt mit dem Kopf auf der Tischplatte.

Erst jetzt merke ich, dass ich dermaßen damit beschäftigt gewesen bin, Malin zu verfallen, dass ich meinen guten Freund völlig vergessen habe. Die stolze Menge an kleinen Gläsern, die vor ihm auf dem Tisch steht, verrät mir, dass er, während ich mit Malin geflirtet habe, eine Romanze mit verschiedenen hochprozentigen Getränken begonnen hat. Jetzt schläft er – und stinkt wie eine Destillerie.

Ich rüttle an Jens' Schulter. Er reagiert mit einem unwilligen Grunzen und schlägt mit der rechten Hand ungelenk in die Luft, ohne jedoch den Kopf zu heben oder mich anzusehen.

»Ihr solltet ihn besser nach Hause bringen«, sagt Malin.

»Aber wirklich!« Malte springt sofort auf, offenkundig glücklich, mit Jens' Totalausfall eine Ausrede zu haben, dem Schauplatz seines amourösen Fiaskos entfliehen zu können.

Wir legen uns beide jeweils einen von Jens' Armen über die Schultern – ganz so, wie Jens und ich ein paar Tage zuvor Malte an Bord der Fähre hochgehoben haben – und schleifen ihn Richtung Ausgang.

»Ich komme morgen bei dir im Laden vorbei«, rufe ich Malin vorher noch schnell zu. Sie lächelt mich an, allerdings seltsam neutral. Und die Abschiedsküsse, die sie mir auf die Wangen drückt, sind nicht freundlicher oder gar herzlicher als die, mit denen sie Malte und sogar den zwischen uns taumelnden Jens bedenkt.

Wir verlassen das Bierzelt und schleifen Jens mit vereinten Kräften an den Rand des Festplatzes, wo wir ihn auf eine hölzerne Bank an einer Bushaltstelle plumpsen lassen.

»Warte hier, ich hole den Wagen«, sagt Malte und verschwindet. Ich setze mich neben Jens, der prompt seinen Kopf auf meine Schulter sinken lässt und leise zu schnarchen beginnt.

Mein schlechtes Gewissen meldet sich, weil ich nicht bemerkt habe, wie Jens abgestürzt ist. Außerdem bin ich verwirrt, weil ich nicht verstehe, was genau da gerade zwischen Malin und mir geschehen ist. Oder auch nicht. Und ich hasse den Song, den die Gäddeder Graubrotkapelle nun anstimmt und der aus dem Festzelt zu mir herüberweht: *Love is in the Air* von John Paul Young.

Ich überrede Malte, mir das Steuer zu überlassen, da er mindestens fünf Bier getrunken hat. Erstaunlicherweise stimmt er recht schnell zu, sitzt nun neben mir auf dem Beifahrersitz und sieht aus dem Fenster. Es ist erstaunlich hell für die Uhrzeit. Es ist immer erstaunlich hell in Schweden. Jens liegt quer auf der Rückbank und schnarcht.

Ich kurbele das Seitenfenster herunter und zünde mir eine Zigarette an. Ich weiß, dass Malte es nicht mag, wenn in seinem Auto geraucht wird, doch ich bin bereit, das Risiko einzugehen, die Fluppe nach nur vier, fünf Zügen aus dem Fenster werfen zu müssen. Vier, fünf Züge sind besser als nichts. Doch Malte fordert mich nicht auf, das Rauchen einzustellen. Er starrt einfach nur aus dem Fenster.

Als wir auf das Grundstück unseres Ferienhauses einbiegen, steht da ein Auto, ein VW Golf mit schwedischem Kennzeichen. Irritiert sehen wir uns an.

»Vielleicht ein Handwerker, den der Vermieter bestellt hat«, mutmaße ich.

»Um kurz vor Mitternacht?« Wir steigen aus dem Wagen. Selbst Jens schaffte es, ohne fremde Hilfe ein paar Schritte auf das ominöse Vehikel zuzutorkeln. »Werisndas?«, will er wissen.

»Jens!«, ruft eine Frauenstimme.

Wir drei fahren erschrocken herum. Die Stimme kommt aus Richtung unseres Hauses.

»Jens!« Wir sehen eine Gestalt aus dem Schatten der Veranda treten.

»Wer ist denn das?« Malte sieht unseren immer noch alkoholisierten Freund an.

Jens kneift die Augen zusammen und starrt ungläubig der Frau entgegen, die nun die Stufen der Veranda herab auf uns zukommt.

»Karin?«

»Jens«, sagt die Frau.

»Karin?«

13. Kapitel

»Du bist ja total betrunken!«, stellt Karin scharfsinnig fest, als Jens ihr schwankend gegenübersteht und ihren Namen immer wieder murmelt, als wäre er ein rätselhaftes Mantra.

»Karin? Karin? Karin?«, wundert er sich in einer Art verbalen Endlosschleife, während seine glasigen Augen die Frau, die aller Logik nach einfach nicht nach Schweden gehört, anstarren.

Bevor er das runde *Karin?*-Dutzend voll machen kann, unterbreche ich ihn. Ich reiche der unerwarteten Besucherin die Hand und stelle mich vor. Karin schüttelt erst meine Pfote und dann ungläubig den Kopf.

»So viel trinkt er zu Hause nie«, sagte sie.

»Andere Länder, andere Sitten«, wirft Malte aus dem Hintergrund ein.

»Karin?«, wundert sich Jens noch einmal.

»Wie wär's, wenn wir alle mal reingehen«, schlägt Malte vor.

»Dasne guteIdee«, lallt Jens. »Ichwürd ziemlich gernehinsitzen.«

Mit Unterstützung von Karin schafft unser volltrunkener Freund die Stufen zur Eingangstür hoch. Ich schließe auf. Nachdem wir uns und Jens die Schuhe ausgezogen haben, begeben wir uns ins Wohnzimmer. Dort lassen sich die anderen auf der Sitzgarnitur nieder. Nur ich bleibe stehen und verschwinde dann mit einem »Ich mach mal einen Kaffee!« in den Schutz der Küchenzeile.

Während ich das extra starke Gesöff aufbrühe, lausche ich dem Gespräch im Wohnzimmer.

»Bissu wegen mir hier?«

»Nein, wegen der schönen Landschaft«, sagt Karin. »*Natürlich* bin ich wegen dir hier!«

»Aber …«, ächzt Jens.

»Ich konnte nicht mehr warten! Ich will bei dir sein.« Karins Stimme wird lauter und energischer. Wie ein Presslufthammer pflastert sie die Luft mit ihren Worten. »Ich will, dass du Nägel mit Köpfen machst. Die Dinge müssen geklärt werden!« Vier kurze Sätze, die vor Nachdruck fast bersten und keinen Widerspruch zulassen.

Jens sieht aus, als würde sein Kopf jeden Moment explodieren. Und in diesem Moment, als Karins strenge Stimme die ersten Anzeichen von Disziplin, Vernunft und Reife in unseren Urlaub bringt, weiß ich, dass ab sofort Schluss mit lustig ist. Am liebsten würde ich sofort meine Sachen packen und verduften. Es gibt keinen Zweifel: Die Ferien, die wir geplant haben, sind vorbei. Wir werden von einer Naturgewalt heimgesucht, die erbarmungsloser, konsequenter, furchterregender und unaufhaltsamer ist als ein Tsunami, ein Vulkanausbruch oder ein Orkan. Wir stehen plötzlich der Naturgewalt Frau gegenüber.

Jens tut, was jeder aufrecht betrunkene Mann in dieser Situation macht: Er rollt mit den Augen, lässt den Kopf nach hinten fallen und flüchtet sich ins Koma. Wie ein Narkoleptiker sackt er von einer Sekunde auf die andere weg und fängt an zu schnarchen.

»Wir sollten ihn ins Bett legen«, beschließt Karin. »Wo ist sein Zimmer?«

Malte erhebt sich nicht einmal vom Sofa, als er bloß mit dem Finger in Richtung Flur zeigt und sagt: »Letzte Tür links.«

Ich komme aus meinem Küchen-Schützengraben hervor und helfe Karin, den bleischweren Jens hochzuhieven und in sein Zimmer zu befördern. Nachdem er bekleidet auf dem Bett liegt, ziehe ich mich diskret zurück.

»Na super!«, motzt Malte, als ich ins Wohnzimmer zurückkomme. »Das hat uns ja gerade noch gefehlt!« Er erhebt sich und zieht im Flur seine Schuhe wieder an.

»Wo gehst du denn hin?«

»Zum Auto, den Bölkstoff holen. Ich brauch jetzt was zu trinken!«

Während Malte die Schnaps- und Bierkisten aus dem Auto ins Haus schafft, kommt Karin zurück ins Wohnzimmer. Ich habe ihr bereits einen Becher Kaffee eingeschenkt und eine Tetrapackung Milch daneben gestellt.

»Zucker haben wir leider nicht«, sage ich, während ich auf das dampfend heiße Getränk zeige.

»Danke, nur mit Milch ist völlig in Ordnung.« Karin setzt sich. Sie nimmt direkt neben mir auf dem Sofa Platz. Ich an ihrer Stelle hätte mich auf die andere Seite des Tisches in einen der Sessel gesetzt. Diese Frau hat offenbar keine Angst vor Nähe – oder kein Bedürfnis nach einer Schutzzone.

Ich habe mal einen Artikel darüber gelesen, dass ein Mensch innerhalb der ersten drei Minuten, nachdem er einen Raum betreten hat, durch Körpersprache, Wortwahl oder Schweigen, seine Mimik, das Tempo seiner Bewegungsabläufe, durch seine Blicke und seine Atmung ein komplettes Persönlichkeitsbild von sich abliefert. Der geschulte Beobachter kann anhand dieser Indizien zweifelsfrei erkennen, wie selbstbewusst, aggressiv, sozial kompetent, eloquent, eitel und sonst noch was dieser Mensch ist. Karin, das sieht selbst ein inkompetenter Typ wie ich, ist zweifelsohne eine Frau, die sich nicht unterbuttern lässt. Ihr Habitus wirkt unerschütterlich, ernsthaft und tough. Gleichzeitig strahlt sie aber auch eine große Weich- und Sanftheit aus. Immer vorausgesetzt, sie redet nicht. Sie hat ein fast kreisrundes Gesicht mit großen, braunen Rehaugen und einer amüsant unpassenden Stupsnase. Sie kann höchstens ein Meter fünfundsechzig groß sein, und sie ist, na, ich sag mal: fraulich gebaut.

»Ist das ein Leihwagen da draußen?«, frage ich, um das Gespräch irgendwie in Gang zu bringen.

»Ja«, antwortet sie und nimmt einen Schluck Kaffee. »Ich bin mit dem Flieger bis Stockholm und habe mir das Auto dann dort gemietet.«

»Aha … Ganz schön lange Fahrt.«

»Seid ihr hier jeden Abend so drauf?«, beendet sie meinen Smalltalk abrupt. »Mit Saufen und so?«

»Nee!«, versichere ich. »Wir waren auf einem Volksfest, und da ist Jens irgendwie in die Tränke gefallen.«

In diesem Moment kommt Malte zurück. Er trägt eine Flasche Hochprozentiges im Arm wie ein Baby und hebt nur kurz die Hand, als er an uns vorbeigeht.

»Nacht!«, murrt er und verschwindet mit seinem Schnapssäugling in sein Zimmer.

»Also, der Malte«, erkläre ich, »der ist nicht betrunken. Er ist nur mies drauf. Er hat die Tochter einer … ach, egal.«

Karin sieht mich an. Sie zielt direkt in meine Augen. Ich beschließe, auf den Boden zu gucken. Könnte ja sein, dass sich zu meinen Füßen gerade irgendetwas Interessantes abspielt.

»Hat Jens über mich geredet?«, fragt Karin nach einer langen Pause.

»Öh«, mache ich, während ich fieberhaft überlege, welche Informations- und Gesprächstaktik ich nun wählen soll. »Doch, ja«, gebe ich schließlich zögernd zu und bringe sogar den Mut auf, meinen Blick wieder zu heben und Karin anzuschauen. »Wir … wir kennen euer … Problem. Ist ja auch kaum geheim zu halten. Er hat die letzten Tage vorm Urlaub in meiner Wohnung gewohnt.«

»Und?«, fragt sie.

»Und was?«, frage ich zurück.

»Und was haltet ihr von der ganzen Sache? Gebt ihr ihm Tipps? Amüsiert euch seine Vielweiberei? Ist das Anlass für mächtig viel Schenkelklopfen? Oder wie?«

Plötzlich liegt eine Aggressivität in ihrer Stimme, die

mir nicht passt. Ich meine: Die Frau platzt einfach bei uns rein, bringt alles durcheinander und dann soll ich auch noch als Belastungszeuge in ihrer Paartherapie auftreten? *Nee!*

»Hör mal, du kannst uns hier nicht in männliche Sippenhaft nehmen!«, poltere ich los, lauter, als ich es eigentlich will. »Ist ja nicht so, dass wir Typen alle so ticken. Ich hab ja nicht mal eine Frau, die ich betrügen könnte, selbst wenn ich wollte. Und was Jens mit seinem Leben macht, ist seine Sache. Da mischen wir uns nicht ein!«

»Na, ihr seid ja tolle Freunde ...«

Frauen!

»Ach? Wenn wir mit Jens über sein Dreiecksdilemma reden, sind wir blöde Chauvis. Wenn wir's nicht tun, sind wir desinteressierte Egoisten?«

Ich sag's ja: Frauen. Unlogischer geht's nicht.

»Und nur zu deiner Information: Ich konnte Jens bislang gar keine Ratschläge geben, weil ich nicht alle Informationen habe«, setze ich hinterher, jetzt ebenfalls mit eindeutig feindseliger Stimme. »*Dich* kannte ich ja gar nicht. Ich kenne bisher nur Marion.«

»Und?«, fragt Karin.

»*Marion* mag ich.«

Karin sieht mich an. In diesem Moment wäre ich gerne einer dieser kompetenten Beobachter, die jeden Blick deuten können. Ich habe keine Ahnung, was genau ihrer mir sagen soll. Ich bin nur erstaunt darüber, dass braune Augen tatsächlich kühl aussehen können.

»Ich leg mich dann mal hin«, sagt sie und erhebt sich,

was ein lustiger Widerspruch ist. Aber zum Lachen ist mir im Moment nicht zumute.

»Okay.« Ich helfe ihr nicht, als sie zwei Reisetaschen aus dem Leihwagen holt und in Jens' Zimmer schleppt. Ich bin doch nicht ihr Kuli.

Mann, in diesem Moment würde ich alles dafür geben, eine Flasche Wodka auf ex leeren zu können!

Am nächsten Morgen erwache ich relativ früh. Es ist noch nicht einmal neun Uhr. Ich erhebe mich, ziehe mir Jogginghose und T-Shirt über und öffne meine Zimmertür vorsichtig einen Spaltbreit. Ich habe die Befürchtung, dass Jens und Malte alkoholbedingt noch ausgeschaltet sind, und will unbedingt vermeiden, allein auf Karin zu treffen.

Die Luft scheint rein zu sein, und so schleiche ich flink und so leise wie möglich ins Badezimmer, pinkle, putze mir hastig die Zähne, um den Morgenmuff von der Innenseite meiner Wangen zu spülen, und gehe dann auf Zehenspitzen zurück in den Flur. Kurz bevor ich in mein Zimmer zurückhuschen kann, fällt mir ein, dass meine Zigaretten noch auf dem Wohnzimmertisch liegen. Ich bin durchaus in der Lage, meine obligatorische morgendliche Koffeindröhnung zu verschieben … ganz sicher aber nicht meinen alltäglichen Nikotin-Kickstart!

Auf Zehenspitzen bewege ich mich also aufs Wohnzimmer zu. Ich komme mir vor wie eine dieser Figuren in Zeichentrickserien wie *Der rosarote Panther*, die völlig überzogen tänzelnd auf ihr Ziel zutrippeln, damit sie ihr Erzfeind, der ihnen üblicherweise irgendwo mit einer Keule oder einer Dynamitstange auflauert, nicht entdeckt. Mir geht sogar die *Pink-Panther*-Titelmusik durch den Kopf: *Pa-damm-da-damm-da-damm-da-damm-da-damm-da-dammm …*

»Guten Morgen, Thomas!«

Karins Stimme schießt hinter der Küchenzeile hervor wie ein Brandpfeil bei einem Indianerüberfall.

Ich zucke zusammen.

»Morgen«, brumme ich, nachdem ich mich gesammelt habe, und absolviere die letzten, nun nicht mehr trippelnden Schritte bis zu meiner Zigarettenschachtel. Ich greife nach den Fluppen und zünde mir unverzüglich eine an.

»O Gott, schon vor dem Frühstück?«, sagt Karin entsetzt.

Ich antworte nicht, sondern nehme einen ersten tiefen Zug. Oft muss ich nach Zug Nummer eins husten, ein kleiner Morgengruß meiner schwer arbeitenden Lunge. Diesmal aber versuche ich das Kratzen im Luftkanal zu ignorieren und es bloß mit einem unauffälligen Räuspern zu besiegen. Ich will Karin keine Munition liefern. Sie scheint der Typ Frau zu sein, der einem Raucher ungefragt einen Vortrag über Lungenkrebs hält.

Natürlich bin ich ihr diesbezüglich weit voraus. Es gibt nichts Neues, was sie mir noch erzählen könnte. Ich weiß *alles* über Lungenkrebs. Und über Arterienverengung. Und über Herzinfarktrisiken, Spermienverringerung und rund fünfzig weitere dramatische Nebeneffekte widernatürlichen Teer- und Nikotinkonsums. Doch ich rauche trotzdem. Denn wenn der Suchtmensch in mir gegen den Hypochonder in mir kämpft, zieht der Hypochonder immer den Kürzeren.

»Kaffee?«, fragt Karin.

Ich nicke und will gerade zu ihr in Richtung Küche schlurfen, um meinen Becher in Empfang zu nehmen, als sie eine Geste in Richtung Terrasse macht.

»Setz dich«, sagt sie.

Ich gehe auf die Verandatür zu und traue meinen Augen kaum: Der Tisch draußen ist für vier Personen gedeckt. Eine Thermoskanne steht in der Mitte, umgeben von Platzdeckchen und ordentlich arrangiertem Geschirr und Besteck. Karin hat alle Marmeladen-, Honig- und Nutella-Pötte vom Kühlschrank auf die Terrasse geschafft, dazu Aufschnitt und Käse nicht einfach nur in ihren aufgerissenen Plastikverpackungen auf den Tisch geknallt, sondern appetitlich auf einem Teller drapiert. In einer kleinen Vase steckt ein Strauß Blumen, den Karin an diesem Morgen bereits unten am See gepflückt haben muss. Und als Krönung entdecke ich einen Korb voller Mohnbrötchen. Ich nehme mir eins. Es ist noch warm!

»Ist hier irgendwo im Wald ein Bäcker versteckt?«, frage ich Karin, die inzwischen ins Freie getreten ist und einzelne Blätter Haushaltspapier als Serviettenersatz neben die Teller legt.

»Ach, das sind bloß Aufbackbrötchen«, erklärt sie. »Die habe ich mitgebracht. Ich wusste ja, dass ich erst abends hier ankomme und gleich morgens wahrscheinlich noch keine Chance zum Einkaufen haben würde.«

Ich sage gar nichts. Da lässt diese Frau kurz entschlossen zu Hause alles stehen und liegen, fliegt mal eben nach Stockholm, mietet sich ein Auto, fährt bis an die Polargrenze nach Nordschweden, um sich der Liebe ihres verheirateten Geliebten zu versichern – und denkt dann auch noch an Aufbackbrötchen?

Mal ehrlich: Wie viele Beweise mehr braucht man denn noch, dass Frauen etwas zutiefst Unheimliches sind?

Nachdem ich meine Zigarette geraucht und den ersten Becher Kaffee geleert habe, schmiere ich mir ein Brötchen. Karin ist schon wieder in der Küche zugange. Ich höre ein ominöses Zischen und Brutzeln. Dann erscheint sie wieder am Tisch und serviert tatsächlich Rührei mit gekochtem Schinken.

»Wow«, sage ich.

Karin lächelt. Ich bringe es nicht übers Herz, ihr zu erklären, dass ich unmöglich so früh am Morgen ein dermaßen fettiges, cholesterinhaltiges Nahrungsgeschoss verkraften kann.

In diesem Moment erscheint Malte. »Hey, Rühreier!«, ruft er und lässt sich begeistert am Tisch nieder. Er trägt ein Muskelshirt und eine seiner ausgeleierten, seltsam kurzen Boxershorts. Jens und ich haben uns inzwischen daran gewöhnt, dass man bei Malte stets damit rechnen muss, zwischen Toast und Kaffee gelegentlich eines herausplumpsenden Kronjuwels ansichtig zu werden. Es dürfte interessant sein zu sehen, wie Karin darauf reagiert.

»Haben wir auch noch irgendwo Salz und Pfeffer?«, fragt Malte, während er sich gierig Ei auf seinen Teller türmt.

»Ja klar«, antwortet Karin, während sie sich nun ebenfalls am Tisch niederlässt, »in der Küche.«

Das ist interessant. Diese Frau bedient mich wie eine übereifrige Geisha, doch in dem Moment, in dem jemand einen Service von ihr einfordert, ist Schluss mit dem Verwöhnen.

»Mmh …« Malte zuckt mit den Schultern. »Schmeckt ja auch ohne.« Er kaut, ich zünde mir eine weitere Zigarette an und Karin gießt sich ihren ersten Becher Kaffee ein.

»Es ist schön hier«, sagt sie schließlich, während sie über den See blickt. Malte und ich machen beide nur ein vage zustimmendes Geräusch.

Für ein paar Minuten sagt niemand etwas. Malte mampft, ich rauche, Karin blickt ins Irgendwo.

Dann kommt Jens. Er sieht aus wie ausgekotzt.

»Moin«, flüstert er mit brüchiger Stimme, und es ist unübersehbar, dass ihn neben seinem Kater auch so etwas wie Scham und Unsicherheit plagen. »Ihr habt euch alle, äh, schon … äh … bekannt gemacht?«

»Haben wir«, bestätigt Malte mit vollem Mund.

»Oh, okay«, sagt Jens. Wie ein geprügelter Hund schleicht er um den Tisch. Er gibt Karin einen flüchtigen, irgendwie dämlich anmutenden Kuss auf die Wange und lässt sich dann auf dem leeren Platz nieder. Ich schenke ihm einen Kaffee ein, während Karin ihn missbilligend und gleichzeitig erwartungsvoll mustert.

Nichts geschieht.

»Tja«, sagt Jens nach einer Weile. »Das ist ja jetzt alles … also … irgendwie etwas seltsam, oder?«

Ich erhebe mich. Es ist klar, dass Jens und Karin etwas zu besprechen haben. Allein.

»Ich mach mich dann mal klar«, sage ich. »Und dann fahre ich ins Dorf. Sagt mir, was ich einkaufen soll.«

»Ich habe schon ein paar Sachen aufgeschrieben«, sagt Karin. »Der Zettel liegt in der Küche.«

»Ich komme mit«, beeilt sich Malte. »Tragen helfen.« Und schon verschwinden wir beiden Helden und lassen unseren Freund allein und wehrlos zurück. Das verkaterte Würstchen und seine Power-Geliebte.

Malte fährt. *Natürlich* fährt Malte. Ich sitze auf dem Beifahrersitz und studiere die Einkaufsliste, die Karin offensichtlich bereits in aller Herrgottsfrühe geschrieben hat.

»Glatte Petersilie«, lese ich vor. »*Glatte* hat sie unterstrichen. Kichererbsen, Rohrzucker, Chicorée … Was glaubt die Frau, wo wir hinfahren? Nach Stockholm zum Feinkost-Profi?«

»Petersilie gibt's tiefgefroren, Erbsen gibt's auch ohne Kichern, Zucker gibt's ohne Rohr und Chicorée schmeckt Scheiße«, erklärt Malte. »Und von mir aus holen wir einfach sechs Koteletts zum Grillen für heute und drei Dosen Ravioli für morgen.«

»Karin will uns wohl so richtig toll bekochen«, erkläre ich meinem grantigen Kumpel.

»Karin kann mal richtig toll verduften«, knurrt Malte. »Wofür hält die Alte sich eigentlich? Das ist unser Urlaub! Das Letzte, was ich hier gebrauchen kann, ist eine dieser Problemmuttis. Jammer, jammer, jammer. Ich kenne diesen Typ Frau: Die müssen immer alles zerquatschen. Echt, Thomas, ich könnte kotzen.«

»Na ja, Jens wird ja nun irgendeine Entscheidung fällen müssen. Und egal, wie sie lautet: Dann geht Karin wieder. Die muss doch bestimmt auch arbeiten. Die hat doch einen Job oder so …« Ich überlege. »Hast du eigentlich eine Ahnung, was sie beruflich macht?«

»Die nervt hauptberuflich«, spekuliert Malte.

Ich sehe aus dem Seitenfenster. Der Wald spiegelt sich im See. Es ist völlig windstill. Und eigentlich ein richtig schöner Tag. *Eigentlich.*

Malte schiebt eine CD in den Player. *Nirvana.* Er trommelt auf dem Lenkrad mit. Der Song ist nicht übel, aber für meinen Geschmack einfach nicht komplex genug. »Wie kann ein Musiker, der etwas auf sich hält, einen Song komponieren, der nur aus vier Akkorden besteht?«, frage ich.

Malte schnaubt und dreht voll auf.

Während Kurt Cobain seine Wut auf diese materialistische Welt aus den mindestens tausend Euro teuren Bose-Boxen in Maltes Luxusauto brüllt, überlege ich, wie ich gleich im Laden Malin begrüßen soll. Mit einem Kuss?

Auf den Mund?

»Ach, ihr seid das. Schön, euch zu sehen.« Malin gibt sowohl Malte als auch mir flüchtige Schmatzer auf die Wange. Genau wie beim Volksfest. Nichts, absolut nichts lässt darauf schließen, dass zwischen ihr und mir etwas passiert ist. Habe ich mir das Funkeln und

Knistern im Festzelt nur eingebildet? Nein! Das war real! Ich weiß doch, was ich weiß!

Vielleicht will Malin in Maltes Beisein nicht indiskret sein? Vielleicht lebt sie in der irrigen Annahme, Malte wäre ein Mensch mit einem normal funktionierenden emotionalen System. Vielleicht glaubt sie, seine Gefühle schonen zu müssen. Ja, das wird es sein. Ich muss bloß eine Lücke finden, einen von Malte unbeobachteten Moment, um kurze Blicke des Verlangens, eine zärtliche Geste, ein paar bedeutungsschwangere Worte mit der frisch gebackenen Frau meines Herzens austauschen zu können. Aber wie kann ich Malte abwimmeln und irgendwie beschäftigen?

Während ich noch darüber nachdenke, dreht sich Malte zu mir um: »Kannst du mal in der Kühltruhe nachgucken, ob da Petersilie drin ist?« Während er das sagt, steht er so nah neben Malin, dass die beiden als siamesische Zwillinge durchgehen könnten.

Was bildete der Kerl sich eigentlich ein!

Ich ignoriere seine Aufforderung und gehe ebenfalls demonstrativ auf Tuchfühlung mit Malin. Malte steht rechts neben ihr, ich links. Wir sind eine Hamburger-Scharade: Malte ist die eine Brötchenhälfte, ich die andere und Malin das Stück Fleisch in der Mitte.

Bevor wir sie zerquetschen können, pult sie sich aus unserer Zwangsnähe und schnappt sich den Einkaufszettel, den ich die ganze Zeit in der Hand gehalten habe.

»Mit glatter Petersilie kann ich leider nicht dienen«, sagt sie, während sie durch den Laden geht und Malte und ich ihr eilig hinterherdackeln. »Aber Kichererbsen haben wir. In der Dose allerdings, nicht getrocknet. Zucker ist da hinten. Chicorée? Vergesst es! Wie wäre es stattdessen mit Radicchio?«

»Okay«, beeilt sich Malte zu sagen.

»Superidee!«, toppe ich ihn.

Malin stutzt plötzlich, hält den Einkaufszettel hoch und mustert ihn genauer. »Das ist eine Frauenhandschrift, oder?«, sagt sie und grinst. »Hat einer von euch gestern noch was aufgerissen?«

»Nicht doch!«, rufe ich empört.

Malte schüttelt nur den Kopf, als wäre das die absurdeste Unterstellung, die er sich überhaupt nur vorstellen kann.

»Der Zettel stammt von Karin, das ist die ... äh ... die Freundin von Jens«, erkläre ich.

»Nicht seine Frau«, ergänzt Malte.

»Ein Überraschungsbesuch.«

»Sehr überraschend!«

»Äh ...« Ich suche verzweifelt nach etwas Effektivem, was ich sagen kann. »Ach, übrigens ... Malte wird bald Opa! Hat er dir das erzählt?«, platzt es plötzlich aus mir heraus. Vielleicht kann ich damit ein für alle Male klarstellen, was für ein alter Sack dieser Möchtegernhengst tatsächlich ist!

»Ehrlich?«, antwortet Malin und sieht Malte an. Der wirft mir einen Anthrax-Blick zu und nickt dann widerwillig.

»Das ist ja toll!«, ruft Malin – und gibt Malte einen Kuss. »Herzlichen Glückwunsch!«

Na, super. Das ist voll nach hinten losgegangen.

»Vielleicht hast du ja Lust, heute Abend … äh …«, hebe ich an und versuche, Maltes funkelnden Blick auf mich so gut es geht zu ignorieren.

Malin sieht mich an. »Ja?«

In diesem Moment klingelt das Telefon. Malin geht in das kleine Büro am hinteren Ende des Ladens und nimmt das Gespräch entgegen. Sie sagte etwas auf Schwedisch und lacht. Dann ruft sie zu uns herüber: »Das wird jetzt ein bisschen dauern. Nehmt einfach mit, was ihr braucht. Bezahlen könnte ihr ja nächstes Mal!« Ohne eine Reaktion von uns abzuwarten, schließt sie die Tür des Büros hinter sich.

Keiner sagt es. Aber beide denken wir: *Scheiße!*

»Wartet!«, hören wir plötzlich Malins Stimme. Sie hat den Hörer zur Seite gelegt und kommt auf uns zu, bückt sich hinter die Kasse und fischt ein kleines Paket hervor. »Das ist für Max«, sagt sie, während sie es mir in die Hand drückt. »Ist heute angekommen. Könnt ihr es bei ihm abgeben? Liegt doch auf dem Weg.«

»Klar«, sage ich.

»Selbstverständlich. Das machen wir doch gerne«, versucht mich Malte auszustechen. »Wenn ich dir sonst noch irgendwie helfen kann …«

»Danke«, sagt Malin, lächelt und verschwindet wieder, die Tür hinter sich zuziehend, im Büro.

Und noch mal: *Scheiße!*

Den Rückweg legen wir schweigend zurück. Malte schaltet nicht einmal den CD-Player ein. Wir hängen beide unseren Gedanken nach.

Malte denkt vermutlich darüber nach, wie es möglich ist, dass ein Loser wie ich ihm auch nur ansatzweise in die Quere kommen konnte. Und ich frage mich, ob ich Malins Verhalten fehlinterpretiert habe. Ob ich etwas falsch gemacht, ob ich etwas Dummes zu ihr gesagt habe, was sie mir nun übel nimmt … und ob Frauen nur deshalb auf der Welt sind, um mein Gehirn zu erweichen und mein Dasein zur Hölle zu machen.

Oh-oh. Ich habe Atemnot und Herzstolpern. Das fehlt gerade noch! *Reiß dich zusammen,* fahre ich mich selbst an.

Als wir bei Max' Haus ankommen, bremst Malte, macht aber keine Anstalten auszusteigen. »Beeil dich«, sagt er.

Ich gehe mit dem Paket unter dem Arm zur Haustür und klingle.

Nichts.

Ich klingle noch einmal, klopfe energisch, doch nichts rührt sich. Da Max' Auto aber in der Auffahrt steht, beschließe ich, hinter dem Haus nachzuschauen. Vielleicht ist er ja am See.

Als ich an der Terrasse vorbeikomme, sehe ich, dass die Vorhänge des Wohnzimmers zugezogen sind. Durch einen winzigen Spalt kann ich jedoch ein Flimmern erkennen. Ein Fernseher vermutlich, oder ein Computer. Ich betrete die Terrasse und klopfe gegen die Glastür. Dem folgt ein kurzes Rumpeln von innen. Kurz darauf erlischt das flimmernde Licht. Der Vorhang wird ein kleines Stück zurückgezogen. In dem schmalen Spalt erscheint Max. Er trägt nur Unterhose und T-Shirt …

und ich kann förmlich sehen, dass er hinter der Scheibe nach Alkohol stinkt.

»Was?«, blafft er.

»Also … äh …« Ich bereue es bereits, geklopft zu haben. »Hallo, Max«, sage ich dann, nachdem ich mich gesammelt habe, so freundlich und locker, wie ich es bewerkstelligen kann.

Max reagiert nicht und starrt mich nur finster an.

»Malin hat mir dieses Paket für dich mitgegeben.« Ich halte das in braunes Packpapier gehüllte Poststück vor die Glasscheibe. Max wirft einen kurzen Blick darauf, dann öffnet er die Tür. Weil ich nicht weiß, was ich tun soll, starre ich betreten nach unten. Statt meiner Füße sehe ich das Paket. Mir fällt auf, dass es aus Großbritannien kommt.

Unwirsch nimmt Max mir das Paket ab. »Sag Malin, ich kann meine Post allein abholen!«, knurrt er und dreht sich um.

»Äh …«, stammle ich. »Alles okay, Max?«

»*Fuck off!*« Er verschwindet wieder im Wohnzimmer, schließt die Glastür und zieht den Vorhang diesmal so sorgfältig zu, dass ich nicht mal den kleinsten Hauch von dem sehen kann, was da drinnen vorgeht.

»Mann, das hat ja lang gedauert!«, nörgelt Malte, als ich zu ihm ins Auto steige. Ich überlege kurz, ob ich meinem Kumpel von Max' seltsamem Verhalten erzählen soll. Doch dann beschließe ich, dass ich lieber weiterhin sauer auf Malte bin, und behalte es für mich.

14. Kapitel

Nachdem Thomas und Malte in die Stadt gefahren sind, um Lebensmittel und Malin zu erbeuten, sitzen Jens und Karin sich allein am Frühstückstisch gegenüber. Karin nippt an ihrem Kaffee und sieht Jens einfach nur an. Sie sagt kein Wort.

Jens beißt nervös in sein Nutellabrötchen. Er hat einen Mordskater. Sein Schädel fühlt sich an, als würde sein Hirn Dehnübungen machen und dabei von innen gegen die Schädelplatte stoßen. Seine Augen brennen. Sein Magen ist in Aufruhr.

Eigentlich ist ein Nutellabrötchen das Letzte, wonach ihm gerade der Sinn steht. Doch er braucht etwas, womit er seine Hände beschäftigen kann, eine beiläufige Tätigkeit, die von seiner kompletten Ratlosigkeit ablenkt. Er muss etwas tun, damit nicht auffällt, dass er nicht weiß, was er tun soll. Jens beißt also in sein Nutellabrötchen, während sein Körper schreit: *Verschone mich mit diesem Zeug!*

Karin sieht ihn weiterhin an.

Die meisten Frauen schweigen selten. Doch wenn sie es tun, dann ist es das lauteste Schweigen der Welt. Frauen können einem Mann mit den Augen einen Vortrag halten. Sie können einen Mann mit einem kleinen

Seufzen in Grund und Boden rammen. Und die Besten von ihnen könnten ihn mit einem verächtlichen Zischen töten.

Karin seufzt nicht. Sie zischt nicht. Sie sieht Jens einfach nur an.

Jens' Magen überlegt, ob er die Nutella-Lieferung mit einem Schwung retournieren soll.

Karin sieht Jens an.

Jens zwingt sich, nicht zu rülpsen.

Und dann schreit Karin plötzlich los: »Sag etwas, Jens! Um Himmels willen, sag doch etwas! Ich fahre hier raus, ich lasse zu Hause alles stehen und liegen, ich versuche unsere Beziehung zu retten – und du? Du sitzt nur da und isst ein Brötchen!«

»Es tut mir Leid«, murmelt Jens. »Es ist nur ... Ich weiß nicht, was ich sagen soll.«

»Du könntest sagen, dass du mich liebst«, schlägt Karin vor. Ihre Stimme ist plötzlich leise und fragil.

»Du weißt, dass ich dich liebe«, antwortet Jens. »Das war nie das Problem.«

Karin legt den Kopf in die Hände. »Nicht schon wieder«, stöhnt sie.

»Es tut mir Leid«, sagt Jens, »aber das Problem verschwindet nicht, nur weil du es nicht mehr hören kannst. Ich liebe dich, aber ich liebe auch meine Familie. *Das* ist das Problem. Ich brauche Zeit, um mich zu entscheiden.«

»Wie viel Zeit denn noch?« Karin hebt den Kopf. Ihre Augen durchbohren Jens. »Ich werde nicht ewig für dich da sein. Ich habe auch meine Selbstachtung.«

»Nicht allzu viel«, murmelt Jens, ohne nachzudenken, und kneift unverzüglich die Lippen zusammen. Verdammt, das ist ihm jetzt herausgerutscht.

»*Was?*«, zischt Karin. Es ist kein tödliches Zischen, aber eines, das Wunden reißen kann.

»Ich …«, stammelt Jens, »ich meine: Du hast doch gesagt, dass ich mich nach dem Urlaub entschieden haben muss. Und das habe ich vor. Ich will die Zeit hier nutzen, um mir über alles klar zu werden. Doch dann stehst du plötzlich vor uns und spielst hier die Furie und blamierst mich vor meinen Freunden …«

»Wie bitte?« Das ist jetzt doch schon ein semitödliches Zischen. »Du sorgst dich darum, was deine *Freunde* denken?« Karins Entsetzen ist aufrichtig. »Kapierst du gar nicht, worum es hier geht? Es geht um unser gemeinsames Leben! Es geht um unsere Zukunft. Es geht um eine Entscheidung, von der es abhängen könnte, ob wir als glückliche oder unglückliche Menschen sterben. Und du sorgst dich darum, was deine Chauvikumpel denken?«

»Nur Malte ist ein Chauvi«, murmelt Jens. »Thomas ist ein Weichei.«

»Das ist mir so was von *scheißegal,* ob Thomas ein Chauvi ist oder nicht!«, schreit Karin. »Ich glaube, du kapierst wirklich nicht …«

Jetzt platzt Jens der Kragen. Auch er, der ruhige, besonnene Jens, kann nur einen bestimmten Druck ertragen. »Ich bin es leid, dass du mir die ganze Zeit erzählst, was ich kapiere und was nicht!« Sein Kopf kracht und pocht. Seine Augen brennen. »Vielleicht bist *du* es, die nicht kapiert, was los ist. Ich habe eine *Familie,* Karin! Ich habe *Kinder!* Du weißt nicht, wie das ist. Du hast keine Ahnung, wie viel Liebe man für seine Kinder empfindet! Sie zu verlassen – das ist, als würde ich einen Teil von mir amputieren! Du hast ja keine Ahnung, was ich durchmache! Ja, ich liebe dich! Scheiße, ja: Ich liebe dich, liebe dich, liebe dich! Ich sag's dir hundertmal am Tag, wenn du es hören willst. Doch das allein ist nicht die Antwort! Ob ich als glücklicher und oder unglücklicher Mensch sterbe, hat nicht nur etwas mit dir zu tun! Egal, wie ich mich entscheide: Ich zerstöre in jedem Fall etwas. Kapierst du das nicht? Für dich geht es nur um uns beide, aber für mich … für mich geht es um … um …«

Karin sieht Jens an. Verdattert. So impulsiv hat sie ihn noch nie gesehen.

»… um …«, stammelt Jens. Seine Augen werden feucht.

»Für dich geht's nur um dich«, beendet Karin den Satz mit merkwürdig ruhiger Stimme. »Ich verstehe schon.« Sie steht auf.

Jens sieht sie an, mit tränennassem Blick. Sie geht um den Tisch herum, steht dann hinter ihm und legt eine Hand auf seine Schulter. Er zittert.

Zögernd nimmt Jens ihre Hand und führt sie an sein Gesicht.

Er küsst ihre Hand.

»Es tut mir ja auch Leid«, sagt sie.

»Was?«, fragt Jens leise, fast flüsternd.

»Alles«, antwortet Karin. »Alles tut mir Leid.«

»Mir nicht«, sagt Jens. Er küsst ihre Hand noch einmal.

Als Thomas und Malte am Haus ankommen, ist der Frühstückstisch noch nicht abgedeckt.

»Na, gerade mal einen Tag hier und schon wird die perfekte kleine Hausfrau schlampig«, lästert Malte, während er die Einkaufstüten über die Terrasse ins Haus trägt. Sie stellen die Sachen auf der Anrichte in der Küche ab. »Warte mal … was …«

Aus dem hinteren Teil des Hauses hören sie ein leises, halbwegs rhythmisches Poltern.

Die beiden Männer sehen sich an. Malte grinst. Auch Thomas, der eigentlich fest entschlossen ist, sauer auf Malte zu sein, kann ein Hochschnellen seiner Mundwinkel nicht verhindern.

Malte nickt Thomas zu. Leise gehen die beiden durchs Wohnzimmer zum Flur. Wenige Schritte vor Jens' verschlossener Zimmertür bleiben sie stehen. Das Pochen ist hier eindeutig lauter – und dazu kommen nun auch noch ein leises, tiefes sowie ein deutlich lauteres und höheres Stöhnen.

Thomas rollt mit den Augen, macht kehrt und will zurück in die Küche gehen, doch Malte hält ihn zurück. Er grinst wie ein dreizehnjähriger Schulhofschläger, der sich dafür rüstet, den Streber aus der 7b in eine Pfütze zu schubsen.

»Hast du eine Ahnung, wo Jens und seine Freundin sind?«, ruft er übertrieben laut und sieht dabei nicht einmal Thomas, sondern die Tür an, hinter der es nun schlagartig still wird.

»Hähä«, flüstert Malte Thomas zu. Breit grinsend geht er zurück in die Küche. »Nenn mich Malte, den Orgasmus-Stopper!« Thomas fällt es nun wieder leicht, Malte zum Kotzen zu finden. »Wenn du keinen Sex hast, darf's auch niemand sonst, oder wie?« Der zuckt nur mit den Schultern.

Jens und Karin halten unverzüglich inne, als sie Maltes Stimme hören. Sie haben keine Ahnung gehabt, dass sie nicht mehr allein im Haus sind. Karin steigt von Jens, auf dem sie rittlings gesessen hat, herunter und legt sich neben ihn. Ihr Kopf auf seiner Brust, ihre Hand auf seiner Schulter.

»Verdammt«, murmelt sie.

Jens stöhnt. Er hofft vage, Karin werde seine Erektion noch schnell manuell entsorgen, aber Frauen ahnen wohl nicht, wie unglaublich frustig es für einen Mann ist, Sex abrupt und ohne einen Höhepunkt zu beenden. Frauen sind das scheinbar gewöhnt. Vielleicht ist bei weiblichem Sex tatsächlich der Weg das Ziel? Männer wollen beim Sex unbedingt ankommen. Doch natürlich signalisiert Jens seiner Geliebten nicht, wonach es ihn verlangt.

Diese hastige Nummer, dieses sexuelle Intermezzo, war ohnehin kein konventioneller Akt der Lust. Es war eher ein nonverbales und nachdrückliches Manifest, dass zwischen ihnen immer noch alles möglich ist. *Wir vögeln, also sind wir.*

Jetzt liegen sie einfach nur da. Jens' Erektion kapituliert vor den Tatsachen und schnurrt schmollend zusammen. Karins Atem wird ruhiger und gleichmäßiger. Das geht sehr, sehr schnell bei ihr. Die Erregung verschwindet wie auf Knopfdruck aus ihrem Verhalten.

Jens fragt sich, ob sie ihm manchmal im Bett nur etwas vorspielt. Er hält das für durchaus möglich. Frauen ziehen bei Männern Fäden, sie drücken Knöpfe, sie betätigen Schieberegler. Alles ist Ursache und Wirkung. Für Frauen, vermutet Jens, gibt es immer mehrere Wahrheiten. Für Frauen sind Tatsachen etwas Relatives. Und Lust auch.

Für Marion ist Sex stets ein Martyrium. Wenn Jens mit seiner Frau schläft – was selten genug vorkommt –, hat er fast nie das Gefühl, etwas zu tun, was schön, richtig und wahrhaftig ist. Er hat hinterher immer das Gefühl, er müsste sich bei ihr entschuldigen. Marion hat nie einen Orgasmus. Und sie spielt ihm auch keinen vor. Sie erduldet ihren Mann bloß, wenn er schnaufend auf ihr liegt. Sie rührt sich kaum. Seine Penetration schien für sie nur Penetranz zu sein.

Dagegen erschien ihm Karin von Anfang an wie eine Naturgewalt. Vielleicht sind nicht all ihre Orgasmen echt, aber zumindest einige davon. Da ist er sich ziemlich sicher. Karin mag Sex mit ihm, keine Frage. Oft geht die Initiative von ihr aus, manchmal überkommt sie einfach so die Lust, ganz spontan. Dann treiben sie es beispielsweise auf dem Sofa, streifen sich nur hastig Hosen und Unterwäsche ab, während im Fernseher Hella von Sinnen genial daneben liegt. Einmal, bei einem der seltenen Anlässe, als er dank fadenscheiniger Ausreden eine ganze Nacht bei seiner Geliebten verbringen konnte, war er morgens davon aufgewacht, dass sie ihn oral befriedigte. Das war geil. Das war wie Weihnachten gewesen. Mit Marion war Sex nur wie Buß- und Bettag. Oder wie Fronleichnam.

Hier, in Schweden, wenige Minuten nach Streit und Tränen, ist es jedoch keine spontane Lust gewesen, die Karin und Jens ins Bett getrieben hat, keine hormonelle Gier. Es ist ein Statement, das sie abgeben: *Du und ich – zusammen.*

»Du solltest es ihnen sagen«, findet Karin und streicht Jens über den Kopf.

Jens nickt, steht auf und zieht sich an.

Zwei Minuten später betritt er die Küche. »Hey«, sagt er.

»Hallo, Jens«, lächelt Malte scheinheilig.

»Also …«, beginnt Jens, »äh …«

Thomas seufzt. Er ahnt, dass Jens etwas sagen wird, was er nicht hören will.

»Karin und ich, wir müssen uns echt gründlich aussprechen«, verkündet Jens. »Ich, also … Ich habe ihr gesagt, sie kann ein paar Tage bleiben …«

»Ach, Scheiße!«, murrt Malte.

»Sie zahlt auch einen Anteil an der Miete«, beeilt sich Jens zu versichern.

Thomas seufzt noch einmal.

»Sorry«, sagt Jens kleinlaut, räuspert sich und geht hinaus auf die Terrasse. Er nimmt Maltes Handy, das auf dem immer noch voll gepackten Frühstückstisch liegt, und geht damit hinunter zum See. Sein eigenes Mobiltelefon liegt in seinem Zimmer und er will nicht, dass Karin sieht, wie er es benutzt. Er wird Malte das Gespräch bezahlen.

Jens setzt sich auf den Stein, auf dem er neulich schon gesessen hat, und sieht auf dem Display, dass es siebzehn noch nicht abgehörte Nachrichten auf Maltes Mailbox gibt. Merkwürdig. Dann wählt er seine eigene Nummer. Er muss jetzt einfach die Stimmen seiner Kinder hören. Zumindest die von denen, die noch mit ihm sprechen.

Er lauscht dem Freizeichen.

15. Kapitel

Ich ziehe mich zurück wie ein schmollender Teenager, verschwinde in meinem Zimmer und zünde mir eine Zigarette an. Ich mache nicht einmal das Fenster auf. Soll es doch stinken. Mir stinkt das alles hier ja auch.

Wenn Jens seine herrische Matrone im Haus einnisten und dann lange, qualvolle Gespräche mit ihr führen will – soll er doch!

Wenn Malte das Gefühl hat, mir unbedingt die einzige Frau wegnehmen zu müssen, die mich je wie ein Blitzschlag getroffen hat – ich werde ihn nicht daran hindern.

Wenn ebendiese Frau glaubt, mit mir diese fiesen, fiesen Frauenspielchen spielen zu können, dieses Necken und Wegstoßen, dieses Anlocken und dann cool sein, diese tödliche Herzfolter – dann muss ich wohl auf die einzige Art darauf reagieren, von der ich wirklich etwas verstehe: Ich werde mich zusammenrollen und wimmern.

Oder?

Nein, diesmal nicht! Ich habe die Schnauze voll davon, alles einfach nur so einzustecken! Diesmal werde ich meinen Schmerz in Energie umwandeln! Vielleicht ist das alles hier, diese schwedische Seelenquetschung, die finale emotionale Misshandlung, die mir noch gefehlt hat, um endlich meine lang geplante One-Man-Bühnenshow in Gang zu bekommen! Mein tragikomisches Standardwerk über das Krankheitsbild des Mannseins in der modernen Welt.

Ich gehe zum Schreibtisch, schalte mit energischer Geste den Laptop ein, knacke mit den Fingern und mache mich bereit, das wütendste und witzigste Stück Selbstzerfleischung zu fabrizieren, das die Welt je gesehen hat. Gegen mich wird Woody Allen wie der Autor von *Bambi* wirken! Kafka kann ab sofort als Erfinder der *Teletubbies* durchgehen. Und Nietzsches Werke werden im Vergleich zu meinem als das Geschreibsel eines harmoniesüchtigen Softies belächelt werden.

Ich drücke meine Zigarette im Aschenbecher aus und zünde mir eine neue an.

Und starre auf den Bildschirm.

Auf die Tastatur.

Ich lasse all meine Gefühle frei strömen, suche nach der Essenz von all dem, was da in mir tobt, nach den Sätzen, die es zusammenfassen.

Ich rauche, starre auf meinen Monitor und sehe vor mir: Malin, Malte, Jens, Karin, sogar Max. Ich sehe auch mich selbst, in dem Ruderboot ohne Ruder, mitten auf dem See, weit weg vom Ufer.

Weit, weit weg.

Sehr weit weg.

Und sonst? Nichts.

Ich schalte den Laptop wieder aus.

Ich bin wohl weggedöst, denn als Jens an die Tür

klopft und meinen Namen ruft, muss ich erst einmal zu mir kommen.

»Thomas! Essen!«

Ich schaue auf meine Armbanduhr. Es ist kurz vor drei.

»Komme gleich«, murre ich und angele mir eine Zigarette vom Tisch.

Ich sollte wirklich mit dem Rauchen aufhören. So geht das nicht weiter. Die Dinger schnüren meine Arterien ab. Ich verkürze mutwillig mein Leben. Diese Dinger bringen mich um. Also weg damit. Ich werfe einen Blick auf meine Vorräte. Da liegen nur noch vier Schachteln. Sehr gut!

Wirklich nur noch vier?

O Gott. Ich muss mir dringend neue besorgen!

Während ich den Rauch einsauge, werfe ich einen Blick in den Spiegel. Mein Haar ist zerzaust. Ich habe mich auch heute Morgen wieder nicht rasiert. Kein schöner Anblick.

Mit der Zigarette im Mund gehe ich zum Fenster und öffne es. Nachdem ich aufgeraucht habe, verlasse ich mein Zimmer. Als ich das Wohnzimmer betrete, sehe ich die ganze Meute schon draußen auf der Terrasse am Tisch sitzen.

»Hey, Romeo!«, ruft Malte spöttisch. »Komm her. Wir essen arabisch.«

»Mmpf.« Ich setze mich wortlos an den Tisch und Jens beginnt sofort, meinen Teller zu beladen. Mit dem offenkundig schlechtesten Gewissen, das ein Mensch an den Tag legen kann, türmt er mir Kichererbsen, gedünsteten Radicchio, Tiefkühlpetersilie, Fisch und die anderen Dinge auf, die ich entweder heute Morgen bei Malin eingekauft habe oder die wohl noch bei uns im Kühlschrank zu finden waren. Karin hat all diese Dinge zugegebenermaßen raffiniert verarbeitet und optisch sehr ansprechend zusammengefügt. Ich komme auch nicht umhin festzustellen, dass das Ganze ein verdammt viel versprechendes Aroma verströmt. Hat Karin womöglich nicht nur Aufbackbrötchen, sondern auch noch einen Vorrat an exotischen Gewürzen mitgebracht? Möglich ist's.

Ich bin jedoch fest entschlossen, nichts zu sagen. Schließlich bin ich stinksauer.

Als ich den ersten Happen in den Mund schiebe, kann ich das Komplettschmollen allerdings nicht mehr durchhalten. Wenn jemand unter solch improvisierten Bedingungen ein so raffiniertes Essen zaubern kann, eine Mahlzeit, die den Gaumen regelrecht streichelt und besser ist als in so manchem Restaurant, wäre es einfach zu gemein, kein einziges lobendes Wort zu sagen. Und, na ja, eigentlich bin ich ja auch hauptsächlich auf Malte sauer. Und auf Malin. Das heißt: nein. Von Malin bin ich verwirrt. Karin – na ja … Karin nervt zwar ein bisschen, aber sie hat einen Grund. Sie kämpft hier immerhin für ihre Liebe. Das ist ja nicht verwerflich. Es ist sogar, wie soll ich sagen … irgendwie nachvollziehbar.

»Schmeckt nicht übel«, sage ich also mit vollem Mund in Karins Richtung.

Bin ich nicht nett?

Die Konversation, die wir während des Essens betreiben, ist leidenschaftslos und bewegt sich an der Oberfläche. Banaler Smalltalk. Wir reden über die Landschaft, über die Ausflüge, die man hier machen kann, zu denen wir uns bislang aber noch nicht aufgerafft haben, über unser ruderloses Bootsfiasko, das Malte Karin so monoton und witzlos schildert, dass es bei ihr keine nennenswerte Reaktion hervorruft, über dies und das. Sogar über das Wetter reden wir. Und irgendwann frage ich Karin, was sie eigentlich beruflich macht.

»Ich arbeite im Büro«, antwortet sie.

»Aha.«

Gerade als wieder eine dieser peinlichen Gesprächslücken entsteht, als keiner weiß, welche verbale Banalität man nun noch bemühen könnte, klingelt ein Handy. Es ist die elektronisch gefiepte Melodie von Cindy Laupers *Girls just want to have fun.*

»Das ist meins«, sagt Malte und springt auf. Er schnappt sich das Handy und meldet sich. Während er dem Anrufer mit versteinerter Miene zuhört, stürmt er aus dem Haus und beginnt ein Stück vom Haus entfernt auf und ab zu gehen. Dann spricht er selbst, offensichtlich schnell und agitiert. Wir können nicht verstehen, worum es geht, aber wir sehen alle, dass Maltes Gesicht ein bisschen rot wird.

Als er das Gespräch beendet hat, wählt Malte umgehend eine andere Nummer. Diesmal blafft er für zwei Minuten ins Telefon. Er führt noch ein drittes Gespräch. Diesmal wieder ruhiger – und, soweit wir das beurteilen können, sehr ernst. Er wirkt unglaublich angespannt. Während er redet, kommt er ins Haus zurück, wirft uns aber nicht einmal einen Blick zu, sondern verschwindet einfach in seinem Zimmer.

Jens, Karin und mir wird scheinbar gleichzeitig bewusst, dass wir die Szene verfolgt haben, als würden wir einen Krimi im Fernsehen verfolgen. Jetzt wenden wir uns ein wenig schuldbewusst wieder einander zu.

»Tja«, sagt Karin.

»Ja«, meint Jens.

»Ich glaube, ich geh mal ein bisschen spazieren«, murmele ich.

In meiner Zigarettenschachtel befinden sich noch elf Fluppen. Das dürfte reichen. Ohne mich noch einmal zu meinen Mitbewohnern umzudrehen, gehe ich die Stufen der Verandatreppe hinunter und schlendere in den Wald. Ich will jetzt ein bisschen allein sein. Ich muss nachdenken. Und, ja: Irgendwie erscheint mir so ein demonstrativer Abgang, so ein Einsamer-Wolf-Gehabe in meiner derzeitigen Situation auch recht cool und angebracht.

Der Wald ist dicht und die eng beieinander stehenden, sich in den Wipfeln berührenden Bäume legen trotz hellsten Sonnenscheins ein erstaunliches Dunkel über mich. Es ist auch deutlich kühler als auf der Terrasse. Ein bisschen morbide noch dazu, dieser Wald. Aber auch das erscheint mir angebracht.

Ich zünde mir eine Zigarette an und gehe gemäßigten Schrittes einen kleinen Pfad entlang.

Malin.

Hmm …

Je länger ich über unseren Abend im Festzelt nachdenke, desto unsicherer werde ich. Hat sich das alles nur in meiner Fantasie abgespielt? War da gar nichts, keine chemische Reaktion, keine Annäherung? Waren das keine Botschaftsblicke, die Malin mir zugeworfen hat, sondern hat sie mich einfach nur angeschaut? Bloß visuelle Informationsaufnahme über die Netzhaut? Ich ziehe den Rauch der Zigarette tief ein. Manchmal, wenn ich ganz stark an so einer Fluppe sauge, dann wird mir ein bisschen schwindelig. Das gefällt mir.

Nein, beschließe ich dann. Ich habe mir nichts eingebildet! Carina hat schließlich immer gesagt, ich hätte einen fast autistischen Zug. Es mangle mir an Gespür für die Gefühle anderer Leute. Ich würde gar nicht merken, was sich in den Köpfen und Herzen um mich herum abspielt. Ich wäre viel zu sehr auf mich selbst fixiert, auf meine Zipperlein, meine Paranoia, meinen Weltschmerz. Wenn ich also bei Malin etwas entdeckt zu haben meine, wenn etwas von ihr durch meinen Panzer gedrungen ist, ein Signal, eine emotionale Kontaktaufnahme, ein Knistern – dann *muss* es auch wirklich da gewesen sein. Aber warum war sie dann heute plötzlich so anders? So … neutral? Hat sie über mich nachgedacht und mich bei rationaler Überlegung doch für nicht als gefühlswürdig eingestuft? Ich werde in zweieinhalb Wochen wieder abreisen, aus ihrem Leben verschwinden. Und Frauen suchen ja bekanntlich keine schnellen Abenteuer, keine kurzen flüchtigen Glücksmomente oder irgendwelche spannenden Intermezzi. Frauen suchen etwas Großes, Wahres, Anhaltendes. Oder glorifiziere ich die weibliche Hälfte der Bevölkerung mit dieser Theorie etwa? Sind einige von ihnen vielleicht genauso dämlich wie wir Kerle? Genauso eitel, oberflächlich, vergnügungssüchtig, komplextriefend und nach irgendeiner Form von Bestätigung gierend? Der Gedanke gefällt mir nicht.

Ich idealisiere Frauen gerne. Ich sehe sie nicht nur als tendenziell unheimliche, sondern auch als höhere Wesen. Natürlich blende ich dabei großzügig aus, dass viele Frauen hirnlose Nachmittagstalkshows anschauen, dass sie blöde Bücher lesen, in denen sich die Heldinnen stundenlang vor dem Spiegel drehen und sich Sorgen über ihre vermeintlich zu dicken Hintern machen und immer, immer, immer einen schwulen besten Freund haben, der ihren Liebeskummer mit peppigen Sprüchen besänftigt. Ich ignoriere, dass Frauen gackernd und schnatternd Ewigkeiten in den Umkleidekabinen von H&M zubringen können, dass sie Schuhe für etwas Wichtiges halten, dass sie sabbeln und sabbeln können, ohne etwas zu sagen. Ich ignoriere, dass sie bei kitschigen Stellen in Filmen heulen, obwohl man schon eine halbe Stunde vorher weiß, dass diese Szene kommen wird und sie obendrein völlig unglaubwürdig und sülzig und peinlich manipulativ ist. Ich ignoriere, dass Frauen sich Fußballspiele anschauen und dabei die ganze Zeit nur die knackige Konsistenz der Ärsche und Beine der Spieler kommentieren. Doch trotz all dem, was ich so tapfer zu verdrängen versuche, bin ich sicher, dass Frauen klüger, besser, gefestigter, subtiler, sortierter, beziehungsfähiger und liebespendender sind als wir Männer.

Warum sonst soll man sich so wegen ihnen zermartern?

Warum soll ich an einer Malin zerbrechen, wenn sie bloß genau so ein Klumpen Neurosen, Angst und Verwirrtheit ist wie ich?

Das ist überhaupt eine gute Frage. *Warum soll ich an Malin zerbrechen?* Was weiß ich denn überhaupt von dieser Frau? Wer ist Malin denn schon? Bin ich völlig verrückt geworden?

Nein, ganz sicher nicht! Entschlossen werfe ich den Zigarettenstummel auf den Boden und trete ihn sorgsam aus, schließlich will ich Schwedens unberührte Natur nicht durch einen Waldbrand gefährden. Die wievielte Fluppe war das nun eigentlich? Ich rechne kurz nach und komme auf vier. Also bin ich wirklich schon eine ganze Weile unterwegs.

Hmm.

Ich sehe mich um.

Noch mal: *Hmm.*

Ich habe keine Ahnung, wo ich bin.

Ein Blick auf meine Armbanduhr verrät mir, dass ich, vor mich hin grübelnd, bereits eine Dreiviertelstunde lang ohne Ziel und Orientierung durch den Wald gestreift bin. Es wird wohl langsam Zeit, mich auf den Rückweg zu machen.

Ich zünde mir meine fünfte Zigarette an und drehe mich um hundertachtzig Grad. Ich werde exakt so zurückgehen, wie ich gekommen bin. Also eigentlich immer nur geradeaus. Das kann ja nicht so schwer sein.

Nach fünf Minuten stehe ich jedoch an einem tiefen

Graben, der zu breit ist, um darüberzuspringen. Wo ist der denn plötzlich hergekommen? Auf dem Hinweg war der definitiv noch nicht da.

Ich schaue nach oben und suche die Sonne. An deren Stand kann man ja angeblich die Himmelsrichtung ablesen. Aber funktioniert das auch bei der schwedischen Sonne? Und überhaupt: Ich weiß ja gar nicht, in welcher Himmelsrichtung unser Haus liegt. Also, meine Wohnung in Hamburg hat einen Westbalkon … aber diese Erkenntnis bringt mich jetzt auch nicht weiter.

Ich setze mich auf einen umgekippten Baumstamm und atme tief durch.

Mein Herz rast.

Nein linker Arm wird taub.

Alles verschwimmt vor meinen Augen.

O mein Gott!

Jetzt kommt er wirklich! Der Herzinfarkt! Mitten im schwedischen Dschungel! Kilometerweit von der nächsten menschlichen Seele entfernt! Man wird meine Leiche erst in ein paar Tagen finden.

Mein Mund wird trocken und ein Würgereiz steigt in mir auf. Mein Herz schlägt mit arrhythmischer Wucht, mein Schädel pocht. Un-*Umps!* Da sind sie: Viele Un-*Umps* in meinem Herzschlag! Ich versuche, meinen linken Arm zu heben. Aber ich habe kein Gefühl mehr in meinem linken Arm. Absolut kein Gefühl!

Der Schweiß rinnt mir über das Gesicht und kleine Lichtblitze zucken vor meinen Augen. Mir ist schwindelig. Mir ist so unendlich schwindelig!

O Gott!

Es ist aus!

Das war's jetzt wirklich!

Wump! Wump! Wump!

Mein Herzschlag dröhnt in meinen Ohren. Aber …

Wump! Wump! Wump!

Er ist seltsam rhythmisch. Geordnet.

Wump! Wump! Wump!

Und dann höre ich plötzlich diesen Schrei. Einen lauten, verzweifelten, schmerzverzerrten Schrei. Ich hebe meine rechte, nicht taube Hand zu meinem Mund. War ich das? Habe ich gerade geschrien? Ich taste meine Lippen ab.

Mein Mund ist geschlossen.

Doch ich höre es immer noch. Ein Schreien, so laut und inbrünstig, wie ich es noch nie zuvor gehört habe. Und dazu diese *Wumps …*

Wump! Wump! Wump!

Das ist gar nicht mein Herzschlag. Das ist etwas anderes!

Ich erhebe mich, so gut es meine wackligen Beine zulassen, und lausche. Die bizarren Geräusche kommen aus dem Dickicht rechts von mir. Ich gehe langsam und zögernd in die Richtung der Schreie und dröhnenden Schläge. Beides wird lauter. Ich bin also auf dem richtigen Weg.

Als ich mich durch ein dichtes Gestrüpp gekämpft habe, sehe ich den Ursprung der Geräusche: Gut hundert Meter von mir entfernt steht – Max. Breitbeinig, mit nacktem, schweißglänzendem Oberkörper. Er hält mit beiden Händen eine Axt. Wie ein Besessener schlägt er auf einen Baumstamm ein. Wieder und wieder und wieder. Und dabei schreit er. Er schreit unfassbar laut, wie ein verwundetes Tier. Sein Kopf ist tiefrot, seine Augen weit aufgerissen. Beim Schreien sprühen funkelnde kleine Speicheltropfen aus seinem Mund. Er schlägt riesige Risse in den Stamm. Und er hört nicht auf. Er macht keine Pause. Er schlägt und er schreit. Schlägt und schreit.

Ich beobachte die bizarre und beängstigende Szenerie für eine knappe Minute. Dann mache ich kehrt. Ich gebe mir extreme Mühe, mich so leise wie möglich von Max zu entfernen. Er soll mich auf keinen Fall entdecken – wer weiß, ob er sich sonst mit seiner Axt als Nächstes an mir austobt. Ich gehe auf Zehenspitzen und achte darauf, dass ich auf keine morschen, potenziell knackenden Äste trete. Doch das ist übertriebene Vorsicht: Max' Schreie und seine Axtschläge sind so ohrenbetäubend laut, dass ich mit zehn Tamburinen behängt und einem dröhnenden Ghettoblaster auf der Schulter durchs Gebüsch trampeln könnte, ohne dass er mich bemerken würden.

Als ich weit genug entfernt von unserem Berserkernachbarn bin, bleibe ich stehen und atme tief durch. Immerhin: Mein Beinahe-Herzinfarkt hat sich von selbst erledigt. Aber dafür habe ich keine Ahnung, in was ich da gerade hineingeraten bin. War es etwas, was man irgendjemandem melden sollte? Keine Ahnung. Aber ich will jetzt nicht darüber nachdenken, sondern erst einmal zurück zum Haus. Dringend.

Ich gehe in jene Richtung, die mir instinktiv am plausibelsten erscheint. Aber nach einer Viertelstunde habe ich noch immer keine einzige Abzweigung, keine Lichtung, keine Baumgruppe entdeckt, die mir vom Hinweg her bekannt vorkommt.

Und jetzt sind auch nur noch drei Zigaretten übrig.

Es dauert über eine Stunde, bis ich schließlich den See finde. Ich kämpfe mich durch ein dorniges Gestrüpp und stehe am Ufer. An der kleinen Insel in der Mitte des Sees kann ich erkennen, in welche Richtung ich am Ufer entlanggehen muss, um zu unserem Haus zu gelangen.

Es ist noch ein ziemlich weiter Weg. Und trotzdem könnte ich vor Freude heulen, wenn ich nicht so erschöpft wäre.

Eine weitere Dreiviertelstunde später komme ich völlig verdreckt, zigarettenlos und unfassbar durstig vor unserem Haus an. Als ich durch die Verandatür ins Haus trete, sehe ich Jens, der in der Küche Töpfe abwäscht. Ich stapfe zum Kühlschrank, greife mir eine Flasche Cola light und trinke sie fast in einem Zug leer.

»Hey, Thomas«, sagt Jens. »Das ist ja schade. Du hast Malin gerade eben verpasst.«

»Was?«

»Malin war hier. Sie wollte mit dir ausgehen. Irgendein Klavierkonzert in der Kirche …«

»*Was?*«

»Wir haben ihr gesagt, dass du nur kurz spazieren bist und sie wollte warten. Aber als du dann so lange weg warst, wurde es ihr doch zu spät. Jetzt hat sie Malte mitgenommen. Kannst du dir das vorstellen: Malte bei einem Klavierkonzert?«

Ich reibe mir mit meinen verdreckten Händen über das Gesicht und stöhne laut auf. Was habe ich Gott bloß getan? Womit habe ich das alles verdient?

»Hallo, Thomas. Da bist du ja wieder«, begrüßt mich nun auch Karin, die gerade aus dem Bad kommt. Sie mustert mich mit aufrichtiger Besorgtheit. »Alles okay?«, fragt sie.

Ich sehe sie nur an, schüttele grimmig den Kopf und gehe in mein Zimmer.

Ich liege auf dem Bett und rauche. In meinen Ohren stecken die Stöpsel meines MP3-Players. Ich habe das Gerät auf volle Lautstärke gestellt und lausche Al Jarreaus *Tenderness,* einem Konzertmitschnitt aus dem Jahre 1994. Al singt von der Liebe, von Verlangen und Sehnsucht, Einsamkeit und Hoffnung, Gier und Lust. Ich habe eine Gänsehaut, aber nicht wegen der einmaligen Musik. Nein, in meinem Kopf prügeln sich ganze Geschwader von Gedanken. Ich will über Malin nachdenken, über Malte, über Max und seinen schreienden Axtexzess natürlich, über Jens und Karin und Marion, über mich und die Frauen, über das Leben, über das, was ich will, was ich zu wollen glaube, was ich verpasse, was ich versaue. Es gibt so viel, worüber ich nachdenken muss, dass ich deshalb einfach nicht zum Denken komme. Ich versuche nur, das mentale Chaos zu katalogisieren. Doch dafür ist es zu chaotisch. Und über all dem schwebt Al Jarreaus magische Stimme: *»Try a little tenderness.«*

Irgendwann erhebe ich mich. Ich lege den MP3-Player auf den Tisch neben den Laptop und gehe hinaus auf die Terrasse. Ich bin allein, setze mich in einen der Liegestühle und blicke auf den See hinunter. Am Ufer entdecke ich Jens und Karin. Sie sitzen auf einem umgekippten Baumstamm. Jens hat den Arm um Karins Schulter gelegt, eher zögernd als beschützend, und es sieht ein bisschen so aus, als würde Karin weinen. Vielleicht zittert sie auch nur, obwohl es eigentlich nicht kalt ist. Seltsam, denke ich, Karin wirkt nicht wie eine Frau, die weint.

Ich schließe die Augen und überlege, ob ich jemandem von Max erzählen soll. Aber irgendwie erscheint es mir nicht angebracht. Jens und Karin sind mit ihren eigenen Problemen vollauf beschäftigt. Und Malin? Wenn ich irgendwann dazu komme, mit Malin zu reden, *richtig* zu reden, wird es ganz sicher nicht um Max gehen.

Bleibt also nur einer. Aber mit Malte führe ich Krieg um Malin. Das Einzige, was ich diesem Mann im Moment mitteilen will, ist, wohin er sich unsere vermeintliche Freundschaft stecken kann. Ja, genau das werde ich machen. Auch wenn ich wohl noch Stunden hier auf der Terrasse sitzen und auf ihn warten muss, während er gerade wahrscheinlich die beste Zeit seines Lebens hat.

15. Kapitel

Himmel, hört das Geklimper und Geschraddel denn nie auf?

Seit über eineinhalb Stunden bearbeiten der Pianist und der Cellist ihre Instrumente, und für Malte, der unter der Dusche gern Songs von den *Rolling Stones* und Phil Collins singt, klingt ein Stück wie das andere. *Pling Pling* und *Jaul Jaul.* Unbehaglich ruckelt er auf dem Stuhl hin und her. Zweimal hat Malin ihm schon mit dem Zeigefinger auf den Lippen bedeutet, dass er doch bitte still sein soll. Malte fühlt sich wie ein Zehnjähriger.

Was für ein Scheißdate!

Aber Thomas hätte an dem ganzen Kram hier vermutlich sogar etwas gefunden, denkt Malte. Sein feingeistiger Kumpel hätte wohl so etwas wie ein Muster in der blöden Musik erkannt, die einzelnen Stücke auseinander halten können. Für Thomas hätte jedes einzelne Lied seine eigenen Besonderheiten, Reize und Fehler gehabt.

Malte gesteht es sich nicht gerne ein, aber manchmal bewundert er seinen Freund. Thomas ist nicht klüger als er, das nicht. Ganz sicher nicht. Malte weiß, dass er cleverer ist, er kann Dinge stemmen, Menschen lenken,

Projekte austüfteln, organisieren, eintüten und verschicken. Er ist ein Macher, ein verdammt guter Macher sogar. Aber Thomas' Verstand ist auf Zwischenfrequenzen geeicht. Thomas nimmt Dinge wahr, die andere nicht sehen, hören oder fühlen. Thomas hört eine Melodie, wo andere nur Töne absorbieren. Malte ist der festen Überzeugung, dass Thomas nur deshalb so wenig vom Leben versteht, weil er so furchtbar viel durchschaut – nur eben ohne es zu kapieren. Manchmal wäre Malte gern so wie Thomas, so *fein*, so *empfänglich* – dann aber denkt er ebenso oft, wie ätzend es sein muss, statt eines schützenden Panzers am Leib ein *Schießt-auf-mich!*-Schild auf der Stirn kleben zu haben. Sensibel zu sein ist ja sicher ganz schön – aber uncool. Und deswegen kriegt Thomas auch Malin nicht. *Ätsch!*

Malte hebt den Blick und studiert zum bestimmt zehnten Mal an diesem Abend das Deckenfresko der Kirche. Gibt ja sonst nichts, was man bewundern kann. Die Frauen rings um ihn herum sind alle entweder alt, hässlich oder in sackartige Wollpullis gehüllt. Maltes Nacken knackt ein bisschen, als er den Kopf zu dem Gemälde über ihm hebt.

Das ist kein Michelangelo, echt nicht. Im Stil der naiven Malerei hatte da irgendjemand ein paar Szenen aus der Bibel an die Decke der schlichten Dorfkirche gepinselt: Jesus verteilt Fische und Wein an die Hungrigen, Jesus latscht übers Wasser und Jesus predigt seinen Groupies. Keine Kreuzigung weit und breit.

Außer bei Malte. Die Bänke in der Kirche sind höllisch hart. Maltes Rücken, der ihm in den letzten Jahren immer öfter Probleme macht, tut mächtig weh. Er fühlt sich wie angenagelt.

Das Musikstück ist zu Ende. Brav applaudiert Malte mit den anderen. Malin lächelt ihn an, Malte lächelt zurück. Er hofft, dass es nicht allzu gequält aussieht.

Der Mann am Klavier sagte irgendetwas auf Schwedisch und Malte hofft inbrünstig, dass es so etwas wie »Tschüs, immer schön christlich bleiben, bis nächstes Mal« ist. Aber diese Hoffnung zerplatzt, als das Duo zu einem neuen *Pling-und-Jaul*-Stück ansetzt.

Malte seufzt.

Malin legt den Zeigefinger auf den Mund.

Als Malin am Nachmittag bei ihnen aufgekreuzt war, hatte das Wechselbad der Gefühle begonnen. Malte hatte sich mächtig gefreut, sie zu sehen, war dann aber umso enttäuschter, als sie ihm erklärte, dass sie eigentlich Thomas abholen wollte. Was wollte eine Frau wie Malin von einem Typ wie Thomas, wenn sie einen echten Kerl haben konnte – nämlich ihn? Von da an war es für Malte eine Frage des Prinzips geworden, eine Frage der Selbstachtung und Logik, dass er Malin erobern würde. Es konnte nicht angehen, dass Thomas ihn auf seinem ureigensten Feld schlug.

Maltes Laune stieg deshalb enorm, als sein Kumpel partout nicht von seinem Spaziergang zurückkam. Überhaupt: Spaziergang? Echte Männer machen Hiking oder Trekking, aber sie gehen nicht *spazieren!* Das ist etwas für Weiber, Opas und Liebespaare. Doch Malte konnte es nur recht sein, wenn Thomas bei seinem

Spaziergang die Zeit vergaß. Denn so musste Malin ihn als Ersatz mitnehmen. 1 : 0 für den richtigen Mann!

Doch die relative Freude war nur von kurzer Dauer. Sie endete, als Malte mit Malin durch die Kirchentür trat, den Flügel und das Cello auf der Bühne sah und ihm klar wurde, dass er einen ganzen Abend voll klassischer Musik und sakraler Langeweile vor sich hatte.

Wenn es einen Gott gab, würde Malin ihn hinterher aber mit zu sich nehmen und sich endlich von ihm ficken lassen. Zeit genug, um Gott im stillen Gebet darum zu bitten, hatte er ja.

Tatsächlich verschwendete Malte während des nicht enden wollenden Konzertes aber nur wenig Gedanken an Malin. Er gab ganz andere Dinge, die sich in sein Hirn fraßen. Er versuchte, sie zu ignorieren, war fest entschlossen, in diesem Urlaub nichts Unerfreuliches an sich herankommen zu lassen. Er wollte gut drauf sein. Verdammt noch mal! Doch das, was auf Einlass in sein Denkzentrum pochte, war zu groß, zu wichtig und zu wuchtig, um es einfach zur Seite zu schieben. Die Dinge, die Malte heimsuchten, hießen: Insolvenz, drohender Konkurs, Scheitern, Versagen und potenzielle Armut.

Die bittere Wahrheit war nämlich, dass Maltes Firma bereits seit einiger Zeit nur haarscharf an der Pleite vorbeischrammte. Axel Lachmanns Abgang drohte ihr nun endgültig das Genick zu brechen. Andere Projekte, die Malte angeleiert hatte, erwiesen sich als nicht so reizvoll, wie man ursprünglich hoffen konnte. Hinzu kam: Die Manager in den Fernsehsendern, denen Malte seine

Shows und Serien verkaufen musste, bekamen Wind von seinem finanziellen Engpass und zogen sich zurück. *Everybody loves a Winner* – Maltes früherer Lieblingsspruch hatte auch eine Schattenseite, und die bekam er nun unbarmherzig zu spüren. Nicht mal mehr die *stellvertretenden* Programmgestalter ließen sich von ihm noch zum Essen einladen. Wer kein Sunnyboy mehr ist, ist tot. So sind die Gesetze der Branche. Und Malte roch für die Quotenmacher bereits nach Verwesung. Die Karawane der Unterhaltungsfuzzis zog weiter und ließ den einstigen Golden Boy einfach am Wegrand liegen. Sollten sich doch die Geier mit ihm beschäftigen.

Malte erhielt seit Tagen eine Flut von Anrufen. Seine Handy-Mailbox quoll über, doch er hörte nicht einmal die Hälfte der Mitteilungen ab. Gelegentlich rief er Ulf an, seinen Finanzberater, und klärte mit ihm die allerwichtigsten Fragen. Malte sorgte auch dafür, dass wenigstens seine Angestellten ihr Geld erhielten. Es war schließlich die mangelnde Zahlungsmoral seiner Geschäftspartner, die an seinem finanziellen Fiasko die Hauptschuld trug – und Malte wollte nicht auf deren Niveau sinken. Seine Angestellten hatten ein Recht auf ihr Geld. Wer etwas leistete, musste dafür bezahlt werden.

Aber was sollte er tun, wenn seine Firma wirklich nicht mehr zu retten war und ganz von der Bildfläche verschwand?

Verschwand dann auch er?

He, er hatte Urlaub! Das Leben war schön, Scheiße noch mal. Alles peachy!

Malte war in eine Art bockiges Phlegma gefallen. Er

versuchte, die nahende Katastrophe zu verlangsamen, indem er sich weigerte, sie in voller Konsequenz zu würdigen. Er wollte nicht und nichts verlieren. Verlieren war nicht sein Ding.

Pling Pling und *Jaul Jaul* machen die Musiker. Und Jesus verteilt seine Fische.

Als das Konzertmartyrium nach über zwei Stunden endlich zu Ende ist, springt Malte sofort auf. Sein Rücken tut höllisch weh. Trotzdem bemüht er sich, aufrecht zu gehen und sich nichts anmerken zu lassen.

»Und jetzt?«, fragt er und grinst Malin mit seinem besten Grinsen an.

»Jetzt fahre ich dich wieder zurück zum Haus«, lächelt Malin. »Tut mir Leid, dass dir das Konzert nicht gefallen hat.«

»Der Abend ist doch noch jung«, sagt Malte. »Lass uns noch etwas trinken gehen.«

Malin überlegt kurz. »Ich habe im Laden noch ein paar Flaschen Wein. Magst du Wein?«

»Klar«, grinst Malte. »Und nicht nur das.«

Malin grinst zurück.

Als Malin auf der Fahrerseite in ihren Jeep steigt und Malte ums Auto herum zur Beifahrertür geht, schiebt er sich unauffällig zwei Fisherman's Friends in den Mund. Er hat nicht zwei Stunden Scheißmusik ertragen, um den Abend nun an eventuellem Mundgeruch scheitern zu lassen.

»Rot oder weiß?«, fragt Malin und hält zwei Flaschen hoch, die sie aus einem Schrank im Supermarktbüro geangelt hat.

»Du entscheidest«, antwortet Malte. Er ist nicht zum Trinken hergekommen.

Malin öffnet die Weißweinflasche und gießt Malte und sich ein. Sie benutzt schlicht geformte, mit bunten Mustern dekorierte Gläser, die aussehen, als hätten sie früher einmal Senf enthalten.

»Prost!« Malin hebt ihr Glas.

»Auf uns«, sagt Malte und stößt mit ihr an.

Malin sieht ihn einen Moment sehr genau an. Dann zuckt sie mit den Schultern. »Okay«, sagt sie. »Auf uns.«

Beide nehmen einen Schluck. Dann lässt sich Malin auf einer der Kühltruhen nieder. Malte setzt sich neben sie. Er rückt dicht an sie heran.

»Ich mag deine Augen«, sagt er.

»Ich mag sie auch. Damit kann man prima gucken.«

Malte lacht halbherzig. »Ich meine, ich mag, wie sie aussehen.«

Malin schüttelt ungläubig den Kopf: »Kommst du bei Frauen mit der Masche wirklich weit?«

»Das ist keine Masche«, sagt Malte mit wohldosiert beleidigtem Tonfall. »Deine Augen sind das Erste, was mir an dir aufgefallen ist.«

»Aber nur, weil ich zu wenig Busen habe, den du anstarren kannst«, lacht Malin.

Malte sieht sie irritiert an. Malin lacht immer noch. Sie trinkt ihr Weinglas aus. Malte beeilt sich, mit ihr Schritt zu halten. Malin füllt beide Gläser erneut bis zum Rand.

»Was ist mit Karin und Jens?«, fragt sie.

»Schwierig, schätze ich.« Malte will nicht über seine Mitbewohner reden.

»Die beiden tun mir Leid«, sagt Malin.

»Ja, mir auch«, brummt Malte. Das reicht jetzt, denkt er, und geht in die Offensive. »Es ist manchmal ganz schön einsam hier draußen, oder?«

Malin grinst. »Ja, Malte. Es ist manchmal ganz schön einsam hier draußen.«

Malte stellt das Weinglas neben sich auf die Truhe und hebt langsam seine rechte Hand. Er streicht Malin über die Wange. Sie schließt die Augen. Langsam nähert sich sein Gesicht ihrem. Er küsst sie. Vorsichtig.

Malin reagiert für ein paar Sekunden gar nicht, dann erwidert sie seinen Kuss. Und zwar vehement. Sie presst ihre Lippen gegen seine, öffnet den Mund, bringt ihre Zunge ins Spiel. Sie umklammert seinen Kopf mit beiden Händen, während sie ihn leidenschaftlich küsst.

Malte ist überrascht. Er kommt ein wenig ins Wackeln und stößt dabei sein Weinglas um. Die beiden küssen sich immer wilder, knutschen, verschlingen sich fast. Ihre Hände sind überall. Malte zerrt an Malins Pulli. Sie presst ihre Hand gegen seinen Schwanz, fest, zu fest fast. Malin öffnet die Knöpfe ihrer Jeans. Malte zieht ihr die Hose begierig aus, schiebt ihr den Slip bis zu den Knien hinunter. Er steht jetzt vor ihr, Malin liegt auf der Kühltruhe. Sie packt seinen Kopf mit beiden Händen und drückt ihn in Richtung ihres Schoßes. Malte begreift. Er befriedigt sie mit der Zunge. Es dauert nicht lange, bis sie einen lautstarken Orgasmus hat.

Malin springt auf, schüttelt den Slip ab, läuft zu einem Regal in der Ecke des Ladens und kommt mit einer Packung Kondome zurück. Malte streift sich eins der Gummis über und nimmt Malin, die sich über die Truhe beugt, von hinten.

Nicht einmal fünf Minuten später ist alles vorbei.

»Uff«, sagt Malin und lacht. Sie drückt ihn von sich fort, zieht ihre Klamotten wieder an und hebt das Glas auf, das Malte heruntergefallen ist. »Schau mal, es ist nicht kaputtgegangen. Erstaunlich …« Sie betrachtet das bunte Ding von allen Seiten. Wie nebenbei sagt sie zu ihm: »Ich fahre dich dann mal nach Hause.«

Malte sieht sie perplex an. Kein Nachspiel, kein Schnurren und Gurren? Sehr ungewöhnlich. Sehr … unweiblich. Malin hat sich genommen, was sie wollte, und damit ist die Sache für sie erledigt?

Malte fühlt sich ein wenig ausgenutzt, als er sich schweigend die Hose hochzieht und zuknöpft.

Als sie beim Haus ankommen, will Malte Malin noch einmal mit Nachdruck küssen. Doch sie lässt sich auf keine sexuelle Handlung mehr ein. Sie gibt ihm bloß eins ihrer üblichen neutralen Wangenbussis.

»Tja«, sagt Malte. »Bye dann also.«

»Bye«, lächelt Malin.

Kurz bevor er aussteigt, hält sie ihn dann doch noch zurück. »Habt ihr morgen schon etwas vor?«

»Wieso?«, fragt Malte.

Kaum ist Malte ausgestiegen, wendet Malin den Wagen und fährt davon. Malte sieht noch einen Moment lang ihren Rücklichtern nach, bis sie im Wald verschwinden. Dann geht er zum Haus.

Als er die Treppen zur Terrasse hochsteigt, sieht er Thomas in einem der Lehnstühle liegen und schlafen, obwohl er immer noch die Ohrhörer seines MP3-Players eingestöpselt hat und die für ihn übliche Jazz-Suppe zu hören ist.

Malte geht ins Wohnzimmer, nimmt eine der Wolldecken vom Sofa und legt sie seinem Kumpel vorsichtig über.

Es ist kalt geworden.

16. Kapitel

Es ist kurz vor drei Uhr nachts, als ich aufwache. Der Akku in meinem MP3-Player ist leer; vermutlich war es das abrupte Ende der Musikbeschallung, das mich aufgeweckt hat. Ich friere. Irgendjemand hat mich in eine Decke gehüllt. Karin wahrscheinlich.

Ich erhebe mich mühsam und strecke mich. Ich bin völlig verspannt. Ob Malte schon zurückgekommen ist? Wenn er bei Malin übernachtet, werde ich durchdrehen. Dann schlachte ich morgen mit Max gemeinsam Bäume im Wald.

Ich schlurfe in mein Zimmer und ziehe nur schnell meine Schuhe aus, bevor ich mich in meine Bettwäsche vergrabe. Scheiße, ist mir kalt!

Als ich am nächsten Morgen auf die Veranda komme und mich zu den anderen an den Frühstückstisch setze, bemühe ich mich um einen gelassenen Gesichtsausdruck und quäle mir sogar ein Lächeln ab. Ich werde nicht als verwundetes Reh auftreten. O nein. Schließlich will ich Malte, dem Platzhirsch, nicht irgendeinen Triumph gönnen. Vielleicht ist er ja auch gar nicht gelandet bei Malin? Wäre ja möglich.

»Na«, sage ich, ohne Malte dabei richtig anzuschauen.

»Netten Abend gehabt?« Ich greife in den Korb mit den Aufbackbrötchen und gebe mir große Mühe, so zu wirken, als würde mich seine Antwort gar nicht interessieren.

»Das Konzert war öde«, antwortet Malte, »aber danach war's nett. *Sehr* nett.«

Ich zucke zusammen. Was meint er denn damit?

»Malin hat heute eine Überraschung für mich vorbereitet. Ihr müsst also für den Rest des Tages auf meine Gesellschaft verzichten«, kündigt er nun an und strahlt voll klebriger Selbstzufriedenheit.

Ich kann es nicht fassen! Aber ich schweige und schenke mir einen Kaffee ein.

»Guten Morgen, Thomas«, begrüßt mich plötzlich Karin, die schon die ganze Zeit direkt neben mir sitzt, mit demonstrativer Spitzfindigkeit. Sie will mich offensichtlich dafür tadeln, dass ich mich ohne eine höfliche Allgemeinbegrüßung zum Frühstück niedergelassen habe. Hat diese Tante das Recht, mich zu erziehen? Bin ich fünf Jahre alt?

Okay, ja: Sie hat irgendwie auch Recht.

»Moin«, brumme ich und lasse meinen Blick über den Frühstückstisch wandern. Er ist rammelvoll mit Aufschnitt und Käse. Hart gekochte Eier warten darauf, geköpft zu werden, Marmeladen- und Honiggläser türmen sich vor mir auf. Es sieht aus wie ein Frühstücksbüfett in einem Hotel. Was für ein Overkill! Nachher werden wir alle das wieder mit monumentalem Aufwand abdecken und abwaschen müssen, den Tisch wischen, die Sachen zurück in den Kühlschrank räumen. Und das, obwohl wir die Hälfte des Zeugs nicht einmal angerührt haben werden. Warum transportiert diese Frau unsere kompletten Lebensmittelvorräte auf die Terrasse, anstatt sich auf die relevanten Elemente zu beschränken? Bevor Karin uns überfallen hat, bestand mein Frühstück aus zwei Bechern Kaffee, drei Zigaretten und einem Becher Joghurt oder Schokoladenpudding oder was sonst gerade griffbereit vorne im Kühlschrank stand. Das war völlig okay so. Und es verursachte so gut wie keinen Abwasch.

Das Telefon klingelt. Nicht eins der Handys, sondern das Haustelefon, das im Flur an der Wand hängt. Wer kann das sein? Eigentlich hat doch niemand diese Nummer. Ich erhebe mich, doch Malte springt förmlich auf.

»Ich geh schon!«, ruft er.

Ich ahne, dass dies eins unserer Malin-Duelle sein könnte, und katapultiere mich ebenfalls mit enormer Vehemenz aus dem Stuhl. Mein Kaffeebecher kippt um.

Malte und ich stürmen gleichzeitig los. In der Enge der Terrassentür prallen wir zusammen, quetschen und drängeln uns aneinander vorbei, wobei ich leichte Oberhand und zwei Schritte Vorsprung gewinne. Ich hechte förmlich zum Telefon und schnappe es mir.

»Hallo!«, brülle ich triumphierend in den Hörer.

»Wer ist dran?«, fragt eine Frauenstimme. Es ist tatsächlich Malin.

»Thomas«, keuche ich und versuche, Malte abzuwehren, der an mir herumzerrt und mir den Hörer zu entreißen versucht. Ich trete ihm mit voller Wucht auf den Fuß. Endlich gibt er auf.

»Hallo, Thomas«, begrüßt mich Malin derweil. Ihre süße Stimme tropft mir wie Sirup ins Ohr. Ich bekomme eine Gänsehaut. »Ich wollte nur fragen, wie viele von euch heute mitkommen.«

»Häh?«, lautet meine wenig eloquente Reaktion.

»Hat Malte euch nicht Bescheid gesagt?«, wundert sich Malin. »Ein Freund hat mich zu einem Ballonflug eingeladen. Da ist noch Platz im Korb. Malte sollte euch fragen, wer vielleicht mitkommen möchte.«

Ich werfe Malte einen grimmigen Blick zu. Er grinst ertappt.

»Ich natürlich«, sage ich in den Hörer. Dann rufe ich zur Terrasse hinüber: »Habt ihr Lust auf einen Ballonflug?«

»In einem Fesselballon, meinst du?«, ruft Jens zurück.

»Was für ein Ballon könnte uns denn sonst transportieren?«

Jens und Karin tuscheln ein paar Sekunden, dann ruft Karin: »Gern! Ja!«

Ich sehe Malte herausfordernd an. »Was sagt du, Malte? Du willst gar nicht mitkommen?«, frage ich und versuche, meine Augen funkeln zu lassen. Es soll diabolisch aussehen, aber ich befürchte, dass meine Mimik einfach nur beknackt anmutet. »Das ist aber schade. Malin, hast du gehört? Malte ist ein bisschen antriebsarm heute. Ach komm, Malte … ohne dich macht es uns allen doch nur halb so viel Spaß.« Ich genieße es, gegen den alten Macho zu sticheln.

»Arschloch«, zischt Malte. Trotzdem grinst er immer noch ein bisschen. Er scheint das alles für ein amüsantes Spiel zu halten.

»Also«, sage ich zu Malin, »ich habe ihn doch noch überreden können. Wir sind also zu viert. Wo und wann treffen wir uns?«

»Malte weiß Bescheid. Bis nachher. Ich freu mich.« Dann legt sie auf.

Erst in diesem Moment wird mir klar, was soeben passiert ist. Ich habe mich freiwillig als Passagier zu einer Fahrt im Fesselballon angemeldet!

Dabei leide ich unter panischer Flugangst.

Der Ballonflug – das rückt Malte nun notgedrungen heraus – soll um dreizehn Uhr beginnen. Wir werden aber bereits um zwölf aufbrechen müssen, denn der Abflugplatz liegt rund fünfzig Kilometer schwedische Pampa von unserem Haus entfernt. In diesem Land liegt wirklich nichts dicht beieinander. Außer Sonnenuntergang und Sonnenaufgang natürlich.

Nachdem wir all die ungeöffneten Marmeladengläser, Wurst und Käse von ihrem zweistündigen Ausflug in die Außenwelt zurück in den Kühlschrank transportiert haben, kann ich meine coole Masche nicht länger durchziehen.

»Was willst du eigentlich von Malin?«, blaffe ich Malte an, der an der Küchenzeile steht und mit dem motorischen Geschick eines handamputierten Epileptikers eine Lage Graved-Lachs in Zellophan einzuwickeln versucht.

»Na rate mal«, grinst er.

»Du bist so scheißoberflächlich«, knurre ich. »Sie ist nicht mal dein Typ, Malte! Sie ist nur irgendeine Muschi für dich, die erobert werden muss!«

»Muschi?«, wundert sich Malte. »Das ist ja süß. Was für ein nostalgischer Ausdruck.«

»Du gräbst Malin nur an, weil du dir was beweisen willst«, behaupte ich.

»Ich muss mir überhaupt nichts beweisen, Thomas!«, kontert Malte mit ungewohnt aggressivem Tonfall. »Im Gegensatz zu dir weiß ich sehr wohl, wer und was ich bin, was ich kann und was ich will. Erzähl du mir also nichts über unpassendes Verhalten! Weißt du, warum ich Malin angrabe? Weil ich sie *ficken* will! Wieder und wieder. Weil sie süß ist und sexy und weil ich sie mag und weil ich sie geil finde. Und außerdem: Was soll ich hier denn sonst tun mit meiner Zeit?«

»Wir könnten Doppelkopf spielen«, mischt sich Jens ein. »Wir sind ja jetzt zu viert.« Er hatte offenbar die ganze Zeit im Türrahmen gestanden und uns zugehört.

»Haha«, knurrt Malte.

»Was machst du da eigentlich?«, fragt Jens und mustert Maltes Hände, die immer noch grobschlächtig und vergeblich versuchen, den Lachs einzuwickeln. »Fischpüree?«

Malte quetscht den armen Fisch noch kräftiger. »Ich stelle mir vor, es wäre Thomas' Hals.«

Ich beschließe, dass es unter meinem Niveau ist, darauf überhaupt zu reagieren. Ich gehe also in mein Zimmer, hole mir ein großes Handtuch und frische Unterwäsche aus der Reisetasche und stapfe dann ins Bad. Heute werde ich das große Programm fahren müssen – duschen, rasieren, eincremen, kämmen. Für Malin.

Als ich die Tür zum Badezimmer öffne, stehe ich plötzlich Karin gegenüber. Sie ist gerade aus der Dusche getreten, entsprechend splitternackt und trocknet sich gerade die Beine ab.

Als ich hereinplatze, zuckt sie nur kurz zusammen, sieht mich dann freundlich an und sagte gelassen: »Bin gleich fertig. Zwei Minuten noch, dann kannst du rein, okay?«

»Äh ... ja, klar.« Ich kann es mir nicht verkneifen, noch einen längeren Blick auf sie zu werfen, bevor ich kehrtmache und die Tür hinter mir schließe.

Karin hat die imposanteste und dichteste Schambehaarung, die ich je gesehen habe. Ich wusste gar nicht, dass es immer noch Frauen gibt, die sich ihren Busch nicht trimmen.

Die Sitzordnung im Wagen ist mal wieder ein Thema. Malte will natürlich fahren. Also presche ich sofort zur rechten hinteren Tür, um nicht neben ihm sitzen zu müssen. Jens verkündet daraufhin plötzlich – zum ersten Mal, seit ich ihn kenne –, dass ihm hinten im Auto übel wird, und fragt Karin, ob es ihr etwas ausmacht, auf der Rückbank Platz zu nehmen. Karin ist's schnuppe. So sitzt Jens also vor und Karin neben mir. Als sie einsteigt, lächelt sie mich an. Vermutlich ist es ein völlig harmloses, unverbindliches Lächeln, doch weil ich der Paranoia von Natur aus recht nahe stehe, interpretiere ich es als einen sarkastischen *Du-hast-meine-Muschi-angestarrt-du-Lüstling*-Blick. Ich wende mich eilig ab und glotze aus dem Fenster, so konzentriert, als hätte ich erst in diesem Augenblick bemerkt, dass da draußen haufenweise faszinierende Bäume herumstehen.

Wild wuchernde Bäume.

Als wir an Max' Haus vorbeifahren, drosselt Malte das Tempo. »Hey, wie wär's? Wollen wir nicht auch den Alten mitnehmen?«, fragt er.

»Nein!«, rufe ich mit einer Vehemenz, die selbst Jens erschreckt, der daraufhin nur halb so laut kundtut, dass er mit Max keine Zeit gemeinsam im engen Korb eines Fesselballons verbringen will.

»Schade«, sagt Malte. »Ich finde Max lustig.«

Jens' Skepsis gegenüber unserem britischen Nachbarn ist eine rein gefühlsmäßige. Ich dagegen könnte eine handfeste Geschichte über Max erzählen, die wahrscheinlich auch Malte beeindrucken würde. Doch nach wie vor verspüre ich nicht das Bedürfnis, meine Beobachtung weiterzugeben. Zum einen empfinde ich seit dem ganzen Knatsch ohnehin wenig Verlangen danach, mit meinen Mitbewohnern zu reden, zum anderen habe ich das vage Gefühl, die Geschichte müsse erst … hmm … komplett werden, bevor ich sie kolportieren darf. Denn streng genommen: Was weiß ich schon? Max hat bei zugezogenen Gardinen in irgendetwas geheimnisvoll Flimmerndes geschaut, nicht auf die Türklingel reagieren wollen oder können und eine nicht nachvollziehbare Feindschaft mir gegenüber an den Tag gelegt, als ich ihm ein ominöses Paket überreichte. Und: Er hat in einem verborgenen Winkel des Waldes einen Baumstamm gefoltert und geschrien wie ein Geisteskranker. Das ist zweifelsohne alles verdächtig, seltsam, irritierend – aber es ist nichts Greifbares. Ich weiß, was ich gesehen habe, aber ich weiß nicht, was es bedeutete. Vielleicht gibt es für Max' eigentümliches Verhalten eine ganz simple Erklärung. Vielleicht habe ich aber auch nur eine erste Ahnung von einem Geheimnis erhascht, das weitaus tiefer geht und weitaus schrecklicher ist, als ich mir bis jetzt vorstellen kann ... Und dabei habe ich viele Jahre lang *Akte X* gesehen und kann mir eine Menge vorstellen. Hmm ... Ich drehe mich um und blicke durch die Heckscheibe zu Max' Haus, das in diesem Moment hinter der zugewucherten Wegbiegung verschwindet.

»Mach doch mal Musik«, schlägt Karin vor. Malte schiebt eine seiner schwitzenden Machojungsbands in den CD-Player. Wer hat behauptet, dass man Testosteron nicht hören kann?

Auf einer großen Wiese steht ein noch größerer Ballon. Er ist mit Tauen im Boden verankert. Der Korb, in dem wir von diesem Ballon durch die schwedischen Lüfte getragen werden sollen, kommt mir erschreckend klein vor. Und er ist ... na ja, er besteht aus ... so 'nem Zeug! Ich habe irgendwie gehofft, dass der Korb aus Kunststoff oder Metall oder irgendeinem anderen, meinem überdurchschnittlichen Sicherheitsbedürfnis entgegenkommenden Material gefertigt sein würde, aber nein. Er scheint aus irgendeiner organischen Faser zu bestehen, Hanf vielleicht. Das erscheint mir ein erschreckend leicht zu beschädigendes Material für ein Behältnis zu sein, das sechs ausgewachsene Menschen in hundert Meter Höhe vorm freien Fall bewahren soll! Hamster könnten die biodynamischen Fasern durchnagen, aus denen dieser Korb geflochten worden ist. Ehrlich, ich hatte so einen Nager, als ich ein Kind war. Der hat sich mal durch den Wäschekorb meiner Mama geknabbert, als keiner aufgepasst hat. Gott sei Dank gibt es keine Flughamster.

Ich inspiziere den Korb näher. Da scheint noch etwas anderes verarbeitet worden zu sein, was die ganze Sache stabilisiert. Ich hoffe, es sind Metallplatten.

Andererseits: Sind die nicht viel zu schwer? Werden die uns nicht zwangsläufig in den Tod hinabreißen?

Ich bin fest entschlossen, einen Rückzieher zu machen und meinen Begleitern zu versprechen, gut auf ihre Sachen aufzupassen, während sie in einem Behältnis, in dem man im Wald Reisig sammeln kann, aber nicht durch die oberen Luftschichten schweben sollte, ihr Leben riskieren. Ich werde mich auf die Wiese setzen, acht bis zehn Zigaretten rauchen und ihnen so lange zuwinken, bis sie mich nicht mehr sehen. Ich werde mich auch um ihrer aller Beerdigungen kümmern. Ehrensache. Aber warum sollte ich mein Leben riskieren für etwas, was mir aller Voraussicht nach nicht einmal Spaß machen wird?

Nun, die Antwort kommt mir plötzlich entgegengelaufen, umarmt mich, küsst mich auf den Mund – ich wiederhole: auf den Mund! – und streicht mir dann auch noch kurz, aber zärtlich über die Wange. Eine Geste, so hinreißend, dass sie fast mein Herz sprengt.

»Hallo, Malin«, sage ich. Und hoffe, dass sie nicht bemerkt, dass mein linkes Auge vor lauter Aufregung flattert.

Malin lächelt mich nur an. Und da ist er wieder: dieser ganz besondere Blick. Er ist *wirklich* da! Das ist *keine* Einbildung!

Malte sieht das wohl auch und kommt sofort angeprescht, um seine vermeintliche Frauenpfründe zu sichern. Er küsst Malin auf die Wange und drückt sie dabei, als wäre sie eine Senftube, aus der er partout noch den Rest herausquetschen muss. Malin sieht mich grinsend an, während Malte sie so überfällt. *Mich!* Sie sieht mich an! Und sie streicht Malte auch nicht über die Wange.

Sie begrüßt stattdessen – nachdem sie sich aus Maltes Krakengriff gelöst hat – Karin. Malte steht völlig verdattert da. Was hat er erwartet? Zungenküsse?

Die beiden Frauen sprechen und lachen eine ganze Weile miteinander, während aus der kleinen Gruppe von Schaulustigen nun Malins Kumpel auf uns zukommt. Es ist ein rund zwei Zentner schwerer Zeitgenosse im Overall, der uns Männern nacheinander kräftig die Hände drückt und dabei jedes Mal seinen Namen sagt. Es ist ein schwedischer Name, der wie ein Rülpser klingt.

»Örps?«, frage ich.

Er nickt. Ich vertraue mein Leben also einem übergewichtigen Wikingernachkommen an, der *Örps* heißt. Hilfe!

»Wollen wir?«, ruft Malin und klatscht in die Hände. Natürlich bin ich deswegen der Erste, der in den Korb einsteigt.

Nachdem alle in den lächerlich kleinen Kasten gestiegen sind, stehen wir so eng nebeneinander wie Sardinen in der Dose. Den anderen scheint das nichts auszumachen, sie alle strahlen voll unübersehbarer Vorfreude und Spannung. Ich hingegen bin von der berechtigten Angst erfüllt, dass ich mir jeden Moment in die Hose machen werde.

Gerade als ich »Halt! Ich muss noch mal pinkeln!« rufen will, macht Örps seinem am Boden gebliebenen Begleiter, der aussieht wie ein Jung-Örps und vielleicht sein Sohn ist, ein Zeichen. Während das Örpschen geschwind die Seile löst, droht sich zeitgleich auch mein Schließmuskel jeglicher Kontrolle zu entziehen.

O mein Gott!

Ich werde als Passagier einer Brotdose in atemberaubende Höhen fliegen.

Mit voll geschissenen Hosen!

Ich spüre eine beruhigende Hand auf meiner Schulter. Erleichtert wende ich mich um, damit ich Malin für diese Geste danken und sie eventuell zu einer weiteren motivieren kann. Doch Malin plaudert gerade mit Malte. Warum redet sie mit dem?

Und wer hat mich angefasst?

Die Hand gehört Karin. »Alles okay?«

Natürlich, warum denn auch nicht, will ich mit möglichst tiefer, gelassener Stimme sagen. Als ich es endlich schaffe, den Mund zu öffnen, fiepse ich einfach nur irgendetwas und schließe schnell die Augen.

An dem unbeschreiblichen Geschaukel, das wenig später ebenso einsetzt wie lauter begeisterte »Ahs!« und »Ohs!«, erkenne ich, dass wir fliegen.

»Was für eine Aussicht!«, jubelt Jens. Ich falle nicht auf diesen Trick herein und halte die Augen geschlossen. Würde ich Gott nicht für eine Fabelgestalt und die Bibel bloß für ein Märchen von mangelhafter dramaturgischer Qualität halten – ich würde jetzt beten, dass wir alle diesen Wahnsinn überleben.

Alle außer Malte.

Der Knoten platzt! Gott sei Dank keiner jener Knoten an den Seilen, die den Korb mit dem Ballon verbinden. Nein, der Knoten in meinem Kopf. Nachdem ich nach sechzig blinden und herzinfarktnahen Sekunden endlich zögernd die Augen öffne, ist mir nur für etwa zehn Sekunden schwindelig. Doch dann sehe ich geradeaus in den Himmel und das ungute Gefühl verschwindet. Also wage ich – mit zunehmendem Mut – auch einen Blick nach unten. Mir wird noch einmal kurz schwindelig, als ich sehe, wie unfassbar hoch wir uns bereits befinden … doch dann macht der Terrorknoten in meinem Hirn endgültig *plopp* und es geht mir gut. Sogar *richtig* gut.

Mann, ist das geil!

Ich fliege!

Ich lache begeistert auf, lache unfassbar laut. Ich gröle förmlich.

Okay, ja, ich gebe es zu: Ich werde hysterisch.

Und jetzt beginne ich auch noch zu singen, ohne etwas dagegen tun zu können: »*Uhuh, uhuh, uuhuh, I'm flying! Uuhu uhuh, uhuh, I'm flying!*«

Ein nahe liegendes Lied. So ein Stimmungshit, den ich ein paar Mal im Radio gehört habe und der wie akustisches Kaugummi in meinem Ohr kleben geblieben ist. Ich singe das stupide, simple Lied vom Fliegen so laut, als müsste ich gegen ein ganzes lärmendes Festzelt ansingen. Die anderen starren mich entsetzt an. Örps sieht aus, als würde er darüber nachdenken, mich aus Sicherheitsgründen zu fesseln. Jens wirkt pikiert, während Malte dreist grinst. Es gefällt ihm natürlich, dass ich mich wie ein Irrer blamiere. Karin scheint sich schon wieder leichte Sorgen zu machen. Und Malin? Sie sieht mich nachdenklich an.

Keiner sagt etwas, alle starren mich nur an.

Ich singe und singe, laut und mit sich überschlagender Stimme. Panisch, begeistert, voll Todesangst, Lebenslust und ohne jegliche Kontrolle über mich selbst. Ich singe wie ein Besessener. Und ich kann nicht aufhören. »*Uhuh, uhuh, uuhuh, I'm flying! Uuhu uhuh, uhuh, I'm flying!*«

Und dann singt Malin plötzlich mit! Zögernd fällt auch Örps ein, der so singt, wie er heißt. Dann Karin. Jens lächelt nur nervös. Und Malte versteht die Welt nicht mehr. »*Uhuh, uhuh, uuhuh, I'm flying! Uuhu uhuh, uhuh, I'm flying!*«

Zwei Minuten oder so repetieren wir immer wieder singend und lachend diese Zeile, dann breche ich ab. Sofort verstummen auch die anderen. Ich atme tief aus.

Die anderen sehen mich erwartungsvoll an.

»Sorry«, sage ich leise. »Ich habe Flugangst, wisst ihr?«

»Warum bist du denn überhaupt mitgekommen, du Idiot!«, blafft Malte mich an.

Meine Antwort besteht darin, dass ich Malin ansehe. Die erwidert meinen Blick, lächelt und streicht mir noch einmal mit der Hand über das Gesicht.

Ich glaube, ich schnurre gerade ein bisschen.

Dann zwinge ich mich, so ruhig und regelmäßig zu atmen wie nur irgend möglich, und blicke wieder in den Himmel.

Ja, ich fliege. Ich schwebe.

Auf Wolke sieben.

Den Rest des Fluges – beziehungsweise der Fahrt, wie seriöse Ballonfahrer sagen – spreche ich kein Wort. Und ich singe auch nicht mehr. Ich schaue nur über die Welt und fühle mich physisch und psychisch völlig schwerelos. Ich bin ein friedliches Lämmchen. Trotzdem habe ich den Eindruck, dass Örps den Luftausflug deutlich kürzer gestaltet, als ursprünglich geplant war. Mit einem potenziellen Psychopathen an Bord scheint ihm das Geschwebe keinen rechten Spaß zu machen.

So landen wir gut eine halbe Stunde später wieder sicher am Boden und bedanken uns alle überschwänglich bei Örps: großes Erlebnis, echt aufregend, einmalig, wann hat man sonst schon mal die Chance dazu, super, toll, vielen, vielen Dank.

Karin schlägt Malin vor, dass wir auf dem Heimweg die nötigen Zutaten einkaufen und dann alle bei uns auf der Terrasse grillen und feiern. Sie sagte tatsächlich *bei uns.* Was bildet die sich eigentlich ein? Karin ist bloß ein von uns leidlich geduldeter Zwangsgast, doch sie führt sich bereits auf wie die Hausherrin. Doch natürlich protestiere ich nicht. So ein Grillabend bedeutet schließlich einen Abend mit Malin.

»Geht's dir gut?«, fragt Karin mich, als wir zum Auto gehen. Sie ist plötzlich da, ganz dicht neben mir. Ich kann ihren Atem in meinem Gesicht spüren.

»Ja, alles okay«, murmele ich. »Ich ... Ich bin manchmal etwas nervös.«

»Du hast eine schöne Singstimme«, grinst Karin.

»Da musst du mich erst mal hören, wenn ich mir nicht gerade vor Angst in die Hose mache«, antworte ich. »Wie Robin Williams.«

»Du meinst Robbie Williams«, korrigiert mich Karin. »Du meinst den sexy Sänger, nicht den knubbeligen Schauspieler.«

»Äh, ja ... Genau. Sexy, nicht knubbelig. Das bin ich.«

Karin lacht und geht zurück zu Jens.

Auf dem Weg zum Haus halten wir an Malins Supermärktchen an, decken uns mit Grillwaren und Salat ein und erfahren bei dieser Gelegenheit, dass in Malins Lagerraum sehr wohl Bier und Schnaps für besondere Kunden und gute Freunde bereitstehen.

Als Kara, die während des Flugabenteuers ihrer Mutter als Verkäuferin ausgeholfen hat, von unserem kleinen Grillfest hört, schließt sie kurz entschlossen den Laden ab und begleitet uns. In Hamburg muss man vermutlich lange suchen, um eine junge Frau zu finden, die freiwillig ihren Abend mit einem Haufen Mittvierziger verbringt, doch ich schätze, im schwedischen Nirwana ist so wenig los, dass man an Entertainment mitnimmt, was immer sich anbietet. Selbst wenn es sich nur um alte Leute und Bratwurst handelt.

17. Kapitel

Ich habe Mitleid mit der Wurst. Sie liegt am Rande des Grillblechs und spielt keine Rolle. Neben ihr brutzeln die lecker marinierten Koteletts, die saftigen Steakscheiben und zartrosa, fleischige Lachsfilets, auf die alle gieren. Die Wurst dagegen fristet abgeschoben dort ihr Dasein, wo es nicht mehr richtig heiß wird, wo ausgemergelte Kohlereste nur noch mit halber Kraft Wärme spenden. Langsam, sehr langsam, aber dennoch sicher schmurgelt die Wurst auf jenen beklagenswerten, karzinomen, ledernen Zustand zu, der ihr zukünftiges Schicksal in der Mülltonne besiegeln wird.

Die Wurst verspricht wenig. Sie ist bestenfalls die triste Möglichkeit, ein menschliches Grundbedürfnis zu befriedigen. Man kann sie essen, aber man wird sie nicht genießen. Sie ist nicht saftig, in ihrem Inneren drohen potenzielle Knorpel, niemand weiß so genau, woraus sie eigentlich besteht und ob sie nicht womöglich in letzter Konsequenz schlecht für einen ist. Kurz: Dieses arme Würstchen erinnert mich an mich selbst.

Ich greife sie mir also mit den Fingern vom Grill, werfe sie zwei-, dreimal hektisch von der linken in die rechte Hand und zurück, weil sie doch heißer ist, als ich vermutet habe, und lasse sie dann auf einen Teller plumpsen. Ich übergieße sie mit extra scharfem Ketchup und beiße hinein.

Sie ist okay.

Ich setze mich auf einen der großen Felssteine, die am Seeufer herumliegen, esse meine Frustwurst und blicke hinüber zu der langen Bierzeltbank, die in einem der Schuppen gestanden hat und die Malte und Jens eine Stunde zuvor ächzend und lachend auf die Wiese getragen haben. Dort, auf der Bank, unter einem Sonnenschirm, den der Werbeaufdruck für ein schwedisches Limonadengetränk ziert, sitzen sie alle. Und Malte neben Malin, weil ich einen Moment nicht aufgepasst habe … oder vielleicht auch, weil ich irgendwann nicht mehr sicher war, ob es eine gute Idee ist, Malin weiterhin so offensiv auf die Pelle zu rücken. Ich finde es unter meiner Würde, mich ihr anzudienen, wie sich eine alte Hure den potenziellen Freiern andient, während diese offenkundig mehr Interesse an dem knusprigen Frischfleisch in den knallrosa Leggings haben, das weiter oben am Straßenstrich Dienst tut. Denn so ist es: Seit wir hier im Ferienhaus angekommen sind, konzentriert sich Malin wieder voll auf Malte, auf dieses saftige, knorpelfreie, zartrosa Männerfilet. Mir, dem Mann, dem sie zärtlich über das Gesicht gestrichen und mit dem sie wacker seine Panikattacke niedergesungen hat, schenkt sie plötzlich nur noch jene höfliche Anteilnahme, auf der ich mir, mit Verlaub, ein Ei backen kann.

Ich verstehe diese Frau nicht. Ich meine, ich verstehe Frauen prinzipiell nicht. Niemand tut das. Nicht mal

Frauen verstehen Frauen. Aber Malin ist schlimmer als alle anderen. Sie macht nicht einmal ansatzweise Sinn.

Ich beiße noch einmal in die Wurst. Sie ist schon kalt. Wie schnell das geht.

»Hey«, sagt Kara und setzt sich neben mich. Ich habe sie gar nicht kommen sehen.

»Hey«, sage ich und stelle den leeren, mit Ketchup beschmierten Teller, den ich gedankenverloren auf den Beinen jongliert habe, auf den Boden. Kara reicht mir wortlos eine Flasche Bier. Nichts hätte ich in diesem Moment lieber getan, als mich auf die Pulle zu stürzen und sie in einem Zug zu leeren. Doch ich schüttele artig den Kopf und sage: »Ich trinke keinen Alkohol.«

»Okay«, sagt Kara, setzt sich neben mich auf den Stein, so nah, dass sie mich berührt, trinkt ihr eigenes Bier aus und setzte danach die Flasche an, die eigentlich für mich gedacht war.

»Warum kommst du nicht zu uns rüber?«, fragt sie.

»Gleich«, sage ich. »Ich genieße einfach manchmal die Ruhe.«

»Soll ich gehen?« Kara macht Anstalten, sich zu erheben.

»Nein, bleib«, sage ich, weil selbst der selbstmitleidigste Frustbolzen der Welt niemals freiwillig eine leckere, großbusige, porzellanhäutige junge Frau freiwillig ziehen lassen wird, solange ihre Arschbacke sich gegen die seine presst.

»Du magst meine Mutter, mmh?«

»Ich habe den Eindruck, jeder mag deine Mutter.«

Kara lacht. »Das kann man wohl sagen!«

Ich überlege kurz, ob ich nachfragen soll, was genau sie damit meint. Doch dann habe ich das vage Gefühl, dass mir ihre Antwort vielleicht nicht gefallen wird.

»Du hast als Teenager Gedichte geschrieben, stimmt's?«, fragt Kara plötzlich.

Ich sehe sie überrascht an. Eine eigentümliche Frage.

»Äh ... ja«, sage ich. »Woher weißt du das?«

Kara grinst. »Du bist einfach der Gedichtschreibertyp. Du bist einer dieser Süßen.«

Ich glaube, ich werde gerade tatsächlich rot.

»Schreibst du immer noch Gedichte?«

Ich schüttele den Kopf. »Inzwischen schreibe ich andere Sachen. Ich arbeite an einem Theaterstück. Ein Ein-Personen-Stück.«

»Nur eine Person? Ist das nicht ein bisschen langweilig?«

Ich sehe sie pikiert an. »Wieso? Du kennst es doch gar nicht. Ich hab's ja noch nicht mal geschrieben. Vielleicht wärst du erstaunt, was diese eine Person alles zu sagen hat?«

»Wen interessiert es, was sie zu sagen hat, wenn sie niemanden hat, dem sie's erzählen kann?«

»Du bist ganz schön brutal.«

Kara lächelt. »Hey, da ist ja Max!«, ruft sie dann plötzlich und springt auf. Mein Blick folgt ihr, als sie über die Wiese auf unseren dubiosen Nachbarn zurennt, der mit forschem Schritt und einem breiten Grinsen auf die Sitzbank zukommt. In der Hand trägt er diesmal keinen Plastikbeutel voll Trockenfleisch, sondern einen Gitarrenkoffer.

Während Max alle Anwesenden begrüßt, während alle reden und lachen, erhebe ich mich langsam und gehe zu ihnen.

»Hallo, Max«, sage ich, als ich direkt neben ihm stehe.

»Thomas, lad«, grinst Max und klopft mir jovial auf die Schulter. Er scheint völlig entspannt zu sein. Es ist, als wäre nichts passiert. Ist das wirklich der Mann, der mich eisig abgewiesen hat, als ich ihm das Paket bringen wollte? Der Mann, der sich im Wald aufgeführt hat, als könne nur ein Exorzist ihm noch helfen?

Nein, das ist wieder *good old Max,* der kauzige Kumpel mit dem Brummbärhumor.

»Du spielst Gitarre?«, frage ich.

»Nicht im Moment.«

»Darf ich?«, frage ich und zeige auf den Koffer.

»Klar, Kumpel«, sagt Max. »Hast du dir auch die Finger gewaschen? Nicht, dass die Saiten fettig werden.«

»Ich wisch sie anschließend ab«, verspreche ich. Aber Max hört meine Antwort schon gar nicht mehr. Er hat sich schon wieder den anderen zugewandt.

Ich hebe die Gitarre aus dem Koffer und begutachte sie. Es ist eine Ibanez-Westerngitarre, ein wirklich schönes Stück. Bevor ich zum Jazz konvertiert bin, habe ich Rock-, Pop- und Folksongs gehört wie alle anderen Kerle meiner Generation auch. Als Teenager habe ich eifrig Gitarre gelernt und geübt, auf Feten gern und oft die Klampfe bearbeitet und Songs von Cat Stevens, Bob Dylan, *Crosby, Stills, Nash & Young* und den *Beatles* angestimmt. Ich spielte nicht übel und war auch ein ziemlich guter Sänger. Da mich der Stimmbruch früh erwischt hatte, konnte ich bereits als halb gares Männerfrühchen mit einer ziemlich sonoren Stimme aufwarten. Die Mädchen standen drauf. Und das war natürlich der Hauptgrund, warum ich es tat. Die Mädels wollten immer die Jungs, die Musik machten – am besten in einer Band. Wir Musiker waren schließlich cool und sensible Künstlerseelen zugleich. Wir Teilzeit-Popstars waren erste Wahl. Ohne meine filigrane Fingerarbeit auf der Gitarre und meine halb brummige Schmusestimme hätte meine Defloration damals sicher länger auf sich warten lassen. Keine Ahnung, was die Jungs heute tun müssen, um die Mädchen zu beeindrucken. Vielleicht spielen sie ihnen auf ihrem Handy selbst gesampelte Klingeltöne vor?

Ich setze mich auf das äußerste Ende der Bank und stimme die Gitarre. Sie ist kaum verzogen. Dann zupfe ich leise ein paar Akkorde. Malin sieht zu mir herüber. Das ist natürlich der erwünschte Haupteffekt. Ich lächele sie an und beginne einen Song: »*I want to live, I want to give, I've been a miner for a heart of gold. It's these expressions, I never give, that keep me searching for a heart of gold – and I'm getting old. Keeps me searching for a heart of gold, and I'm getting old.*« Neil Young. Eine der ganz großen Heulsusen.

Als ich fertig bin, klatschen einige der Anwesenden. Malte natürlich nicht. Der sieht aus, als würde er mich gern würgen. Malin applaudiert auch nicht, dafür wirft sie mir aber einen flüchtigen Luftkuss zu, bevor sie sich Max, der neben ihr Platz genommen hat, zuwendet.

Was zur Hölle soll das nun schon wieder bedeuten?

Egal. Nächster Song.

Ich krame in meinem Langzeitgedächtnis und fische eine Nummer von Bruce Springsteen hervor: »*'Til the world falls apart, I wanna be with you, I wanna be with you, that's what I wanna do until they will rip out my heart – I wanna be with you, I wanna be with you, well, that's all I wanna do!*«

Nur ein gehörloser Autist hätte die Message, die ich damit sende, nicht bemerkt. Und Malin. Die hat nämlich gar nicht zugehört, sondern plappert nonstop fröhlich mit Max. Stattdessen strahlt mich Kara an. Eine ganze Reihe schimmernd weißer Zähne blitzen. Sie beugt sich bei ihrem demonstrativen Strahlen ein Stückchen vor, so dass ich ziemlich tief in ihren gut gefüllten Ausschnitt schauen kann. Frauen machen das mit Absicht, oder?

Mein Fuß wippt nervös auf und ab, und da ich ums Verrecken nicht weiß, was ich tun soll, wenn ich mich nicht mehr an der Gitarre festhalten und meine Hilf- und Ratlosigkeit durch rituelle Gesänge überspielen kann, beginne ich das nächste Lied. Cat Stevens' *Father and Son:* »*It's not time to make a change, just relax, take it easy, you're still young, that's your fault, there's so much you have to know. Find a girl, settle down, if you want you can marry. Look at me, I'm old, but I'm happy.*«

Ich will gerade die zweite Strophe anstimmen, als Max sich überraschend erhebt und mir mit einer ruppigen Geste die Gitarre entreißt.

»*Fucking hell!*«, flucht er. »Was soll denn all das melancholische Gejaule? Dafür habe ich die Gitarre nicht mitgebracht!« In dem Blick, den er mir zuwirft, meine ich wieder Partikel des feindseligen, aggressiven, besessenen Max zu erkennen. Da ist er wieder: Max, der Baumquäler.

Er stellt seinen linken Fuß auf die Bank, wofür er mich rüde ein Stück zur Seite schubst, und stimmt einen schottischen Folksong an. Der geht zugegebenermaßen mächtig ab und Max' Gesangsstimme übertrifft meine um Längen. Er ist ein Naturtalent. Es dauert keine dreißig Sekunden und alle klatschen begeistert mit, während Max seine schmissige Huldigung draller Frauen, kräftigen Whiskys und der malerischen Klippen an der Küste von Wasweißichdennwo herausschmettert.

Ich bleibe artig sitzen, um nicht den Eindruck einer beleidigten Leberwurst zu erwecken. Auch während Max' zweitem Song patsche ich artig die Hände zusammen und setze ein falsches Lächeln auf. Ich mustere alle Anwesenden. Malte hat den Versuch unternommen, wieder Malin zuzutexten, doch die hat ihn resolut abgeblockt. Sie will Max singen hören. *Mein* Gesang war ihr nicht so wichtig. Karin dagegen hat ihren Arm mit Nachdruck um Jens' Schultern gelegt, als wolle sie ihn zur nächsten Kasse tragen und als Geschenk einpacken lassen. *Meiner!*, schreit diese Geste. Jens hat ein nervöses Grienen auf seinem Gesicht und klatscht halbherzig zur Musik. Es ist nicht zu erkennen, was er denkt und fühlt. Nicht einmal ansatzweise. Ich beginne zu verstehen, warum Karin an ihm zu verzweifeln droht.

Kara wühlt in ihrer Umhängetasche und fördert nach einer Weile einen Beutel Tabak und ein kleines Tütchen Marihuana hervor. Sie rollt sich einen Joint und zündet ihn an. Als sie ihrer Mutter einen Zug anbietet, nimmt diese dankend an. Auch Malte inhaliert tief. Als Max die ersten Akkorde von Song Nummer drei anstimmt – und bevor ich ebenfalls eine Kiffereinladung erhalten kann –, erhebe ich mich. Allem, was süchtig machen kann, gehe ich bekanntlich aus dem Weg. Dope, Alkohol und, wenn ich schlau bin, ab sofort auch Frauen.

Ich gehe im Haus auf die Toilette, dann trete ich in die Küche und setze eine Kanne Kaffee auf. Ich zünde mir eine Zigarette an und sehe dem dampfenden Getränk zu, wie es aus dem Filter in die Kanne tropft. Draußen höre ich immer noch Max singen und seine Groupies euphorisch klatschen. Wahrscheinlich wäre es besser gewesen, Macarena zu singen anstatt einer Cat-Stevens-Ballade. Dann hätte mich der vergnügungssüchtige Pöbel auch bejubelt.

Ich nehme mir einen Orangenkeks von der Anrichte. Karin hat unsere Gebäckbestände in eine Keramikschale gefüllt, anstatt sie einfach in der Packung zu lassen. Das sieht zugegebenermaßen dekorativer aus, verführt aber natürlich auch zum verstärkten Zugreifen. Während ich den Keks kaue, fällt mein Blick auf Maltes Handy, das ebenfalls auf der Anrichte liegt. Ein Symbol auf dem Display zeigt, dass er eine neue Textnachricht erhalten hat. Meine Skrupel halten sich, ehrlich gesagt, in Grenzen, als ich mir das Mobiltelefon schnappe und die SMS aufrufe.

Herzlichen Glückwunsch, Alter! Du bist um 14.55 Uhr Großvater geworden! Constanze ist 49 cm groß und wiegt 2,4 Kilo. Mutter und Tochter sind gesund. Enzo.

Jetzt schäme ich mich doch ein bisschen, dass ich in Maltes Privatsphäre eingedrungen bin – allerdings nicht genug, um mit dem Schnüffeln aufzuhören. Ich markiere Enzos Geburtsanzeige als ungelesen und stöbere dann durch das SMS-Archiv. Die meisten interessieren mich nicht, doch dann stoße ich auf eine Message, die mich aufrichtig schockt:

Bin mir nicht sicher, ob ich die Insolvenz noch aufhalten kann! Ruf mich an! Dringend! Olaf

Olaf ist Dr. Olaf Bracharz, Maltes Anwalt. Die Nachricht ist als gelesen gekennzeichnet. Ich klicke ein wenig in Maltes Anrufliste herum und finde heraus, dass er Olaf nicht zurückgerufen hat. Die Nachricht ist über vierundzwanzig Stunden alt.

Malte am Rande des Konkurses?

»Oh, du telefonierst!«, schreckt mich eine Stimme auf. Ertappt schaue ich hoch. Kara steht vor der Anrichte.

»Hab nur meine Nachrichten gecheckt«, murmele ich.

Kara betrachtet Maltes Triband-Schickimickihandy und presst sich förmlich an mich, während sie es in die Hand nimmt. »Cooles Gerät«, sagt sie. Ihre Brüste streifen meinen Oberkörper.

Ich bekomme einen Ständer.

»Oh, Kaffee!«, ruft sie dann begeistert und flitzt zur Kaffeemaschine. »Da hab ich richtig Lust drauf.«

Ich begutachte ihren Po, als sie sich bückt und in den

unteren Schränken nach Tassen sucht. Sie streckt ihn richtig hoch, ihren Knackarsch. Es ist eine eindeutige *Fick-mich*-Inszenierung, da bin ich mir sicher. Millimetergenau abgezirkelt. Frauen!

Kara taucht wieder auf, mit zwei handbemalten Bechern in der Hand, die sie neben der immer noch blubbernden Kaffeemaschine abstellt. »Soll ich noch einen Joint bauen, du hattest noch gar nichts«, fragt sie.

»Nein, danke. Ich bin heute schon abgehoben. Mit dem Ballon. Einmal am Tag reicht.« Ein blöder Spruch, aber Kara lacht trotzdem brav.

»Du bist süß«, kichert sie. Lolita pur, ich schwöre es.

Als sie wieder einen Schritt auf mich zukommt, dieses verführerische junge Geschöpf, das nur darauf zu warten scheint, an die Wand genagelt zu werden, lege ich, ohne wirklich darüber nachzudenken, meinen Arm um ihre Hüfte und ziehe sie an mich.

Himmel, bin ich plötzlich geil!

»He«, ruft sie lachend.

Ich küsse sie auf den Mund. Ich kann gar nicht anders. Eine unkontrollierbare Gier hat sich meiner bemächtigt. Ich schätze, mein tagelang aufgestauter Malin-Trieb muss sich einfach irgendwo entladen. Und Kara scheint ein williger Blitzableiter. Meine Hand wandert fast unverzüglich auf ihren knusprigen kleinen Hintern. Das Tier in mir hat sich befreit.

Kara küsst mich nicht zurück. Stattdessen befreit sie sich mit sanftem Druck aus meinem Griff.

»Was machst du denn da?«, fragt sie. Nicht wütend, eher aufrichtig überrascht.

Habe ich die Zeichen falsch interpretiert? Waren es überhaupt Zeichen gewesen?

»Oh … entschuldige. Ich dachte …«, stammele ich. »Es tut mir Leid. Ich wollte nicht … Ich …«

Was habe ich getan? O mein Gott! Was wollte ich überhaupt von diesem Küken? Das ist doch gar nicht mein Ding!

Kara lächelt nachsichtig. Ich kann förmlich sehen, wie sie *Alte geile Männer* denkt. Und: *So sind sie eben.*

Wie entwürdigend! Ich möchte vor Scham im Boden versinken.

Kara gießt sich einen Becher Kaffee ein und geht an mir vorbei hinaus in den Garten. Diesmal streift und berührt sie mich nicht. Sie schüttelt nur ein wenig ungläubig den Kopf.

Ich kann jetzt definitiv nicht mehr nach draußen gehen. Es ist alles im Eimer. Durch meinen Kopf fegt ein Hormontornado. Und dazu das ganze emotionale, sexuelle Chaos. Ich kann Kara nicht mehr in die Augen sehen, ich kann Maltes feiste Selbstzufriedenheit nicht mehr ertragen und mich nervt das furchtbare selbstquälerische Hickhack zwischen Jens und Karin. Vielleicht sollte ich mir meinen ältesten Freund mal vorknöpfen. Ihn schütteln und ihm ins Gesicht brüllen, dass es unmöglich Liebe sein kann, die ihm so zu schaffen macht. Es ist keine Liebe, wenn er so lange überlegen muss! Liebe überlegt man nicht, um Himmels willen! Liebe ist viel zu groß, um sie in Denkmodelle zu pressen.

Nein, ich kann da nicht mehr rausgehen. Ich gehöre

da nicht hin. Das ist feindliches Gebiet. Ich will auch nicht neben Max sitzen. Der Mann macht mir Angst. Als ob er eine Zeitbombe ist, die nicht ganz richtig tickt. Was, zum Teufel, ist los mit dem Mann?

Und Malin? Ich habe noch nie einen Menschen getroffen, den ich weniger durchschaue. Sie treibt kein mutwilliges Spielchen mit mir, da bin ich mir sicher. Sie ist viel zu gutherzig, um mich absichtlich zu quälen. So viel Menschenkenntnis traue ich mir zu. Aber was tut sie dann? Was soll all das Hin und Her, die widersprüchlichen Signale, der ganze emotionale Terror? Wäre Malin nicht Malin, könnte ich auf die Idee kommen, dass sie unsicher ist. Dass sie selbst nicht weiß, was sie will. Aber sie ist Malin – und Ratlosigkeit gehört ganz sicher nicht in ihr Repertoire. Sie ist … ein Fels. *Tough*. Und unerträglich süß. Sie ist meine ganz persönliche Höllenbraut. Ich bin wirklich verliebt in sie.

Und gleichzeitig fängt Malin langsam an, mir auf die Nerven zu gehen.

Aber das tut jetzt nichts zur Sache. Eben habe ich die Tochter der Frau, in die ich verliebt bin, befummelt. Ich bin ein Idiot. Ich bin ein Arsch. Ich bin ein Würstchen. Und deshalb kann ich da nicht mehr hinausgehen.

Ich nehme meinen Kaffeebecher und drei Orangenkekse aus der Schale und ziehe mich in mein Zimmer zurück. Dort liege ich auf dem Bett, starre die Decke an und warte. Worauf? Auf eine Eingebung, einen Herzinfarkt, vielleicht darauf, dass jemand kommt und nach mir sucht?

Max hat aufgehört, Musik zu machen. Ich höre die

anderen draußen reden. Meine Hand langt nach dem dritten Keks.

Und dann weiß ich es.

Ich springe auf, laufe in die Küche, schnappe mir alle Kekse, die ich finden kann, und verziehe mich schnellstens wieder in mein Bett, als ich jemanden auf das Haus zukommen höre.

Ich esse einen Keks, noch einen und noch einen. Andächtig zuerst, dann immer schneller. Ich esse die Kekse, damit ich nicht rauche. Aus dem Kettenraucher wird der Massennascher.

Ja, ich habe soeben beschlossen, mit dem Rauchen aufzuhören! Ganz plötzlich. Ganz spontan. Es kam so über mich. Ich habe das Gefühl, das muss jetzt sein. Die finale Selbstkasteiung. Irgendetwas an mir muss sich ändern. Und warum nicht mit meinem Fluppenwahn anfangen? So bin ich eben. So habe ich damals auch mit dem Saufen aufgehört … so töte ich manchmal aber auch meine Träume. Ich lasse Dinge nicht abebben, ich knipse sie aus. Ganz oder gar nicht, nur so kann ich funktionieren.

Während ich auf dem Bett liege und langsam zukrümele, höre ich plötzlich von draußen einen lauten Aufschrei. Es ist Malte.

»Ich bin Großvater geworden!« Offenbar hat er endlich sein Handy gecheckt.

Die anderen jubeln los. Es herrscht ein allgemeiner Tumult. Ich erhebe mich und luge vorsichtig aus dem Fenster. Alle umarmten Malte, klopfen ihm auf die Schulter, schütteln ihm die Hand. Er strahlt über sein ganzes Gesicht, was ich ebenso erstaunlich wie rührend finde. Offenbar ist die aufrichtige Freude über das neue Leben in seiner Familie größer und mächtiger als seine Eitelkeit und seine Angst vor dem Altern. Malte sieht glücklich aus, richtig glücklich.

»Wo ist eigentlich Thomas?«, höre ich Malin fragen.

Ich zucke zusammen. Es ist Malin, die mich zuerst vermisst! Die zauberhafte, brutale, qualvoll präsente Malin.

»Ich glaube, der fühlt sich nicht so gut«, antwortet Kara.

Womit sie Recht hat.

»Ach so«, sagt Malin und wendet sich wieder Malte zu.

18. Kapitel

Morgenstund hat Gold im Mund. Von wegen. Ich wache auf, immer noch in meinem Klamotten, den Oberkörper voller Kekskrümel, und wünsche mir sofort, ich würde noch schlafen. Ganz, ganz lange.

Es ist anders als früher. Anders als an den ungezählten Tagen, an denen ich mich nach durchsoffenen Nächten ächzend und knurrend aus dem Bett gewälzt habe, den Schädel mit pochendem Schmerz gefüllt, der Magen mulmig. Denn früher, als ich noch getrunken habe, konnte ich mich oft nicht erinnern, was genau am Abend vorher passiert war, was für dummes Zeug ich geredet, wen ich beleidigt und wie ich mich womöglich blamiert hatte. Ich wusste, dass es etwas gab, was mir unangenehm sein sollte … aber ich hatte meist nur eine vage Ahnung, worum es sich dabei handeln könnte. Heute Morgen ist das anders. Denn ich weiß *genau*, was ich getan habe. Und ich schäme mich maßlos.

Es ist so völlig untypisch für mich, was ich gestern Abend verbockt habe. Ich kann mir beim besten Willen nicht erklären, was mich da geritten hat.

Es ist durchaus denkbar, dass Kara niemandem erzählt hat, was in der Küche passiert ist. Kara scheint ein außergewöhnlich nettes Mädchen zu sein. Doch es ist schlimm genug, dass ich mich erinnere. Ich schäme mich vor mir selbst. Instinktiv greife ich zu der Zigarettenschachtel, die stets neben meinem Bett liegt. Doch meine Hand findet diesmal nur eine leere Packung Orangenkekse. Und eine leere Schachtel After Eight. Und eine halb gegessene Tafel Milka Vollmilch.

Und dann erinnere ich mich: Ich habe meine Sucht getauscht. Super, jetzt werde ich also auch noch fett. Ein fetter Idiot. Und noch dazu merke ich, dass die Nachwehen des Zuckerschocks sich auch nicht viel besser anfühlen als ein mittelschwerer Kater oder der pelzige Geschmack nach einer durchquarzten Nacht.

Ein Blick auf die Uhr verrät mir, dass es bereits halb elf ist. Ich verlasse das Zimmer, luge um die Ecke, sehe niemanden im Wohnzimmer. Auch niemanden auf der Terrasse. Dort wartet nicht einmal mehr ein gedeckter Frühstückstisch auf mich. In der Kanne der Kaffeemaschine findet sich noch ein Rest, gerade genug für einen halben Becher. Ich gieße mir die schon mächtig abgekühlte Pfütze ein und trinke einen Schluck.

Wo sind die anderen alle?

Ich gehe auf die Terrasse und schaue mich um. Jens' Familienkutsche und Karins Leihwagen stehen in der Auffahrt. Maltes Auto ist nicht da.

Wo ist der Kerl?

Ich lasse mich auf einem der Liegestühle nieder und trinke den Rest meiner jämmerlichen Kaffeekarikatur. Jede Faser von mir schreit nach einer Zigarette, aber ich empfinde eine fast masochistische Befriedigung daran, dieser Gier nicht nachzugeben. Ich habe es verdient, nicht zu bekommen, was ich will.

»Da bist du ja!«, höre ich plötzlich eine Stimme. Jens kommt aus dem Haus zu mir auf die Terrasse.

»Guten Morgen, Thomas. Geht es dir besser?«, fragt auch Karin, die direkt hinter Jens herkommt. Das ist etwas, was mich an dieser Frau wirklich irritiert: Wenn sie so etwas fragt, scheint sie aufrichtig an der Antwort interessiert zu sein. Das ist keine Floskel für sie, sondern echtes Interesse und Anteilnahme.

Die beiden waren wahrscheinlich einfach nur in ihrem Zimmer. Vielleicht haben sie gerade Sex gehabt? So einen netten kleinen Morgenquickie. Nein, das hätte ich wahrscheinlich gehört. Vielleicht haben sie nur das Bett gemacht und ihre Klamotten zusammengelegt? Noch wahrscheinlicher dürfte es sein, dass sie zum hundertund-x-ten Mal ihre Affäre diskutiert haben.

»Guten Morgen«, sage ich und versuche, meine Stimme so entspannt wie möglich klingen zu lassen. »Mir geht's gut. Danke.«

»Karin und ich wollen heute zu dieser Viehauktion. Willst du mitkommen?«, fragt Jens.

»Ich brauch kein Vieh«, grinse ich. »Mein Vermieter erlaubt auch gar keine Tiere in der Wohnung.«

Karin lacht. »Wir wollen uns das nur mal anschauen«, sagt sie. »Malin meinte, das sei ein ziemlicher Trubel da. Sehr authentisch schwedisch. Überhaupt nicht touristisch.«

»Ist es noch spät geworden bei euch gestern?«, frage ich.

»O ja!«, lacht Jens. »Wir waren alle total knülle. Max hat auf den Rasen gekotzt. Der war völlig durch den Wind am Ende.«

Karin wirft Jens einen tadelnden Blick zu. Es scheint, als wolle sie ihn bremsen, mir gegenüber einen alkoholisierten Abend als Spaß darzustellen. Aus Rücksicht auf … ähem … meine besondere Situation. Typisch Frau: Immer den Radar auf zwischenmenschliche Problemzonen fixiert. Immer empathisch. Immer ein bisschen heilig.

»Na ja«, sage ich. »Da hätte ich ja sowieso nicht mithalten können.«

»War auch fast ein bisschen zu viel des Guten, wenn du mich fragst. Und wie Malte dann bei Malin …«

»Also!«, unterbricht Karin ihn hastig und allzu offensichtlich erschrocken. »Putz dir die Zähne, Thomas, zieh dir Schuhe an und komm mit uns zum Viehmarkt!«

Ich bin extrem versucht, nachzufragen, was genau Malte denn nun bei Malin … Aber nein, das wäre zu peinlich. Erbärmlich nahezu.

»Okay«, sage ich stattdessen folgsam, »gebt mir zehn Minuten.« Ich schlurfe ins Bad, wo ich mir ein halbes Pfund Süßwaren und Gebäck aus den Zahnlücken schrubben muss.

Schafe. Schafe. Und noch mehr Schafe. Schafe, so weit das Auge reicht! In riesige Pferche gezwängt, dicht an dicht, wie blökende Plüschkissen. Eins wird mir allerdings ziemlich schnell klar: Schafe sind Betrug.

Ich fand Schafe immer hinreißend. So flauschig. Und

knuffig. Und herzerweichend süß. Schmusetiere eben. Aber obgleich ich eingefleischter Großstädter bin, ein Betonkind erster Klasse, hatte ich immer schon den Verdacht, dass diese knuddeligen Kreaturen bei aller Schnuffigkeit auch Schattenseiten haben. Der wird nun bestätigt: Schafe sind olfaktorisch gehandicapt. Ja, sie stinken!

Was mich allerdings viel mehr erstaunt: Schafe sind gar nicht weich! Wie sie da so stehen, zu Hunderten aneinander und an die sie umgebenden Drahtzäune gepresst, nutze ich die Chance, eines anzufassen. So ein herziges, weiches, kuschelwuschelsüßes Schaf ... fühlt sich an wie Draht! Hart, stumpf, einfach ... *bäh!* Ich finde es aufrichtig schockierend, wie wenig diese Viecher meiner Erwartung entsprechen. Sie sehen weich aus, sie stehen in dem Ruf, weich zu sein, sie *müssen* einfach weich sein, schließlich sind es meine Wollpullover ja auch – doch dann entpuppen sich die vermeintlich anschmiegsamen und nachgiebigen Wesen als ausgemachte Kratzbürsten.

Ich kenne Frauen, bei denen ist das ganz ähnlich.

Trotzdem: Die Wahrheit über Schafe ist der letzte Tritt ins ohnehin schon arg geschwächte Rückgrat meines Weltbildes, der noch gefehlt hat. Jetzt ist mir alles egal. Und deswegen platzt die Frage aus mir heraus, die mich schon die ganze Zeit quält: »Wo ist Malte?«

Karin und Jens sehen mich überrascht und irritiert an. Und ein paar Schafe auch.

»Malte ist bei Malin«, sagt Jens. »Die hat eine Regalwand geliefert bekommen ...«

»Von Ikea. Ausgerechnet!«, ergänzt Karin kichernd.

»… und Malte will ihr helfen, sie aufzubauen«, beendet Jens seinen verhängnisvollen Satz.

Ich fühle mich, als hätte man mir mit einem Schaf auf den Kopf geschlagen. Mehrfach.

Ich halte noch eine Viertelstunde auf dem Viehmarkt durch, dann dränge ich zum Aufbruch. Als wir bei unserem Haus ankommen, bitte ich Karin, ob ich mir den Mietwagen ausleihen darf. Ich behaupte, dass ich in Gäddede shoppen gehen will. Jens sieht mich ziemlich skeptisch an, aber Karin sagt sofort: »Klar, kein Problem.«

Fünf Minuten später fahre ich wutschnaubend und mit pochendem Herzen im Leihgolf eines schwedischen Sixt-Ablegers vom Grundstück. Ich werde diese Sache jetzt endlich klären! Ein für alle Mal!

Ich habe zwar keine Adresse, aber Malin hat uns bei der Fahrt zum Heißluftballon den Waldweg gezeigt, an dessen Ende ihr Haus steht. »Es ist das einzige weit und breit«, hat sie uns mit ihrem niedlichen Akzent verraten, und so bin ich mir sicher, dass ich es trotz meiner maßlosen Wut und meiner nikotinentzugsbedingten Kreislaufprobleme mühelos finden werde. In meinem Kopf dreht sich alles. Ich atme schwer. Wenn ich jetzt den Herzinfarkt bekomme, der sich meiner Meinung nach ja schon seit geraumer Zeit ankündigt, wäre das vielleicht sogar zu begrüßen. Mann, daran würden Malin und Malte aber zu knabbern haben: Ich, tot hinter dem Lenkrad, im Graben neben dem Weg zum Haus der Frau, die so herzlos mit meinen Gefühlen spielt …

Die beiden würden wissen, dass sie mich in den Tod getrieben haben, und ihres Lebens nicht mehr froh werden! Denen hätte ich es gezeigt!

Der Infarkt kommt jedoch nicht. Dafür aber Malins Haus. Es ist tatsächlich das einzige, zu dem diese schmale Straße führt. Genau genommen entpuppt sich der Weg als eine einzige lange Auffahrt. Sie mündet in einen Hof, an dem ein alter Schuppen, eine Garage und ein Haus stehen. So ein typisch weinrot bemaltes Holzhaus. Eine richtige Bullerbü-Bude. Merkwürdigerweise sehe ich Maltes SUV nicht. Stattdessen steht da ein Jeep. Ein grauer, dreckiger Jeep mit schwedischem Kennzeichen. Ist das Malins Wagen? Wie ich Malte kenne, hat er seinen Prachtschlitten in die Garage gesetzt, damit dem kleinen Liebling bloß nichts passiert. Das kann nur eins bedeuten: Er hat nicht vor, heute Abend wieder zu unserem Ferienhaus zurückzufahren. Er will die ganze Nacht bleiben.

Ein kurzer Restfunke Hoffnung regt sich in mir – vielleicht habe ich ja doch das falsche Haus erwischt? Nein. Da steht Malins Name steht auf dem Briefkasten. Ich bin also richtig.

Und vor allen Dingen richtig fertig.

Und nun?

Natürlich kann ich klingeln, aber das scheint mir nicht richtig zu sein. Wenn ich klingle, muss ich einen Moment warten. Irgendwann würde mir Malin dann öffnen. Sie würde ein paar Worte mit mir wechseln, erstaunt, was ich denn hier mache. Dann würde sie mich hereinbitten. Im Wohnzimmer würde ich Malte treffen.

Er würde an einem Ikea-Möbel herumschrauben. Vielleicht würde er mich dreist angrinsen.

Würde, würde, würde.

Ich würde nicht mehr wissen als vorher. Ich würde nicht wissen, ob mein Klingeln womöglich einen animalischen Sexakt unterbrochen hat, ob Malin sich ob meines Schellens rasch unter Malte herausgewunden hat, nackt und verschwitzt, sich schnell in ihre Klamotten geworfen hat, während sie Malte zuzischte, er solle sich ebenfalls anziehen und so tun, als wäre er tatsächlich zum Schrauben und Hämmern hergekommen. Nicht zum Nageln. Ich würde also immer noch nicht wissen, ob ich einen Grund habe, so rasend wütend, so eifersüchtig, so zerfressen vor Neid zu sein.

Ich klingele also nicht. Stattdessen gehe ich langsam auf das Haus zu, lausche, ob ich vielleicht ein Stöhnen höre. Ein lustvolles Schreien oder Grunzen womöglich. Malte ist doch bestimmt einer, der wie ein wildes Tier grunzt. Ganz sicher ist er das.

Doch ich höre nichts. Rein gar nichts.

Ich spähe vorsichtig durch das Wohnzimmerfenster. Die Gardinen sind halb zugezogen, doch der Spalt ist groß genug, um das Innere des Raumes erkennen zu können. Es ist ein gemütliches, uriges Zimmer, voll mit alten, geschmackvollen Bauernmöbeln. Keine Ikea-Regalwand. Hätte auch gar nicht gepasst.

Ich schleiche um das Haus herum, sorgsam darauf bedacht, keine Geräusche zu machen. Eine Katze sitzt auf einem Holzblock und putzt sich. Als ich an ihr vorbeigehe, sieht sie mich an. Kurz nur und sichtlich gelangweilt. Der Block, auf dem sie hockt, ist so einer, auf dem man sein Kaminholz hackt. Ich stelle mir Malin mit einer Axt vor. Es ist die erste Malin-Fantasie, die mich nicht antörnt.

An der Rückseite des Hauses gibt es drei Fenster. Das erste gehört zur Küche. Leer. Das zweite gehört zum Bad. Auch das ist leer. Das dritte Fenster ist ganz am Ende des Gebäudes. Als ich mich ihm nähere, höre ich das Geräusch.

Ein doppeltes Stöhnen.

Leise nur, aber eindeutig!

Mein Magen zieht sich zusammen. Meine Hände zittern. Mit weichen Knien gehe ich auf das Fenster zu und spähe hinein. Was ich sehe, ist –

– ein Männerarsch. Keine dreißig Zentimeter vom Fenster entfernt. Eine muskulöse, nackte, maskuline Rückseite, die mit dem dazugehörigen Körper vor einem Bett steht und eine Frau von hinten nimmt.

Malte und Malin!

Die treiben es wie die Tiere!

Mir wird übel. Aus Wut und vor Aufregung, weil ich einen Schrei unterdrücken muss. Und den unbändigen Drang, irgendwo gegenzuschlagen. Mit aller Wucht.

Diese Schweine! Warum tun sie mir das an? Malte kann sie doch alle haben! Warum nimmt er mir Malin weg? Sie interessiert ihn doch gar nicht richtig. Nicht so sehr wie mich jedenfalls.

Und warum lässt sich Malin von ihm wegnehmen? Was heißt hier überhaupt wegnehmen, Thomas? Ich hatte sie doch nie! Man kann nicht gestohlen bekommen, was man nie besessen hat. Warum darf ich Malin nicht haben? Warum darf Malte nackt an ihrem Bett stehen und sie von hinten vögeln? Warum nicht ich? Warum bekomme ich nie etwas gebacken? Warum bin ich so ein Loser? Warum hasst mich die Welt?

Das Stöhnen wird lauter. Ich bringe es nicht fertig, noch einmal durch das Fenster zu schauen. Dieser eine Blick, den ich eben erhascht habe, wird mich ohnehin auf ewig verfolgen.

Alles dreht sich.

Ich taumele zurück zu meinem Auto. Fast stolpere ich über den Holzblock. Die Katze faucht mich an, bevor sie hinunterspringt und zum Schuppen davonläuft.

Meine Hände zittern, als ich die Fahrertür des Wagens öffne und den Schlüssel ins Zündschloss stecke. Ich lasse den Motor an, wende ruppig und jage den Wagen zurück auf den Waldweg. Ich kann keinen klaren Gedanken fassen. Nicht einen einzigen. Mein Kopf rauscht und wummert, doch er funktioniert nicht.

Als ich das Haus nur noch klein im Rückspiegel sehe, stoße ich den überfälligen Schrei aus.

Es ist ein langer, lauter Schrei.

Ja, zugegeben: Ich suhle mich in meiner Theatralik. Nur ein bisschen zu leiden lohnt den Aufwand schließlich nicht. Also schreie ich gleich noch einmal.

19. Kapitel

Auch im Mutterland des Ikea-Möbelbausystems fehlt offenbar immer eine Schraube, ein Brett oder ein Keil. Oder es bleibt ganz am Ende ein obskurer Nupsi übrig, dessen Verwendung man sich partout nicht erklären kann, wegen dessen Abwesenheit das ganze Möbel aber wahrscheinlich in den nächsten vier Wochen in sich zusammenbrechen wird.

Ebendiesen Nupsi hält Malte nun in der Hand. Und das Ding trägt nicht gerade dazu bei, seine ohnehin schon ruinierte Laune zu heben. So hat er sich das alles nicht vorgestellt!

Als Malin ihn gebeten hat, ob er ihr – *zwinker, zwinker* – mit der Regalwand helfen kann, war er zunächst sicher, sie würde ihn zu einem neuen sexuellen Abenteuer auffordern. Vielleicht etwas ausgiebiger als letztes Mal, nicht so halb zwischen Tür und Angel. Die Hoffnung auf ein gemütliches Bett hat er sich allerdings sofort abschminken dürfen, denn Malin dirigierte ihn nicht zu ihrem Haus, sondern zum Laden. Und dort in den Lagerraum.

Malte ist inzwischen bereit, sich damit abzufinden, dass Malin ihn nur benutzt. Er lässt sich schließlich gerne benutzen, wenn er dabei auch auf seine Kosten kommt. Mit Malin ist es aber anders als zum Beispiel mit Eloise. Diese heiße Schwedin liebt ihn nicht, sie begehrt ihn nicht einmal richtig. Sie will sich nur von ihm vögeln lassen. So einfach ist das. Himmel, es ist wirklich besser, dass sich Malin von ihm ficken lässt und nicht von Thomas. Dem würde ja das kleine sensible Künstlerherzchen brechen, wenn er irgendwann begreift, wie Malin wirklich tickt.

Ob ihre Tochter genauso ist? *Mann,* denkt Malte, *die Kleine ist richtig scharf.* Aber Kara hat einen Freund, der aussieht, als wäre er gerade aus einer Boygroup geflüchtet. Malte muss sich zähneknirschend eingestehen, dass er mit dem nicht mithalten kann. In diesem Moment ist Kara mit ihrem Stecher gerade zu Hause und stellt dort sicher weiß Gott was mit ihm an, während er hier mit Malin im Laden hockt und das elende Regalkonstrukt an die hintere Wand des Lagerraums schiebt. Minus des überschüssigen Nupsis.

Nachdem Thomas gestern Abend schmollend verschwunden war – warum auch immer –, hatten sie sich alle ziemlich voll laufen lassen. Und Malin war ihnen allen immer um ein paar Gläser voraus gewesen. Klar, dass er sie da etwas forscher angegraben hatte. Er hatte ihr sogar an die Brust gefasst. Vor allen Leuten. Und er war durchaus darauf vorbereitet gewesen, sich dafür eine Ohrfeige zu fangen. Malin hatte seine Hand aber einfach weggewischt, als wäre sie eine lästige Fliege. Beiläufig und gar nicht empört, nur so desinteressiert, dass Malte wirklich beleidigt war. Und dann hatte Malin Tacheles geredet. Genau genommen hatte sie Tacheles gelallt, Englisch, Schwedisch und Deutsch wild gemischt. Trotzdem wurde sehr deutlich klar, was sie sagen wollte: Es gab nur einen Mann in Malins Leben. *Ihren* Mann. Ihren toten Mann. Er war ihr Seelenverwandter gewesen, hatte Malin gesagt. Er wäre immer noch da, in ihr und um sie herum. Seine Liebe wäre immer noch da. Kein Kerl würde jemals mit ihm auch nur ansatzweise mithalten können. Sie liebe das Leben, hatte Malin gesagt, sie möge Sex, manchmal brauchte sie den einfach. Und dann würde sie ihn sich holen. Aber keiner könne sie wirklich berühren, keiner komme an sie heran, weil die Liebe ihres Mannes sie immer noch umhüllte. Wie ein Kokon.

Besoffenes Gesülze, findet Malte, *weltfremd und esoterisch.* Er wird nie zugeben, dass ihn Malins Seelenstriptease trotzdem gerührt hat. Und fragt sich doch insgeheim, wie es wäre, so ein Mann zu sein. Ein Seelenverwandter.

Wie macht man das?

Und ist das nicht entsetzlich anstrengend?

Stolze viereinhalb Stunden lang hat Malte nun die überdimensionierte Regalwand errichtet. Und dabei hat er nachgedacht. Angestrengt. Seine Gedanken wanderten in alle Richtungen. Vielleicht hat er deshalb die eine Nut übersehen, in die dieser vermaledeite Nupsi gehört hätte.

Wenn Malin ihn jetzt, am Ende der Ikea-Tortur, noch ficken will, wird er abwinken. Er würde dabei immer an den Kokon denken müssen, der sie umgibt. Malte weiß nicht, ob er Angst hat, ihn zu zerstören, oder ob er fürchtet, er selbst könne Schaden nehmen, wenn er sich an diesem Kokon reibt.

Auf jeden Fall weiß er plötzlich, dass er nach Hause will.

Ganz nach Hause.

Nach Hamburg. Zurück in sein normales Leben. Zurück zu der Herausforderung, sich selbst ordentlich in den Arsch zu treten und die Firma zu retten. Und vielleicht sogar zurück zu …

… *nee*. Das dann doch nicht, oder?

Malte überlegt noch einmal. Er kann es nicht fassen – aber hier, in diesem muffigen Lagerraum am oberen Arsch der Welt, muss er an Eloise denken. Er möchte sie jetzt sehen. Er würde gerne mit ihr sprechen.

Irre.

»Fertig!«, sagt er, tritt zwei Schritte zurück, stemmt dabei die Hände in die Hüften und mustert das Regal.

Malin lächelt ihn an und küsst ihn auf die Wange. Er wird keinen Sex ablehnen müssen: Sie wird ihm keinen anbieten. Das ist offensichtlich.

»Kommst du noch auf ein Bier mit zu uns?«, fragt Malte. »Die anderen würden sich freuen.«

»Du nicht?«, fragt Malin. Sie sieht ihn an. Frech, herausfordernd, so ganz typisch für sie.

»Doch, ich natürlich auch.« Verstohlen schiebt Malte dabei den Nupsi in die Hosentasche. Vielleicht hat das Regal ja auch einen unsichtbaren Kokon, der es umhüllt und stärkt. Vielleicht bricht es aber auch in vier Wochen zusammen. *Aber dann bin ich ja längst weg.* »Also, was ist?«

»Ich komme gern mit«, sagt Malin. »Aber statt Bier nehme ich heute wohl lieber Tee.«

Während sie ihre Jacke aus dem Büro holt, schnappt sich Malte das Handy und sieht sich noch einmal das Bild seiner kleinen Enkeltochter an, das Enzo ihm geschickt hat. Wahrscheinlich ist es schon das zehnte Mal heute. »Constanze«, flüstert Malte.

Malin kommt zurück, stellt sich neben ihn und sieht auf das Display. »Ein süßes Baby«, sagt sie. Und dann streicht sie dem frisch gebackenen Großvater sanft über die Wange. »Kommst du?« Sie geht aus dem Raum.

Malte friemelt den Nupsi wieder aus der Tasche und lässt ihn vor dem Regal gut sichtbar auf den Boden fallen. Malin wird bestimmt wissen, wo er hingehört.

Karin hat eine Kanne Roibostee aufgesetzt und öffnet jetzt eine Küchenschranktür nach der anderen.

»Wo sind denn die Orangenkekse?«, fragt sie. »Und die After Eights? Und die Schokolade? Hier ist überhaupt nichts Süßes mehr.

»Vielleicht hat Thomas das gegessen?«, mutmaßt Jens.

Karin wirft ihm einen dieser Blicke zu, die Frauen ihren Männern eben so zuwerfen. Einen mitleidig-gönnerhaften Blick, der nur eins sagt: *Unfassbar, was für einen Schwachsinn Männer so entweichen lassen.*

»Wir reden hier von mindestens zwei Kilo Süßigkeiten«, sagt Karin. »So viel kann er nie allein aufessen. Thomas ist sowieso nicht der Naschtyp.«

»Ich bin wieder da«, verkündet Malte, der gerade die Küche betritt. »Malin kommt auch gleich.«

»Hast du unsere Süßigkeiten aufgefuttert?«, will Jens wissen.

»Sieht der hier aus, als ob ich heimlich nasche?« Malte streicht sich betont lässig über den flachen Bauch.

»Nee, irgendjemand muss das Zeug irgendwo hingeräumt haben«, mutmaßt Karin. »Wenn ich bloß wüsste, wohin!«

Während Karin wie ein Trüffelschwein die Naschkramfährte aufzunehmen versucht, setzt sich Malte an den Tisch und fummelt sein Handy aus der Tasche. Wieder eine neue SMS von der Kanzlei Bracharz. Er muss sie gar nicht lesen, um zu wissen, dass sie die Wörter *dringend* und *Insolvenz* enthält.

»Entschuldigt mich«, sagt er und erhebt sich.

»Gehst du noch mal weg? Ich dachte, Malin kommt gleich?«, will Jens wissen.

»Ich muss nur mal ...«, beginnt Malte. Ja, was eigentlich? »Ich muss mir nur mal schnell kräftig in den Arsch treten.«

Jens und Karin sehen ihm erstaunt nach, als er in sein Zimmer verschwindet. Dort setzt sich Malte aufs Bett und beginnt zu telefonieren. Zuerst erkundigt er sich nach den Fährverbindungen zurück nach Deutschland, dann ruft er seinen Anwalt an. Und seinen Vermögensberater. Es ist an der Zeit, Ordnung zu schaffen.

Als Malte schließlich sein Notebook einschaltet, ist ihm, als würde ihm die Kiste zuzwinkern. *Hallo, Baby,* scheint der Computer zu sagen. *Du hast mir gefehlt!*

Er hat über eine Stunde mit den beiden Männern telefoniert, die seine Geldgeschäfte überblicken. Seine

Finanzzwerge im Kohlebergwerk, wie Malte sie manchmal nennt. Die Zahlenjongleure haben ihm die Lage von *Punchline Entertainment* haarklein auseinander klamüsert und schienen geradezu selig zu sein, dass er ihnen endlich einmal zuhört.

Zum ersten Mal hat Malte sich überwunden, das Problem in seinem ganzen Ausmaß zur Kenntnis zu nehmen. Es tut weh. Und er könnte sich ohrfeigen, weil er es so weit hat kommen lassen. Aber vielleicht musste er erst einmal so weit unten aufschlagen, bevor er anfangen kann, sich wieder nach oben zu kämpfen. Malte fletscht die Zähne, während er seine Adresskartei öffnet. Das wird jetzt nicht einfach werden.

Malte beginnt zu telefonieren. Er ruft jeden Einzelnen seiner Mitarbeiter an und erklärt ihm die schwierige Situation. Er entschuldigt sich nicht, aber er beschönigt auch nichts. Vielleicht können die Gehälter vorübergehend nicht gezahlt werden – aber dafür wird hoffentlich auch niemand entlassen. Gelingt es ihm, die Firma zu retten, wird er ihnen seine Schulden verzinst zurückzahlen.

Zwei, drei Leute reagieren so, wie er es befürchtet hat, und beginnen zu jammern. Um die wird er sich kümmern müssen, wenn er wieder im Büro ist. Doch der Rest der Truppe steht hinter ihm. Mehr noch: Sie scheinen geradezu elektrisiert zu sein, machen spontane Vorschläge, versprechen, innerhalb der nächsten Stunden konkrete Ausarbeitungen zu mailen. Malte muss grinsen, als er sich vorstellt, wie der Bienenstock in Hamburg zu summen und zu brummen beginnt.

Als Nächstes ruft er ein paar seiner Schuldner an, *Harassment* hin oder her. Malte merkt, dass er schwitzt wie ein Schwein. Aber seine Stimme bleibt entspannt und kühl. Er argumentiert, erklärt, verhandelt. Und bei mindestens zweien hat er danach das Gefühl, dass seine Anstrengungen Erfolg haben könnten.

Nach der schonungslosen Wahrheit und dem geschickten Taktieren bleibt ihm nun noch seine dritte Königsdisziplin: das Bluffen. Es ist schon spät, aber er bekommt noch einen wichtigen Entscheider bei einer seiner Hausbanken an die Strippe. Malte bombardiert ihn dreißig Minuten lang mit Versprechen, Andeutungen, Beteuerungen, Konzeptfetzen und exzessivem Namedropping. Am Ende hat er es immerhin erreicht, dass seine Bank nichts unternehmen wird, bis er wieder in Deutschland ist. Das gibt ihm ein paar Tage. Und die wird er nutzen.

Um neun Uhr abends geht Malte schnell aufs Klo und holt sich eine Flasche Weißwein aus dem Kühlschrank. Er fühlt sich wie nach einem Marathon – erschöpft und im Rausch zugleich.

Jens und Karin sitzen mit Malin auf dem Sofa und reden.

»Thomas ist noch unterwegs?«, fragt er erstaunt.

»Wir wissen nicht, wo er steckt«, sagt Karin. »Ich glaube, es war so etwa halb drei, als Thomas nach Gäddede gefahren ist. Seitdem hat er sich nicht gemeldet.«

»Man könnte fast meinen, er geht uns aus dem Weg«, wundert sich Malin.

»Nun lasst mal die Kirche im Dorf. So ist Thomas

nun mal«, sagt Jens. »Hin und wieder braucht er einfach seine Auszeiten. Manchmal ist sogar schon einer zu viel im Raum, wenn er mit sich allein ist.«

Die anderen lachen. Nur Malte schüttelt den Kopf. »Sagt mir Bescheid, sobald er wieder da ist, okay? Ich muss dringend mit ihm reden. Beruflich.«

»Alles klar?«, fragt Jens.

Malte nickt. »Bestens.« Er geht zurück in sein Zimmer, schließt die Tür hinter sich ... und überlegt tatsächlich noch einmal, ob er Eloise anrufen soll. Er merkt gerade, dass er einen guten Lauf hat. Vielleicht sollte er das ausnutzen? Doch dann entscheidet er sich dagegen. Die würde sich ja weiß Gott was einbilden, wenn er sich jetzt von Schweden aus bei ihr meldet. Man muss auch nichts übertreiben.

Stattdessen wendet er sich wieder seinem Rechner zu und checkt seine Mails. Tatsächlich – er hat einen ganzen Schwung aus dem Bienenstock bekommen. Malte trinkt einen Schluck Wein, krempelt die Ärmel hoch und beginnt zu lesen.

Kurz vor zehn findet er zwischen Einsparungskonzepten und skizzierten Projektideen ein Exposé.

Nein: *das* Exposé*!*

Die Autorin ist Mitte vierzig und schreibt im Hauptberuf für eine Frauenzeitschrift, hat aber noch keinerlei TV-Erfahrung. *Sie will eigentlich einen Roman aus der Idee machen*, liest Malte in der Mail des Mitarbeiters, *aber ich kenne die Agentin, deswegen hat sie es mir auch angeboten. Und für mich klingt das eindeutig nach Sitcom!*

Das Exposé handelt von einer jungen Frau, die als Redakteurin bei einer Frauenzeitschrift unter anderem den Kummerkasten betreut. Ständig liest sie von den herzerweichenden Problemen ihrer Leserinnen, und eines Tages beschließt sie, den armen Frauen zu helfen. So weit die Grundidee. Malte nickt zustimmend. Das ist wirklich ideal für eine Serie. In jeder Folge kann die junge Frau als guter Engel – mit viel Tollpatschigkeit, aber großem Herzen – irgendeiner ihr wildfremden Person aus der seelischen oder amourösen Patsche helfen. Der Gag an der Sache ist natürlich, dass sie ihr eigenes chaotisches Liebesleben dabei partout nicht in den Griff bekommt.

Okay, das ist nicht hyperoriginell, aber Originelles bringt auch kein Geld. Es ist zielgruppengerecht, lustiges Tussenfutter. Dafür sollte ein Sender zu finden sein. Dieses Projekt kann einen Vorschuss generieren, der die größten Finanzlöcher vielleicht noch nicht ganz stopft, aber doch zumindest bedeckt.

Malte wird Thomas fragen, ob er mit der Autorin des Exposés eine Pilotfolge schreibt. Der hat genau diese Sensibelchenmentalität, die man für solche Stoffe braucht. Thomas. Besser geht's nicht.

Moment, fällt Malte ein, *Thomas ist ja sauer auf mich. Wegen Malin.* Malte schiebt den Gedanken energisch zur Seite. Thomas ist sein Freund und wird immer noch sein Freund sein, wenn sie Malin beide längst vergessen haben werden. Das wird er schon wieder hinbekommen.

Für eine weite Stunde werkelt Malte an dem Exposé

herum, telefoniert kurz mit seinem Mitarbeiter, hinterlässt eine Nachricht auf der Mailbox der Agentin und trinkt nebenbei ein Glas Wein nach dem anderen.

Es ist dreiundzwanzig Uhr, als es an seiner Tür klopft.

»Ja?« Die Tür öffnet sich und Karin tritt ein. »Du, Malte«, sagt sie, »wir machen uns Sorgen um Thomas. Er ist immer noch nicht zurück.«

Malte zuckt mit den Schultern. »Vielleicht hat er irgendwo eine Frau kennen gelernt und testet jetzt eine schwedische Federkernmatratze?«

Karin verzieht das Gesicht. »Wir reden hier von Thomas, nicht von dir«, sagt sie. »Irgendwie sind wir unruhig. Er geht auch nicht an sein Handy.«

»Na, nun mal immer mit der Ruhe«, antwortet Malte. »Thomas ist schließlich nicht mehr zwölf. Und er wird sich schon nicht aufgehängt haben.«

20. Kapitel

Ich komme zu mir. Es ist, als würde jemand im Inneren meines Schädels Rumba tanzen. Ich reiße die Augen auf und schreie. Denke ich jedenfalls. Stattdessen verlässt ein rülpsähnliches Geräusch meinen Mund. Und außerdem ist mir schwindelig. Sehr schwindelig.

Ich schaue mich wie in Zeitlupe um. Ich sitze im Auto, hinter dem Steuerrad, bin angeschnallt. Irgendetwas schlägt mir plötzlich mit voller Wucht in die Magengrube. Laut aufstöhnend öffne ich die Tür. Ich beuge mich zur Seite, so weit ich kann, und erbreche mich auf die Straße.

Mit dem Handrücken wische ich mir über den Mund. Als ich einen kurzen Blick auf das werfe, was ich da eben von meinem Gesicht entfernt habe, sehe ich rot. Ich blute? O mein Gott!

Ich drehe den Rückspiegel zu mir hin. Wie durch einen Schleier mustere ich mein Gesicht. Ich blute an der Stirn und das Blut läuft über mein Gesicht. Eine Platzwunde. Ich sehe an mir hinunter. Mein Pulli ist voller tiefroter Flecken.

Wo bin ich?

Mein Magen begehrt ein weiteres Mal auf, doch ich kann den Brechreiz unterdrücken.

Was mache ich hier? Ich muss mich konzentrieren.

Ich lehne mich im Fahrersitz zurück, immer noch angeschnallt, atme tief ein und aus. Ein bisschen Blut tropft mir auf die Lippen. Ich lecke es ab. Es schmeckt metallisch. Aber da ist noch ein anderer Geschmack, ein bedrohlicher Geschmack, ein böser Geschmack.

Alkohol?

Langsam fange ich an, mich zu erinnern …

Da waren diese beiden Typen, klobige Kerle in dreckigen Hosen und mit verfilzten Pullovern. Sie haben erzählt, dass sie Waldarbeiter oder so was in der Art sind. Ihr Englisch war matschig, ich habe nicht alles verstanden. Irgendetwas von wegen Ausdünnen … zupfte man Unkraut im Wald? Keine Ahnung.

Die beiden Typen lehnten neben mir am Tresen. Am Tresen? Ja … eine Kneipe, ich bin in einer Kneipe gewesen! Eine speckige Bude. Ich bin an ihr vorbeigefahren, habe kurz überlegt, dann zurückgesetzt, den Wagen vor der nun wirklich nicht einladenden Suffhütte angehalten und bin hineingegangen.

Gott, ich war so voller Selbstmitleid! Den ersten Wodka habe ich ohne zu zögern hinuntergestürzt. Wodka – das trinken Alkoholiker, die unerkannt bleiben wollten. Von Wodka bekommt man nämlich kaum eine Fahne. Wodkaatem kann man locker mit einem Pfefferminz überdecken. Doch was juckte mich das in diesem Moment? Ich habe nach jahrelanger Abstinenz zum ersten Mal wieder zu Alkohol gegriffen. Und darum ein ganz anderes Problem als eine mögliche Fahne. Selbst eine Cognacbohne, hat mein Arzt damals bei meinem

Entzug gepredigt, kann schon einen Rückfall provozieren.

Und tatsächlich: Der Doc hatte Recht. Der Wodka schmeckte wie Nektar. Mir wurde warm im Magen und wohlig warm im Gemüt. Ich war back in action. Von null auf hundert. »Noch einen bitte«, habe ich bei der Frau hinter dem Tresen bestellt – und mich dann mit einem »Kann ich euch einladen?« an die Waldmänner gewandt, die mich schon die ganze Zeit angestarrt haben, als wäre ich gerade aus einem Ufo gestiegen. Man sieht wohl nicht allzu viele neue Gesichter hier in Arschholm am Weiß-der-Geier-wo-Fjord. Ich war ein Ereignis.

»Alles klar?«, hat die Tresenfrau mich gefragt. Ihr Blick war ein wenig sorgenvoll gewesen. Ich vermute, ich habe einen vage besessenen Eindruck gemacht.

»Liebeskummer«, habe ich gesagt. Und da hat sie wissend genickt und gelächelt und die Waldmänner haben gelacht und mir auf die Schulter geklopft und alles war klar und wenn man wegen Liebeskummer nicht saufen durfte wann dann und logo und noch eine Runde und das wird schon wieder und prost noch mal und dann …

… Filmriss.

Ich kann mich nicht erinnern, wie viel ich noch getrunken habe. Doch mein Magen, mein Schädelschmerz und die Tatsache, dass beträchtliche Teile meines Kurzzeitgedächtnisses aus meinem Hirn radiert sind, lassen den gerechtfertigten Schluss zu, dass ich noch eine ganze Menge Hochprozentiges absorbiert habe.

Ich kann mich nicht erinnern, dass ich ins Auto gestiegen bin. Aber irgendwie scheine ich es geschafft zu haben – und dann muss ich im Suff die Kontrolle über den Wagen verloren haben. Wie weit bin ich gekommen? Wo bin ich?

Ich schaue auf meine Armbanduhr. Es ist … fünf Uhr morgens? Es ist viel zu hell für fünf Uhr morgens! Aber ich bin ja auch in Schweden, wo – *heißa hoppsa* – die Sonne lacht. Ständig und unerbittlich.

Ich schnalle mich ab, recke mich, taste mich ab, ob ich außer der Platzwunde noch weitere, weniger offensichtliche Verletzungen an mir entdecken kann. Nein, scheinbar nichts.

Mühsam steige ich aus dem Wagen. Mein Rücken tut weh. Meine rechte Schulter auch. Und meine Brust. Ich hebe den Pulli und das T-Shirt an und mustere meine Vorderseite. Da sind blaue Flecken und rote Blutergüsse. Ziemlich genau da, wo der Sicherheitsgurt gesessen hat.

O Gott, denke ich. *Was, wenn ich innere Verletzungen habe? Was, wenn ich bereits angefangen habe zu sterben und es nur noch nicht weiß!* Das habe ich mal in *Emergency Room* gesehen: Ein Mann, der durch die Gegend latschte, ganz easy, und der dann – *zack!* – plötzlich tot umfiel. Ohne Vorwarnung. Er hatte einen Leberriss oder eine geplatzte Milz oder einen Knoten in der Lunge. Ich weiß nicht mehr genau, warum der TV-Patient ins Gras gebissen hat, aber ich will es ihm keinesfalls gleichtun.

Er hätte sich nicht bewegen dürfen, hat Fernsehschwester Carol damals gesagt.

Aber was soll ich jetzt tun? Mich auf die Straße legen

und warten, bis in drei Stunden oder drei Tagen oder wann auch immer endlich mal irgendein Schwede in seinem Volvo vorbeituckert? Ich könnte verhungern, bevor sich jemand um meine geplatzte Milz kümmert.

Ich gehe vorsichtig zum Heck des Autos. Der Kofferraum ist offen. Neben dem Ersatzreifen liegt ein Erste-Hilfe-Kasten. Ich öffne die Plastikbox und ziehe eine Mullbinde heraus, die ich mir notdürftig um den Kopf wickle. Ein Penner als Mumie verkleidet. Na super. Aber immerhin wird mir das Blut von der Stirn nicht mehr permanent in die Augen laufen und auf den Pulli tropfen.

He, Moment: Warum ist eigentlich der Kofferraum offen? Bin ich ausgeraubt worden? Unsinn. Hat er sich vielleicht beim Aufprall geöffnet? Ja, das kann sein. Nur: Was für ein Aufprall? Der Wagen steht schräg, halb auf der Straße, halb auf dem Grünstreifen daneben. Aber er berührt nichts. Ich bin nicht gegen einen Baum gefahren, da ist kein anderes Auto, das ich gerammt habe, es gibt auch keine Bremsstreifen auf der gegenüberliegenden Fahrbahn.

Aber wieso ist dann der Kofferraum offen?

Ich gehe um das Auto herum, bis ich die Vorderseite der Karre mustern kann. Und da trifft es mich wie ein Faustschlag mitten ins Gesicht! Der rechte Scheinwerfer ist zertrümmert. Und mit ihm die Hälfte des Kotflügels! Die Stoßstange hängt, nur noch von einem mageren Stückchen Metall gehalten, herunter. Ich bücke mich, was meinem Rücken und meiner Brust überhaupt nicht gefällt, und mustere den Schaden genauer.

Da ist Blut an den Scherben des Scheinwerfers!

Eine ganze Menge Blut.

Ich sacke zusammen und sitze nun auf der Straße. Ich mustere die zertrümmerte Karre, und für einen kurzen Moment denke ich, dass ich mich noch mal übergeben muss. Es gelingt mir jedoch, den Würgereiz im Zaum zu halten. Tapfer erhebe ich mich wieder und zwinge mich zur Logik. Wenn ich jemanden überfahren habe, muss er hier irgendwo sein, oder? Wie weit kann man noch laufen, wenn man verletzt ist? Weit, vermute ich.

Ich gehe ein paar Schritte in den Wald hinein und schaue, ob ich irgendwelche Spuren finde – oder einen leblosen Körper. Dann sehe ich etwas blitzen. Nicht weit von mir, vielleicht hundert Meter entfernt, funkelt etwas. Die tief stehende Sonne wird von irgendetwas reflektiert. Ich gehe ein paar Schritte näher … und dann sehe ich es: ein Haus. Eine Fensterfront wirft mir Lichtblitze zu. Ich zögere, dann gehe ich ein paar weitere Schritte darauf zu. Ich kenne das Haus.

Es gehört Max!

Ich bleibe stehen, atme tief ein und aus, immer wieder. Dann gehe ich zurück zum Wagen, setze mich hinter das Lenkrad, bete, dass die Karre anspringt, drehe den Zündschlüssel und stelle erleichtert fest, dass der Motor zu brummen beginnt. Ich fahre langsam an, sehe sogar in den Rückspiegel, ob nicht womöglich ausgerechnet jetzt auf dieser gottverlassenen Straße ein anderes Auto auftaucht. Doch es kommt keins.

Ich habe die Rückseite von Max' Haus gesehen. Das

heißt, der See liegt vor mir. Wenn ich also die nächste Straße rechts nehme und dann wieder rechts fahre, müsste ich eigentlich auf den Waldweg stoßen, der zu unserem Haus führt.

Ich fahre los. Ich will nur weg von der Unfallstelle, weg von allem. Ich fühle mich wie ein kleines Kind, das sich beim Versteckspiel die Augen zuhält und fest davon überzeugt ist, dass man es nicht sehen kann, solange es selbst nichts sieht. Was man ignoriert, existiert nicht.

Ich will mich ins Bett legen und die Augen schließen.

Ich will eine Flasche Wodka trinken und ins Koma fallen.

Ich will … nichts.

Ich will ganz viel Nichts!

Als ich zehn Minuten später vor unserem Haus vorfahre, die Fahrertür öffne und ächzend aus dem Wagen steige, stürzen die anderen aus dem Haus auf mich zu. Karin und Malin als Erste, Jens und Malte kurz dahinter.

»Thomas! Wo bist du gewesen?!«, ruft Malin. »Wir haben uns solche Sorgen gemacht!«

»O mein Gott, bist du verletzt?« Karin berührt meine inzwischen schon ziemlich locker herunterhängende Mullbinde am Kopf.

»Aua!«, schreie ich.

»Wo warst du, um Himmels willen!«, will Malin noch einmal wissen, während Malte und Jens den zerbeulten Mietwagen umkreisen.

Malte begutachtet die zerknautschte Front. »Junge, Junge! Ob das die Versicherung trägt?«, sorgt er sich.

»Ist das Blut?«, fragt Jens und fährt mit dem Finger durch die rötliche Pampe auf dem Scheinwerfer.

»Mir ist übel«, brumme ich.

Malin umfasst meine Hüfte und herrscht Malte an: »Mensch, hilf mir doch mal!«

»Wir müssen einen Krankenwagen rufen!«, ruft Karin.

»Nein! Nicht! Ich bin okay«, behaupte ich, »ist nur eine Platzwunde.« Mein in Wodka mariniertes Gehirn frönt immer noch der Theorie, dass ich die ganze Sache ungeschehen machen kann, indem ich mich einfach nicht darum kümmere und gleichzeitig auch niemand anderem erlaube, sich damit zu beschäftigen.

»Du legst dich jetzt erst einmal hin, Thomas«, entscheidet Malin. Malte und sie stützen mich, während wir aufs Haus zuwatschelten. Machen die beiden eigentlich alles zusammen? Jens hockt immer noch vor dem Wagen und analysiert den Schaden, das Blut und das Ausmaß meines Unfalls.

Sie legen mich aufs Sofa und beginnen mit der Befragung. »Was genau ist passiert?«, fragt Malte. Er sieht tatsächlich besorgt aus.

Malte?

»Ich kann mich nicht erinnern«, seufze ich. In meinem Kopf dreht sich alles und mir ist hundeelend. »Ich bin aufgewacht und das Auto war kaputt und ich habe geblutet und das war's.«

»Ruh dich erst mal aus«, befielt Karin, die zwischenzeitlich ebenfalls ins Wohnzimmer gekommen ist. Sie streicht mir sanft über die Stirn. »Wir reden später.«

Ich schließe gehorsam die Augen und lasse mich fallen. Ich will abtauchen, verschwinden, verpuffen. Ich will auf keinen Fall darüber nachdenken, was es bedeutet, dass Blut an meinem Auto klebt und dass mein Unfall exakt da stattgefunden hat, wo Max die Straße überqueren dürfte, wenn er in den Wald zum Baumzerhacken und Herumschreien geht.

Nein, ich will nicht darüber nachdenken.

Ich will nicht!

Mein Kopf sackt immer tiefer in das Kissen. Ich höre die Stimmen der anderen nur noch durch einen Nebel.

»Er riecht nach Alkohol«, stellt Karin gerade fest.

»So ein Unsinn«, sagt Malte. »Das würde er nie …« Ich merke, dass er sich mir nähert. »Scheiße«, sagt er dann. »Du hast Recht. Und wenn Thomas erst mal anfängt zu saufen …«

»Nicht so laut«, zischt Karin.

»Wir sollten Max rüberholen«, schlägt Malin vor. »Der wird wissen, was zu tun ist.«

Ich will protestieren, doch mein Kopf ist schon zu sehr in Watte gehüllt. Ich stöhne noch einmal unkontrolliert auf … und dann schlafe ich ein.

21. Kapitel

Karin und Jens gehen auf Max' Haus zu. »Ich weiß immer noch nicht, wie ausgerechnet dieser Irre Thomas helfen soll«, sagt Jens. »Ich meine, der Typ ist doch unheimlich, oder?«

»Malin sagt, Max wäre ein echter Troubleshooter.« Sie gehen die Stufen zur Veranda hoch. Jens wirft einen Blick durch das Küchenfenster. Auf dem Tisch türmt sich dreckiges Geschirr, Klamotten, Geschirrtücher und Lappen liegen herum. Auf dem Herd stehen zwei Töpfe mit, da ist sich Jens ziemlich sicher, nicht mehr genießbarem Inhalt.

»Der Typ ist ein richtiger Penner«, murrt er und drückte dann auf die Klingel.

Die beiden warten eine Weile, dann drückt Jens erneut. Schließlich klopft er energisch gegen die Tür.

»Er ist nicht da.«

»Aber da steht doch sein Wagen«, sagt Karin und zeigt auf den Range Rover, der in der Einfahrt parkt.

Jens zuckt nur mit den Schultern. »Vielleicht ist er joggen oder Pilze sammeln oder so.«

Karin wirft ihm einen skeptischen Blick zu. Dann treten sie den Rückweg an.

»Ich muss in zwei Tagen zurück nach Hamburg«, sagt

Karin plötzlich. »Und du hast dich immer noch nicht geäußert. Ich meine, wir vertrödeln hier die Tage, als wären wir bereits ein altes Ehepaar. Ich habe extra tagelang nichts gesagt, nicht gedrängt und darauf gehofft, dass irgendetwas von dir kommt – aber da kann ich wohl lange warten.« Ihre Stimme ist weder wütend noch fordernd wie sonst, wenn sie das leidige Thema auf den Tisch bringt. Zum ersten Mal schwingt so etwas wie Resignation in ihr mit. »Ich will dich nicht verlieren!«, sagt Jens erschrocken. »Ich brauche dich!«

»Du verlässt also Marion?« Karin bleibt stehen. Jens, der nicht damit gerechnet hat, stolpert fast bei dem Versuch, ebenfalls anzuhalten. Die beiden stehen am Ufer des Sees, ganz nah beisammen, sehen sich in die Augen. Das perfekte Setting für einen erleichterten, romantischen Kuss, die optimale Kulisse für ein Happy End.

»Ich … ich muss …«, stottert Jens, »ich kann nicht einfach so …«

»Es hat keinen Sinn!«, sagt Karin plötzlich. »Ich liebe dich, aber es hat keinen Sinn. Selbst wenn du dich irgendwann doch noch für mich entscheiden solltest, ist es unmöglich. Ich würde dich wie in Watte packen müssen, ich müsste die perfekteste Frau der Welt sein, damit du deine Entscheidung nie bereust. Ich hätte die komplette Last deines Glücks auf meinen Schultern.«

Jens starrt Karin fassungslos an. Bis vor einer Minute noch hat er gedacht, dass die Entscheidung komplett bei ihm liegt. Nicht für eine Sekunde hat er es auch nur in Erwägung gezogen, dass Karin es sein könnte, die Nägel mit Köpfen macht.

»Nein!«, ruft Jens. »Ich will dich nicht verlieren!« Er will Karin umarmen, sie küssen ... doch die tritt einen Schritt zurück und hält ihn auf Distanz.

Karin weint. Sie weint so still und würdevoll, wie ein Mensch nur weinen kann. Sie steht da, stocksteif, sie zittert nicht, gibt keinen Laut von sich, kein Schluchzen, kein Jammern. Ihr Gesicht ist leer wie eine Maske. Nur aus ihren Augen laufen die Tränen. Sie laufen in gleichmäßigen Linien ihr Gesicht hinunter. Eine Träne tropft von ihrem Kinn.

»Ich hoffe, deine Kinder werden es irgendwann zu schätzen wissen, was du für sie getan hast«, sagt sie ernst.

»Es tut mir so Leid«, flüstert Jens. Und dann weint auch er.

Jens weint mit Wucht, er krümmt sich dabei, wird immer kleiner, zieht sich zusammen, verschrumpelt fast vor Karins Augen und bebt unter seinen Schluchzern.

Es kostet Karin eine fast unmenschliche Überwindung, ihn nicht in den Arm zu nehmen und zu trösten. Er tut ihr Leid.

Ja, sie liebt ihn.

Aber nicht mehr genug.

Der Gedanke kommt plötzlich und mit einer solchen Gewissheit, dass Karin erschrickt. Aber sie weiß, dass es stimmt. Ihre Liebe ist hier in Schweden kleiner geworden, banaler, durchlässig. Sein fehlendes Rückgrat, seine bedächtige Art, seine Harmoniesucht haben ihn vor ihren Augen ... verschwimmen lassen. Es lässt sich einfach nicht mehr leugnen: Jens ist Wischiwaschi.

Groteskerweise hat es Karin sogar geärgert, dass er nicht gegen ihr unangemeldetes Auftauchen in seinem Männerrefugium protestiert hat. Sie weiß, dass er sich nicht über ihr Auftauchen gefreut hat, dass er sich von ihr bedrängt fühlte ... und doch wagte er kein Widerwort. Was sollte das für eine Beziehung sein, in der man vor lauter Friedfertigkeit sein eigenes Ich verliert? Ist Jens die Art Mann, mit der eine Frau wie sie ihr Leben verbringen will? Ist er die Art von Partner, die einem Halt gibt? Wie viel Schutz bietet eine Mauer aus Pudding vor den alltäglichen Querschlägern des Schicksals?

Sie liebt ihn. Aber das reicht nicht. Nicht mehr.

Ich wünsche dir alles Gute, denkt Karin. Und das tut sie von ganzem Herzen. Jens wird kämpfen müssen, zum ersten Mal in seinem Leben, wenn er seine Ehe mit Marion retten will. Wenn er seine Familie behalten und, vielleicht, doch noch glücklich werden will. Das Glück liegt für ihn auf der anderen Seite eines Dornengestrüpps. Da kommt man nicht durch, wenn man zaghaft auf Bodenhöhe kriecht. Da muss man sich eine Schneise schlagen.

So wie sie es jetzt gerade getan hat. Und so traurig Karin ist, so leer und verwirrt und allein – so spürte sie in diesem Moment doch auch einen Hauch von Erleichterung.

Als Karin Anstalten macht zu gehen, bleibt Jens stehen. Er bleibt einfach nur stehen, am Ufer des Sees. Er hat aufgehört zu weinen, zieht ein bisschen Rotz hoch und wischt sich über die rotfeuchten Augen. Dann setzt er sich auf einen Baumstumpf und legt den Kopf in die Hände.

»Ich möchte ein bisschen allein sein«, sagt er leise.

Karin betrachtet ihn. »Hast du dein Handy dabei?«

Jens schüttelt den Kopf.

Karin greift in ihre Jackentasche und gibt ihm ihres. »Du kannst Marion mit meinem anrufen«, sagt sie.

Jens zögert kurz, nimmt ihr das Handy dann aber dankbar ab.

Karin dreht sich um und geht zum Haus zurück, während Jens noch das Handy anstarrt und überlegt, was genau er Marion sagen soll.

Jens kann nicht sehen, dass ein leichtes Lächeln Karins Mund umspielt. Es ist absurd, aber plötzlich hat sie ein Hauch von Heiterkeit überfallen. Sie findet es beruhigend, dass Jens nur traurig ist – und nicht am Boden zerstört. Sein dramatischer und dabei doch seltsam kurzer Weinkrampf war keine echte Trauer über einen Verlust. Es war Selbstmitleid. Pures, jammerlappiges Selbstmitleid. Karin beginnt zu ahnen, dass er nicht wirklich sie liebt, sondern nur die Idee von ihr, ihre Rolle als potenzielle Fluchthelferin. Sie war für ihn die Fleisch gewordene Chance eines neuen Lebens. Nur eine Illusion.

Die Dinge fühlen sich plötzlich seltsam nüchtern an. Karin hat das Gefühl, sie habe gerade die Ärmel hochgekrempelt und ihren ältesten Sohn ins Leben entlassen. Sie wird sein Jugendzimmer ausräumen und renovieren. Vielleicht wird sie einen Untermieter aufnehmen, vielleicht aber auch einen Hobbyraum daraus machen.

Karin muss sich räuspern. Gedankenverloren streicht sie sich mit der Hand durch die Haare, streicht sich dann die letzten fast getrockneten Tränen aus dem Gesicht. Ja, sie wird oft an Jens denken. Doch er wird erstaunlicherweise keine Lücke hinterlassen. Er hinterlässt einfach … Raum. In ihrem Herzen, in ihrem Leben.

Raum für neue Möglichkeiten.

Jens nimmt das Handy und tippt seine eigene Nummer in Hamburg ein. Zwei Freizeichen später nimmt seine Tochter ab. »Hallo?«

»Emma!«, ruft Jens. »Ich bin's, Papa.«

»Papa!«, jubelt die Kleine. »Wann kommst du wieder? Ich hab einen Anspitzer von Prinzessin Lilifee bekommen! Und Mami sagt, wir gehen morgen in den Zoo, da ist ein Elefantenbaby. Bist du immer noch im Urlaub, Papa?«

Jens schnieft. »Ich komme bald zurück, Mäuschen. Ist die Mama da?«

»Nein, Frau Brockmöller passt auf uns auf. Mama ist mit so einem Mann verabredet. Was? … Was?« Offensichtlich spricht jemand dazwischen.

»Emma?«, fragt Jens.

»Mami ist bei einem Mann, der Anwalt heißt, sagt Tom«, erklärte Emma. »Wer ist das, Papa?«

Jens zuckt zusammen. Dann sammelt er sich und bemüht sich um eine tapfere, selbstbewusste Vaterstimme. »Ich komme so schnell wie möglich zurück, Mäuschen. Alles wird gut.«

»Das ist schön, Papa«, sagt Emma. »Ich leg jetzt auf.«

Klack.

22. *Kapitel*

Als ich aufwache, ist es bereits früher Nachmittag. Die anderen sitzen auf der Terrasse und reden sich die Köpfe heiß. Niemand sieht, dass ich mich auf dem Sofa rege und die Augen aufschlage. Niemand bemerkt, wie ich mich langsam in eine senkrechte Position bringe.

Der Schwindel in meinem Kopf ist ebenso verschwunden wie das Drehen der Welt um mich herum. Der Kopfschmerz aber ist noch stärker geworden. Meine Hände sind schweißnass. Als ich sie ausstrecke, bemerke ich, dass sie zittern. Natürlich tun sie das.

Ich erhebe mich leise, gehe in die Küche und brauche nur drei Schranktüren zu öffnen, bis ich Maltes Glenfiddich-Flasche finde. Die haben Malte und Jens eigentlich an einem besonders schönen Abend öffnen wollen, doch schöne Abende waren in diesem Urlaub bekanntlich rar gesät.

Ich drehe den Verschluss auf und nehme einen großen Schluck. Der Whisky brennt kurz wie Feuer in meinen Eingeweiden und ich schüttele mich.

Dann geht es mir besser.

Ich nehme noch einen weiteren großen Schluck und wische meine klammen Hände an der Jeans ab. Dann stelle ich die Flasche zurück an ihren Platz und gehe hinaus zu den anderen auf die Terrasse.

Showtime!

»Hi«, sage ich, als ich zu den anderen trete. Vier Köpfe wenden sich in meine Richtung.

»Wie geht es dir?«, fragt Karin.

»Scheiße.«

»Kannst du dich inzwischen an irgendetwas erinnern?«, will Malte wissen.

»Nichts«, seufze ich und lasse mich auf einem leeren Stuhl am Tisch nieder.

»Du stinkst wie eine Kneipe«, tadelt mich Karin.

Ich zucke nur mit den Schultern. Malte und Malin sitzen zwar nebeneinander, haben aber eine voneinander fliehende Sitzposition eingenommen. Ich habe mal ein Seminar für Körpersprache mitgemacht und dort gelernt, dass die Art, wie zwei Menschen nebeneinander sitzen, tief blicken lässt. Wenn sie einander ihre Pobacken zuwenden und ihre Beine so übereinander schlagen, dass ihre Knie nicht zueinander zeigen, kann das ein Zeichen von Gleichgültigkeit, womöglich sogar von Antipathie sein. Es kann aber natürlich auch Zufall sein. Oder einer von beiden hat Rückenschmerzen und sich einfach nur die für ihn bequemste Sitzposition gewählt. Auf jeden Fall zeigen Maltes und Malins Knie voneinander weg. Ich bemerke es … aber ich bemerke auch, dass es mir seltsamerweise ziemlich egal ist.

Malin erhebt sich, kommt auf mich zu, und für einen

kurzen Moment sieht es so aus, als wird sie mich in den Arm nehmen. Doch dann bemerke ich ihren Blick. Er ist ohne Sympathie. Sie sieht mich an, als wäre ich ein Idiot. Bin ich ja auch.

Vielleicht kommt sie auf mich zu, um mir eine zu knallen? Verdient hätte ich es.

Doch sie tut nicht einmal das. Malin geht einfach nur an mir vorbei ins Haus und auf die Toilette.

»War dein Unfall in der Nähe vom Haus?«, reißt mich Malte aus meinen Gedanken.

Ich nickte und beschreibe die Stelle, an der ich aufgewacht bin. »Ist leicht zu finden«, murmele ich. »Da liegt reichlich Kotze auf der Fahrbahn.«

Malte schüttelt sich angewidert.

»Ihr solltet euch die Stelle mal anschauen.« Karin wirft Jens einen auffordernden Blick zu. »Seht euch ein bisschen im Wald und in den Büschen um. Vielleicht ist da ein Blutspur.«

Erst jetzt bemerke ich, dass Jens die ganze Zeit nur zusammengemickert dagesessen und trübe auf den Boden gestarrt hat. Nun hebt er den Kopf und nickt langsam. »Lass uns da hinfahren«, sagt er mit dünner Stimme zu Malte. Der erhebt sich, sichtlich erleichtert, endlich etwas Handfestes unternehmen zu können.

»Vielleicht können wir da irgendwelche Spuren beseitigen«, ereifert er sich. »Ich habe fast alle Folgen von CSI gesehen. Ich weiß, worauf man achten muss.«

Keine Ahnung, ob das ein Witz sein soll oder sein Ernst ist.

Malte geht fast doppelt so schnell zu seinem Wagen wie Jens, der hinter ihm herschlurft. Mein alter Freund sieht aus, als hätte man die Luft aus ihm herausgelassen. In mir keimt ein Verdacht und ich sehe Karin, mit der ich jetzt allein am Tisch sitze, fragend an.

»Es ist aus«, bestätigt sie, meinen fragenden Blick richtig interpretierend.

»Tut mir Leid«, murmele ich.

»Danke«, sagt sie leise.

Ich höre den Motor von Maltes SUV aufheulen und den Kies knirschen, als der Wagen sich entfernt. Mein Blick fällt durch die Glasfront ins Innere des Hauses. Malin sitzt auf dem Sofa und spricht in ihr Handy. Ich höre schwedische Wortfetzen.

Auf dem Tisch liegt eine Schachtel Zigaretten. Ich verzichte märtyrerhaft darauf, mir eine zu nehmen. Gleichzeitig überlege ich, wie ich so schnell wie möglich noch einmal unauffällig an der Glenfiddich-Flasche nuckeln kann.

»Wieso?«, fragt Karin.

»Wieso was?« Obwohl kein anklagender Ton in ihrer Stimme liegt, fühle ich mich ertappt.

»Wieso hast du Alkohol getrunken?«

Es fühlt sich seltsam an, so direkt darauf angesprochen zu werden. Jahrelang habe ich gesoffen. Und natürlich haben es alle gewusst, haben Andeutungen gemacht, mir diese gewissen Blicke zugeworfen oder mit rüpelhaften Witzen auf meine Sucht angespielt. Aber nie, nicht ein einziges Mal, hat mich jemand aus meinem Freundeskreis so direkt auf mein Problem angesprochen. So etwas tut man irgendwie nicht. Außer Karin. Die kennt da natürlich nichts.

Mir fällt keine passende Antwort ein.

»Warum bist du so entsetzlich traurig, Thomas?«

Karin hat eben den Mann, mit dem sie eigentlich alt werden wollte, verloren. Doch anstatt in ihrer eigenen Trauer dahinzusimmern, stürzt sie sich auf mich und meine Probleme. Frauen! Wie können die funktionieren mit so viel Gefühl, so viel Anteilnahme, mit so offenen Augen und so großen Herzen? Ich bekomme nicht einmal mein eigenes, kleines Leben gebacken – und eine Frau wie Katrin lebt es tatsächlich freiwillig noch für mich mit. Warum tut sie sich das an?

»Es geht doch gar nicht um Malin«, sagt sie. »Es geht doch um etwas ganz anderes.«

Ich bin aufrichtig schockiert. Ist es so offensichtlich, was ich denke? Wie ich ticke?

»Warum bist du so traurig?«

Ich spüre, wie mir ein Kloß im Hals wächst, ein brennender, säuerlicher Kloß. Ich will jetzt Whisky trinken! *Sofort!* Und dann will ich wieder abtauchen und verschwinden.

Karin fixiert mich weiterhin mit ihrem Blick. Ich versuche, ihm standzuhalten, bin dann aber doch erleichtert, als Malin durch die Terrassentür kommt und ich einen Grund habe, von Karin wegzuschauen.

»Max ist immer noch nicht zu erreichen. Er geht auch nicht an sein Handy«, sagt Malin.

»Keine Ahnung, wo er stecken könnte. Ich habe ihm jedenfalls auf die Mailbox gesprochen. Und ich habe einen Freund erreicht, der eine Autowerkstatt hat. Er schaut sich das Auto mal an.«

»Vielleicht sollten wir die Polizei anrufen«, überlegt Karin.

In mir krampft sich alles zusammen.

»Thomas war betrunken, der würde einen Höllenärger kriegen«, sagt Malin.

»Ich weiß nicht …«, murmelt Karin.

»Malte und ich können den Wagen nachher in die Werkstatt fahren. Wir warten, bis es später ist, dann haben wir eine gute Chance, dass wir niemanden auf der Straße treffen.«

Ich sehe sie dankbar an, weiß aber nicht, was ich sagen soll.

Malin dagegen weiß es. »Du bist ein Idiot, Thomas«, sagt sie. »Ein erbärmlicher Idiot!«

Ich sehe auf den Boden und antworte nicht.

»Ich muss in den Laden«, sagt Malin. »Ich komme heute Abend vorbei, dann klären Malte und ich das mit dem Wagen.«

»Danke«, flüstere ich.

Malin reagiert nicht darauf. Sie dreht sich einfach um und geht.

Karin und ich sitzen noch für einige Minuten schweigend zusammen auf der Terrasse, bis ich schließlich aufstehe und ins Haus gehe.

»Ich sollte wohl mal duschen.«

»Putz dir auch die Zähne.«

Karin sitzt mit dem Rücken zur Glasfront, und so kann ich, von ihr unbemerkt, die Glenfiddich-Flasche aus dem Schrank holen und mit ins Badezimmer nehmen. Ich schließe die Tür hinter mir ab, setze mich auf den Badewannenrand und öffne die Pulle.

Eine halbe Stunde später ist die Flasche nur noch zu zwei Dritteln voll. Ich habe sie in die Trommel der Waschmaschine gelegt, so kann ich jederzeit unauffällig ins Bad verschwinden und einen Schluck nehmen, um meinen Pegel zu halten. Es ist unglaublich, wie schnell ich in meinen alten Trinkertrott zurückgekehrt bin.

Ich habe mich immerhin auch geduscht und mir die Zähne geputzt. Nur mit einem Handtuch um die Hüfte gewickelt verlasse ich das Bad und gehe in mein Zimmer. Ich ziehe mir eine Unterhose, Socken, mein *Powerpuff-Girls*-T-Shirt und eine Jogginghose an, dann kehre ich ins Wohnzimmer zurück.

»Thomas«, ruft Karin aus der Küche. Ich trotte zu ihr hin. Sie steht am Herd und brutzelt irgendetwas.

»Ich kann nichts essen«, murre ich.

»Du musst etwas essen«, befielt Karin. »Überleg's dir, denn zu trinken bekommst du garantiert nichts mehr.«

Und dann sehe ich voller Entsetzen, dass sie die Glenfiddich-Flasche in der Hand hält.

»Ich wollte deine Klamotten in die Waschmaschine tun«, sagt sie.

»Und dabei hast du den neuen Weichspüler gefunden«, flüchte ich mich vor meiner Scham in einen Witz.

Karin lacht nicht. Stattdessen schüttet sie den edlen Stoff in den Ausguss. Ich wage nicht zu protestieren.

»Setz dich an den Tisch«, ordnet sie an. »Ich bringe dir gleich das Essen.«

Ich nicke unterwürfig, trotte auf die Terrasse und lasse mich auf einen Stuhl nieder. Fünf Minuten später serviert mir Karin einen Teller mit Kotelett, Reis und Kohlrabi. Ich esse mühsam, während Karin mich dabei beaufsichtigt.

Maltes Wagen kommt die Auffahrt hinaufgefahren. Er und Jens steigen aus und kommen auf die Terrasse.

»Habt ihr etwas gefunden?«, frage ich.

»Kotze«, antwortet Malte.

»Sonst nichts?«

»Nichts.«

»Wollt ihr auch etwas essen?«, fragt Karin die beiden.

Malte schaut auf meinen halb leeren Teller. »Sieht gut aus«, sagt er. »Gern.«

Jens dagegen schüttelt den Kopf. »Ich glaube, ich lege mich einen Moment hin«, sagt er und verschwindet in sein Zimmer. »Ich glaube, ich hau mich auch noch mal hin«, murmele ich und stehe auf. Karin nickt mir zu.

Das Geräusch eines anfahrenden Autos weckt mich auf. Ich setze mich auf und versuche, klar zu denken. Es ist an der Zeit, mein verdammtes Gehirn anzuschmeißen!

Was, wenn ich Max überfahren habe?

Ich kann es nicht fassen, wie verhältnismäßig ruhig die anderen geblieben sind. Die wollten sogar meine

Spuren beseitigen, waren bereit, einfach so meine Komplizen zu werden. Niemand brüllte mich an. Sie behandeln mein Kapitalverbrechen wie ein besseres Kavaliersdelikt. Das ist … bizarr. Ich bin mir ja selbst nicht sicher, ob ich mich nicht besser der Polizei stellen soll.

Wo ist Max? Vielleicht liegt er blutend im Wald. Halbtot.

Nein. Malte und Jens haben ihn gesucht, aber nicht gefunden.

Was, wenn er in seinem Haus liegt? Vielleicht hat er sich mit letzter Kraft dorthin geschleppt und liegt jetzt tödlich verletzt am Boden … und ist noch gar nicht tot, sondern dabei, langsam und qualvoll zu verbluten.

Und ich sitze hier und unternehme nichts!

Ich erhebe mich mühsam aus meinem Bett und stampfe energisch mit dem Fuß auf. Ich werde mich zwingen, die Sache nun selbst in die Hand zu nehmen. Ich verlasse mein Zimmer. Aus dem Nebenraum höre ich gedämpfte Stimmen. Karin und Jens. Sie klingen ernst. Die beiden sprechen sich wohl aus. Gut so.

Ich gehe auf die Terrasse. Keiner da. Der unglückselige Unfallwagen ist verschwunden. Offenbar sind Malin und Malte zu der Werkstatt von Malins Freund aufgebrochen.

Zeit zu handeln!

Mit eiligen Schritten gehe ich zu Max' Haus.

Ich klingele Sturm. Niemand öffnet. Ich klopfe und rufe Max' Namen. Nichts.

Ich gehe ums Haus herum. Wieder sind im Wohnzimmer die Vorhänge zugezogen. Ich klopfe an die Terrassentür und lausche dann konzentriert, ob ich nicht womöglich ein leises Wimmern hören kann.

Nichts.

Für eine halbe Minute stehe ich ratlos vor der verhüllten Fensterfront des Wohnzimmers. *Tu etwas, Thomas*. Dies ist der Moment, in dem ich womöglich Max' Leben retten kann. Vielleicht liegt der arme Kerl in diesem Moment halb ausgeblutet auf dem Boden, unfähig, sich bemerkbar zu machen, und hofft nichts mehr, als dass ich einmal in meinem verdammten Leben Rückgrat zeige.

Und so nehme ich einen der schweren Holzstühle, die auf der Terrasse stehen, und zerschlage ohne weiteres Zögern die Glastür.

Die Scherben krachen mit einem erschreckend lauten Geräusch zu Boden. Ich erschrecke mich fast zu Tode. Wie laut so etwas ist! Vorsichtig, um mich nicht zu schneiden, steige ich dann durch den mit messerscharfen Scherbenzacken gespickten Türrahmen und ziehe einen der Vorhänge zurück, damit Licht ins Haus fällt.

Das Haus stinkt, als wäre es seit mindestens einer Woche nicht mehr gelüftet worden. Ich sehe mich in dem unordentlichen Wohnzimmer um. Kein Max in Sicht.

Ich gehe in den Flur, und sehe drei Türen. Ich öffne die erste und finde eine kleine Gästetoilette. Ein Stapel zerfledderter *Playboy*-Hefte liegt neben der Kloschüssel. Max nicht.

Eilig trete ich in den Flur zurück, öffne die zweite Tür –

– und sehe in die Mündung einer Schrotflinte! Ich habe Max gefunden. Er steht mir gegenüber. Und er ist alles andere als schwer verletzt und hilflos. Max hat einen hochroten Kopf, schnaubt vor Erregung und zielt mit der Waffe direkt auf mein Gesicht.

23. Kapitel

Es muss ein Jungtier gewesen sein«, vermutet Malin. »Und Thomas hat es wohl nur an der Flanke erwischt. Wenn er frontal ein ausgewachsenes Rentier gerammt hätte, müssten wir jetzt seine Beerdigung arrangieren.«

»Du meinst also nicht, dass wir das hier noch genauer untersuchen lassen müssen?«, fragt Malte. Er spricht von dem Fellfetzen, den Jens bereits bei der ersten flüchtigen Inspektion des Autos im Inneren des zertrümmerten Scheinwerfers gefunden hat.

»Glaub mir, ich weiß, wie Rentierfell aussieht«, frotzelt Malin. »Ich erkenne sogar Windhunde und Rammler auf hundert Meter Entfernung.«

Sie alle haben schon nach wenigen Minuten gewusst, dass Thomas mit einem Rentier zusammengestoßen ist. Doch niemand hat daran gedacht, es ihm noch einmal explizit zu sagen. Warum auch? Alle hielten es für offensichtlich, dass Thomas es selbst weiß und sich jetzt schämt, weil er wieder trinkt und ein unschuldiges Tier angefahren hat. Niemand hat einkalkuliert, über was für eine blühende Fantasie er verfügt.

»Thomas ist ein guter Typ«, sagt Malte plötzlich. »Ich habe ein bisschen ein schlechtes Gewissen, dass ich dich ihm weggeschnappt habe.«

»Sei nicht so eingebildet«, antwortet Malin und wendet sich Malte zu, der nach wie vor starr auf die Straße starrt. »Niemand schnappt mich irgendjemanden weg. Ich bin nicht zu schnappen.«

»Okay, ja, ich weiß ... Müssen wir hier schon abbiegen?«

»Nein. Es ist noch eine Kreuzung weiter.«

»Du, äh ...«, nimmt Malte den Faden wieder auf. Er ist fest entschlossen, die Sache für seinen Kumpel zu kitten. Er hat wirklich ein schlechtes Gewissen. »Ich meine, du hättest doch bestimmt etwas mit Thomas angefangen, wenn nicht ich dich zuerst ... äh ...« Er sucht nach der korrekten Wortwahl. »Also, wenn wir nicht so schnell ... du und ich ... Liebe miteinander gemacht hätten.«

Malin lacht laut auf. Es ist ein aufrichtiges, helles Lachen. »Der ist gut, wirklich«, sagt sie dann und kichert. »Eine Frau, die glaubt, mit dir könne man Liebe machen, die glaubt auch, dass man Wölfe zähmen kann.«

Malte fühlt sich weniger brüskiert als vielmehr geschmeichelt. »Du hältst mich für einen Wolf?«

»Auf jeden Fall hast du etwas Räudiges«, lacht Malin.

»Sehr witzig«, grummelt Malte.

»Aber was ich eigentlich sagen will«, fährt Malin nun ernster fort, »nein, ich hätte nichts mit Thomas angefangen. Ich finde ihn viel zu nett. Er ist ein Romantiker, Malte. Wenn ich mich verlieben wollte, wäre er erste Wahl. Für unkomplizierten Sex nimmt man aber lieber Typen wie dich.«

»Typen wie mich?«

»Ficker«, sagt Malin. »Denkt ihr Kerle wirklich, wir Frauen brauchen unbedingt Gefühl dabei? Du siehst gut aus, du bist unkompliziert, du hast einen Schwanz. Du erfüllst den Zweck.«

Malte antwortet nicht.

Malin hat ihn extra hart angepackt. Tatsächlich ist es nur die halbe Wahrheit. Sie mag Malte. Er ist zwar ein Macho, ein selbstverliebter Egoist – aber er hat unbestreitbar Charme. Und Charisma. Das ist ihr wichtig. Sie ist denkbar weit davon entfernt, sich in ihn zu verlieben, aber sie findet, dass er ein interessanter Mann ist. Ein ungeschliffener Diamant. Sie hat nur kein Interesse daran, ihn zu bearbeiten, ganz abgesehen davon, dass die Zeit dafür viel zu knapp wäre.

Natürlich gibt es keinen Grund, ihm das zu sagen. Malin kennt Typen wie Malte zur Genüge und hat eine vage Ahnung, wie viele Frauen er in seinem Leben bereits als schlichte Objekte behandelt hat. Sie findet, es ist eine hübsche pädagogische Maßnahme, ihm eine kleine Dosis seiner eigenen Medizin zu verabreichen.

24. Kapitel

»*What the fuck …?*«, grunzt Max. Trotz des nur trüben Lichts kann ich den Schleier vor seinen Augen erkennen. Er ist nicht bei sich. Betrunken wahrscheinlich … vielleicht nimmt er aber auch Drogen?

Es steht mir natürlich nicht zu, ihn deswegen zu verurteilen. Ich habe schließlich gerade selbst einen Drittelliter Whisky in mein System gespült, nur um überhaupt über die Runden zu kommen. Ich bin nicht besoffen, aber auch nicht nüchtern. Was sicher ein Vorteil ist – denn würde ich sonst so verhältnismäßig ruhig bleiben, während der Kerl, von dem ich gerade noch dachte, dass ich ihn überfahren habe, im Begriff ist, mich niederzuschießen?

»Max«, sage ich und räuspere mich. Ich habe Schmotter auf den Stimmbändern. »Max, ich bin's. Thomas.«

Max starrt mich mit seinen trüben und trotzdem stechenden Augen an. »Warum schlägst du meine Scheibe ein?«, blafft er. Die Knarre befindet sich immer noch in Höhe meiner Augen. »Warum brichst du hier ein?«

Mein grob geschätzter Alkoholpegel von 1,5 Promille bringt mich dazu, etwas zu tun, was ich in nüchternem Zustand nie, aber auch wirklich niemals getan hätte: Ich greife mir einfach ohne nachzudenken den Lauf des Gewehres und biege ihn nach unten.

Max leistet keinen Widerstand. Die Schrotflinte zeigt nun auf meine Füße. Auch nicht schön, aber besser als vorher.

»Ich hab mir Sorgen um dich gemacht«, sage ich.

Max sieht mich verwirrt an. Er scheint aufrichtig erstaunt darüber zu sein, dass er das Objekt menschlicher Anteilnahme sein soll. Vielleicht ist er aber auch nur erstaunt, dass ausgerechnet ich es bin, der Anteil an seinem Leben nimmt.

»Ich dachte, ich hätte dich angefahren«, versuche ich zu erklären, was seine Verwirrung verständlicherweise noch steigert.

»Ich war gar nicht draußen«, knurrt Max. »Und dein Auto war nicht hier drinnen. Wie also hättest du mich anfahren können?«

»Magst du vielleicht mal das Gewehr weglegen?«, bitte ich ihn. »Dann erkläre ich dir alles.«

Max brummelt etwas Unverständliches vor sich hin und legt die Flinte dann auf den Tisch neben sich.

»Geht's dir gut?«, frage ich.

»Wie sieht's denn für dich aus?«

Ich gehe zurück ins Wohnzimmer, ziehe die restlichen Vorhänge zurück und lasse mich dann auf das speckige Sofa fallen. Max folgt mir in den Raum, setzt sich mir gegenüber in den Sessel und betrachtet mich eingehend. »Du hast getrunken«, stellt er fest.

Ich nicke nur.

»Ich dachte, du bist trocken.«

»War ich auch. Aber dann ging alles schief. Mein … mein Leben läuft völlig schief.«

Max lacht schallend. »Du hast doch keine Ahnung, was alles schief gehen kann«, behauptet er. Aus seinem nun weit geöffneten Mund, aus dem mit gelben Zähnen gefüllten und mit rissigen Lippen und borstigen, grauschwarzen Bartstoppeln umsäumten Schlund, weht mir eine Alkoholwolke entgegen, die meine kleine, bescheidene Fahne in den niederen Bereich des Amateurtrinkens verdrängt.

»Also?«, fragt Max und steckt sich eine Zigarette in den Mund, die er von mir unbemerkt irgendwoher gekramt hat.

»Also was?«, frage ich.

»Also wie hast du mich überfahren?« Max grinst und lehnt sich in den Sessel zurück. Er entzündet ein Feuerzeug und für einen kurzen Moment befürchte ich, dass es eine heftige Explosion geben wird, wenn die offene Flamme mit den spirituosen Dünsten aus seinem Mund in Kontakt kommt. Doch der große Knall bleibt aus. Und so erzähle ich ihm, was passiert ist. Die ganze elende Geschichte. Von meiner ersten Panikattacke bis zum Aufwachen im Auto.

»Wieso dachtest du, dass du ausgerechnet mich überfahren hast?«, will Max eine halbe Stunde später wissen, als ich mit meinem Bericht fertig bin. »Warum nicht irgendjemanden sonst? Oder vielleicht irgendein Tier, was ich ja für am wahrscheinlichsten halte.«

»Es war so nahe der Stelle …«, beginne ich, »wo du… Wo ich dich gesehen habe, als du …«

»Was?«

Nun zier dich nicht so, befehle ich mir selbst. Ich habe dem Mann gerade meine vertrackte Lebensgeschichte erzählt und noch dazu seine Fensterfront zertrümmert. Er hat nun wirklich ein Recht auf vollständige Ehrlichkeit.

»Ich habe dich im Wald gesehen. Du hast mit einer Axt auf einen Baum eingeschlagen und dabei herumgebrüllt.« Ich verfolge gespannt seine Reaktion. Max fühlt sich ertappt. Er sieht tatsächlich kurz zu Boden. Eine defensive Geste, die mich zu einer wackeren Nachfrage ermutigt. »Was war da los?«

»Ich brauche das manchmal«, sagt Max nach einigem Zögern. »Ich platze sonst.«

Ich sage nichts. Ich habe das Gefühl, da kommt noch mehr. Und richtig: Max redet weiter. Er nutzt die einmalige Chance, genau den Richtigen vor sich zu haben, um sich endlich einmal alles von der Seele reden zu können. Die Tatsache, dass ich ein Alki bin, senkt seine Hemmungen. Und wohl auch die Tatsache, dass ich in wenigen Tagen auf ewig aus seinem Leben verschwunden sein werde. Und was vielleicht am wichtigsten ist: Ich bin ein Loser, genau wie er. Wir sitzen im selben Boot, wir beiden Verlierer, und nachdem ich ihm meine erbärmliche Geschichte erzählt habe, die tragische Chronik eines beruflichen Stillstands, einer emotionalen Leere, meiner offenkundigen Beziehungsunfähigkeit und schließlich auch meiner betrunkenen Amokfahrt, hebt er nun an, mir die seine zu verkünden.

Doch so, wie sein imposanter Alkoholatem meine

Durchschnittsfahne zur Banalität degradiert, so ist auch seine Lebensbeichte von so immenser Tragik und Dramatik, dass ich mich für meine vergleichsweise läppischen Sorgen und Nöte fast zu schämen beginne.

»Ich komme aus Aberdeen«, beginnt er. »Bis vor acht Jahren habe ich da gelebt. Ich hatte einen eigenen Baustoffhandel. Du weißt schon: Zement, Werkstoffplatten, so ein Zeug. Ich hatte neun Angestellte, ein tolles Haus, meine Frau, meinen …« Er zögerte. »… meinen Sohn. Ich hätte zufrieden sein können.« Während er das erzählt, schaut er zu Boden. Jetzt aber blickt er auf, mir direkt ins Gesicht. »War ich aber nicht. Irgendetwas nagte an mir. Mich pisste dies an und das, ich war so …. so gottverdammt wütend. Ich hatte das Gefühl, ich hätte mehr verdient. Oder dass das, was ich hatte, es irgendwie mehr bringen müsste. Es war alles so verdammt … normal. Es war so beschissen fade.«

Ich nicke. So weit kann ich ihm durchaus folgen.

»Ich war bereits zum zweiten Mal verheiratet«, fährt Max fort. »Meine erste Frau, Suzy, habe ich geheiratet, als ich neunzehn war. Viel zu jung. Suzy war so eine kleine Süße, toll im Bett, mit der konntest du alles machen. Allerdings nicht nur ich. Ich war selten da, hab viel gearbeitet. Und Suzy brauchte viel … Ansprache. Nur war Reden allerdings nicht so ihr Ding. Und irgendwann kannte halb Aberdeen ihre Muschi. Sie schlief herum, als würde sie dafür bezahlt. Ich hab sie rausgeschmissen und mich scheiden lassen. Jahrelang hatte ich dann nichts Festes. Hier was, da was – zwanzig Jahre lang. Dann lernte ich Delia kennen. Delia war Lehrerin, ernst und ruhig. Ein Bücherwurm, dreiundvierzig und ziemlich mollig. Eigentlich überhaupt nicht mein Typ. Aber irgendetwas reizte mich an ihr. Wir zogen zusammen und als sie schwanger wurde, heirateten wir. Wir bekamen einen Sohn ...« Max hält inne und drückt seine Zigarette in dem völlig überfüllten Aschenbecher auf dem Tisch aus. Dann fummelt er aus der Tasche seiner Jogginghose eine Schachtel Camel und zündet sich gleich eine neue Fluppe an.

»Brian«, sagt Max und sein Blick wird weich. »So heißt mein Sohn. Brian.«

»Wie alt ist er jetzt?«

»Zehn«, antwortete Max. »Er ist zehn.« Er überlegt, zögert, dann steht er auf und geht mit schweren Schritten zum Fernseher. »Warte«, sagt er. »Ich zeige ihn dir.«

Max öffnet eine Schranktür und fährt mit dem Finger über einen Stapel mit der Hand beschrifteter Videokassetten. Dann wählte er eine aus und schiebt sie in den Videorekorder. Er schaltet den Fernseher ein und drückt auf *Play*. Auf dem Monitor erscheint eine grießelige Amateuraufnahme. Ich sehe einen Spielplatz. Kinder wuseln herum. Ich suche nach einem Jungen, der Max ähnlich sieht, ein hageres, drahtiges Kind. Die Kamera konzentriert sich jedoch auf einen großen, stämmigen Jungen. Er lacht. Er lacht laut und ... und irgendwie seltsam. Er zappelt mit den Armen, rudert, wedelt, als müsste er unsichtbare Insekten vertreiben, während er lacht. Eine Frau, dicklich und milde lächelnd, mit grau durchsträhnten Haaren, steht neben ihm. Der Junge,

Brian offenbar, ruft etwas, was ich nicht verstehe. Mehr Spucke als Worte verlässt seinen Mund. Die Frau, die Delia sein muss, streicht Brian über den Kopf und lächelt. Müde, matt. Der Junge ruft noch etwas, keine Ahnung, was, und läuft los. Er schreit, während er auf ein Klettergerüst zurennt, juchzend, grölend, ein wenig Furcht erregend. Und ziemlich tragisch. Der Junge ist ganz offensichtlich geistig behindert.

»Einer meiner früheren Angestellten ist ein alter Freund von Delia, aber eben auch von mir. Er nimmt die Videos auf. Ich bezahle ihn dafür«, erklärt Max. »Er schickt sie mir mit der Post, alle paar Monate zwei, drei Tapes. Es ist meine einzige Chance, Brian zu sehen. Delia sagt, sie ruft die Polizei, wenn ich ihm zu nahe komme.«

Das also war in dem Paket, das wir Max gebracht haben. Das ist das Flimmern: Videos, die er sich in seinem abgedunkelten, abgeschotteten Zimmer ansieht.

Max raucht. Seine Stimme klingt hohl. Er starrt auf den Monitor, während er spricht, die Augen feucht. Er schluckt.

»Ich hab viel getrunken damals. Delia war nach der Schwangerschaft noch dicker geworden, das kotzte mich an. Sie machte mich nicht mehr heiß. Und selbst wenn: Sie war nur noch für Brian da. Sie redete nur noch über das Kind, es war alles, was sie noch interessierte. Ich war nur noch der Typ, der sie zu ernähren hatte. Ich blieb nächtelang weg. Es störte sie nicht. Vielleicht fand sie es sogar gut, wenn ich nicht in der Nähe war. Sie war immer nur mit Brian zugange, Baby Brian hier, Baby Brian da!«

»Ist das nicht normal bei einem behinderten Kind?«, frage ich naiv.

»Brian war damals noch nicht … behindert. Er war ganz normal«, sagt Max. Seine Stimme ist fast nur noch ein Flüstern.

Ich sehe zum Fernseher hinüber. Brian und Delia haben den Spielplatz verlassen. Max' Videospion filmt die beiden, während sie durch eine Shopping Mall gehen. Brian isst einen Cheeseburger und redet auf seine Mutter ein. Delia antwortet ihrem Sohn mechanisch, mit Floskeln offenbar, so wie man eben manchmal mit Kindern redet, wenn man ihnen gar nicht wirklich zuhört.

»Eines Abends, ich war ziemlich betrunken«, fährt Max seinen Bericht fort, fest entschlossen, ihn zu Ende zu bringen, zu beichten, »wollte ich Sex. Delia hatte mich seit Ewigkeiten nicht mehr rangelassen. Ich war breit und geil und es störte mich nicht, dass sie kein heißes Teil mehr war, dass sie aus dem Leim ging. Ich wollte nicht nur Sex, ich … ich wollte ihr nahe sein. Ich wollte ein bisschen von dem spüren, was sie mal bei mir losgetreten hat. Ganz am Anfang, als wir uns kennen gelernt haben. Aber Delia … sie wollte nicht. Sie sagte, ich würde stinken. Ich würde sie anekeln. Ich sagte, ich sei ihr Mann und sie könne sich nicht ständig weigern. Ich schnappte sie mir und da gab sie plötzlich nach, wand sich aus meinem Griff, zog sich aus, mechanisch, wie ein Roboter, legte sich aufs Bett, auf den Rücken und schloss die Augen.«

Ich sehe Max an. Er redet jetzt ganz nüchtern, beschreibt die Ereignisse grausam kühl.

»Ich schrie sie an. Warum sie mich nicht mehr lieben könne, was los sei mit ihr. Doch sie lag nur da. Auf dem Rücken. *Mach schon,* hat sie gesagt. *Um Himmels willen, bring's hinter dich.* Und da fing ich an zu brüllen, schrie sie an, meinen ganzen Frust, meine Wut kam raus und ich trat gegen das Bett mit voller Wucht, und das Scheißbett krachte zusammen, kippte zur Seite, mit Delia obendrauf. Es war ein Riesenkrach, und dann fing sie auch noch zu schreien an, erschrocken und stinksauer zugleich. Dass auch sie verzweifelt sei, dass ihr Leben nicht so lief, wie sie sich das vorgestellt hatte. Doch ich … ich konnte mich nicht beherrschen, ich konnte nicht einlenken. Ich wünschte, ich hätte damals tief Luft geholt, mich zusammengerissen, wäre zu mir gekommen, doch ich war besoffen und so unsagbar wütend …« Jetzt redet er ohne Punkt und Komma, aufgewühlt, voll Reue und Trauer. »Und dann stand Brian plötzlich da, zwei Jahre alt, mit seinem *Teletubbies*-Pyjama und seiner Scheiß-Tinkie-Winkie-Puppe im Arm, stand im Türrahmen und schrie auch und wir alle schrien und weinten und tobten und Delia rief *Brian* und Brian *Mama* und ich schrie *Ruhe* und *Fuck* und immer wieder *Fuck* und ich ging einen Schritt auf Delia zu, Delia in ihren Betttrümmern, meine nackte, schreiende, mich hassende Frau, die da lag wie ein geplatzter Traum, und ich beugte mich runter und ich glaube, ich wollte ihr aufhelfen, aber ich weiß es nicht wirklich, und plötzlich spürte ich da etwas an meinem Bein, einen stechenden Schmerz, und ganz instinktiv trat ich aus …«

Tränen laufen über Max' Gesicht. Aus dem Fernseher

höre ich ein Rauschen. Weißer, flimmernder Schnee füllt den Monitor. Keine Delia ist mehr zu sehen, kein Brian.

»Brian hatte mich in die Wade gebissen. Er wollte ... er wollte seine Mama beschützen«, sagt Max, leise jetzt, schluchzend. »Ich wusste das nicht, ich ... ich habe doch einfach nicht nachgedacht, es tat einfach nur weh, also trat ich nach hinten, mit voller besoffener Wucht, und ... und Brian flog durchs halbe Zimmer, krachte mit dem Kopf gegen den Schrank ... und plötzlich ...«

Max schlägt die Hände vors Gesicht.

»Und plötzlich war es still. Ganz still.«

Für mindestens eine Minute sagt keiner von uns etwas. Max sitzt da, den Kopf in den Händen vergraben. Ich starre ins Leere.

Irgendwann nehme ich die Fernbedienung und schalte den zischenden, rauschenden Fernseher aus.

Max hebt den Kopf. »Brian wird niemals allein leben können. Er wird immer ein kleines Kind bleiben«, beendet er seinen Bericht. »Delia bestand darauf, dass ich Schottland verlasse. Sie wird mich anzeigen, wenn ich jemals wieder nach Hause zurückkomme. Ich habe meine Firma verkauft. Plötzlich war ich reich, ich hätte alles machen können, was ich mir jemals erträumt zu haben glaubte. Stattdessen kaufte ich dieses Haus hier, das einsamste Haus, das ich finden konnte. Den Rest des Geldes, eine halbe Million Pfund fast, gab ich Delia. Und dann bin ich gegangen.«

Ich sehe Max an. Max, den Sprücheklopfer. Max, den vermeintlichen Lebenskünstler. Max, den amüsanten

Zyniker. Ein Häufchen Elend. Ich finde ihn wegen dem, was er getan hat, verabscheuungswürdig … und wünsche ihm gleichzeitig, dass er Frieden findet. »Ich muss gehen«, sage ich und stehe auf.

»Wäre vielleicht besser gewesen, wenn du mich tatsächlich überfahren hättest«, sagt Max und setzt wieder sein irritierendes, gruseliges Grinsen auf.

Ich weiß nicht, was ich sagen solle. »He!«, ruft Max mir noch nach, als ich bereits durch die zertrümmerte Terrassentür nach draußen getreten bin. »Hast du immer noch das Gefühl, dass dein Leben so entsetzlich ist?«

25. Kapitel

Am Abend sitzen wir auf der Terrasse und sehen hin und wieder zu Max hinüber, der draußen auf dem See in seinem Boot hockt. Er rudert nicht, er angelt nicht, er lässt sich nur treiben. Die anderen winken ihm manchmal zu. Er reagiert nicht.

Niemand weiß von meinem Gespräch mit Max. Ich will sein Geheimnis nicht preisgeben. Und ich hätte auch gar nicht gewusst, wie ich die Geschichte erzählen, geschweige denn betonen sollte. Es wird wohl noch lange dauern, bis ich mir klar darüber werde, was ich von Max halte. Ob ich ihn als Opfer eines schrecklichen Fehlers betrachten soll. Oder als den Fehler selbst.

Ich bin froh, dass Max nicht bei uns sitzt. Nicht, dass wir eine Gruppe von Frohnaturen wären, die seine Anwesenheit hätte ausbremsen können. Wir schweigen uns die meiste Zeit an. Keiner von uns weiß so recht, was er sagen soll. Jeder hat seine eigenen Dämonen zu exorzieren, seine eigenen Sorgen zu sortieren, seine Gedanken zu denken und seine Hoffnungen zu hoffen.

Auf dem Grill zischen Schweinerippchen, von Karin liebevoll mit Bohnenkraut und Chiliöl mariniert, Bratwurst und Kotelett. Ich habe tatsächlich Hunger, ein sauberes, irgendwie gesundes Gefühl. Und ich trinke

Cola light, die Malin aus ihrem Supermärktchen mitgebracht hat. Irgendwo stand zwar mal, dass der Süßstoff darin Gehirntumore hervorrufen kann … aber ich habe keine Lust, mir darüber Sorgen zu machen. Genauso wenig wie über die Zigarette zwischen meinen Fingern. Ja, stimmt: Ich rauche. Es hat nicht geklappt mit dem Aufhören. Ich muss mich schließlich schon genug darauf konzentrieren, nicht in die Küche zu rennen, den Küchenabfluss aufzuschrauben und das Innere der Rohre auszulecken, in der Hoffnung, noch ein wenig Aroma des von Karin ausgegossenen Glenfiddich zu erhaschen. Mir fehlt wirklich die Kraft, auch noch die kleinen Nikotinkobolde in mir im Zaum zu halten.

»Ich habe eine tolle Idee für eine neue Serie«, verkündet Malte plötzlich. »Das heißt: Nicht ich habe sie, sondern eine Autorin. Habt ihr Lust, sie zu hören?«

Wir alle nicken. Klar. Malte wird einen Wortteppich produzieren, der uns von einer Gesprächsverpflichtung entbindet. Und so lauschen wir dem Konzept.

»Nicht schlecht«, sage ich, als Malte nach seinem Monolog erwartungsvoll in die Runde schaut. »Da könnte man durchaus etwas draus machen. Allerdings sollte man eventuell über ein paar Sachen nachdenken …« Und zu meiner eigenen Überraschung rattert mein offenbar noch nicht süßstoffgeschädigtes Hirn plötzlich los, entwirft Randfiguren und Subplots, mit denen man die Serie füllen kann.

Als ich fertig bin, schauen mich Jens, Karin und Malin erstaunt an. Haben die mir so eine schnelle Reaktion nicht zugetraut oder was? Malte hingegen strahlt mich an wie ein Honigkuchenpferd. »Wie sieht's aus – setzt du dich in Hamburg mit der Autorin zusammen und arbeitest mit ihr ein Exposé aus?«

»Okay«, antworte ich und versuche dabei, nicht allzu erfreut auszusehen.

Maltes Handy klingelt. Er sieht aufs Display und steht sofort auf. Während er hinunter zum See geht, höre ich, wie er sagt: »Hallo, Eloise! Schön, dass du zurückrufst. Wie geht es dir?«

Es ist unser letzter gemeinsamer Abend. Karins Flug ist für morgen gebucht, und auch Jens und Malte haben sich mit viel telefonischem Aufwand und unter nicht unbeträchtlichen Umbuchungsgebühren einen Platz auf der Fähre in die Heimat gesichert. Ich bin der Einzige, der den Urlaub nicht früher beendet. Ich werde Karins Leihauto in fünf Tagen aus der Reparatur holen, bei der Mietwagenfiliale am Fährkai abgeben und eine Herzattacke riskieren, während ich darauf warte, ob jemand bemerkt, dass das Gefährt in einen Unfall verwickelt war.

Bis dahin werde ich allein im Haus bleiben. Malin wird mich morgen mit ausreichend Lebensmitteln für diesen Zeitraum versorgen. Allerdings hat sie sehr klar gemacht, dass sie kein gesteigertes Verlangen danach hegt, mir Gesellschaft zu leisten. Und das ist auch gut so. Ich genieße die Vorstellung, allein zu sein. Ich habe die Hoffnung, dass diese fünf Tage dann wirklich die Erholung, die mentale Selbstreinigung, die emotionale Entkrampfung liefern werden, für die wir diesen Urlaub eigentlich ursprünglich gebucht haben.

»Ich geh dann mal«, sagt Malin, die während unseres grenzmeditativen Grillabends ungewöhnlich schweigsam und blickkontaktresistent gewesen ist. Sie verabschiedet sich von allen, umarmt, küsst, lächelt. Dann geht sie zu Malte hinunter, der immer noch telefoniert, umarmt auch ihn – herzlich, aber komplett leidenschaftslos –, winkt allen noch einmal zu, steigt in ihr Auto und verschwindet.

Ich sehe ihr nach und finde es seltsam unerheblich, dass sie geht. Ich bin mir ziemlich sicher, dass sie mir die Vorräte morgen einfach nur vor die Hütte stellen wird, wenn ich unterwegs bin, und weiß darum, dass ich sie vermutlich nie wiedersehen werde. Doch die Erde dreht sich weiter, kein Kloß entsteht in meinem Hals. Malin ist fort. Kein Drama, bloß eine Tatsache. Klar, sie ist eine starke Frau, süß und sperrig, attraktiv und sexy – aber sie ist nicht die Frau, in die ich meinte, so hemmungslos verliebt zu sein. Was ich in ihr sehen wollte, war eine Lichtgestalt. Aber auch Malin hat ihre Untiefen und oberflächlichen Seiten. Sie ist keine Göttin.

Vielleicht ist es genau das, was ich endlich begreifen muss: Frauen sind auch nur Menschen. Verbeult und zerkratzt wie wir alle. Man kann, man *muss* sich an ihnen reiben. Und man darf keine Angst davor haben.

Die letzten Rippchen sind abgeknuspert, die Bratwürste verschlungen, die Koteletts bis auf zwei verschwunden. Malte erhebt sich und wirkt irgendwie ungeduldig.

»Willst du schon schlafen?«, frage ich erstaunt.

»Nee. Schlafen ist doch was für Weicheier wie dich.

Mein Laptop ruft!« Ich habe ihn schon lange nicht mehr so arbeitswillig, so hochgetunt, so energiegeladen erlebt. Sein Kampfgeist ist zurückgekehrt. Ich sehe ihn mir genau an, wie er da steht. Mit seinen Gedanken ist er bereits bei den Projekten, die er in Angriff nehmen will, nicht mehr gelähmt von dem Konkurs, der ihn umkreist. Und habe ich das gerade wirklich richtig mitbekommen? Hat er, der Partymausjäger, eine gleichaltrige, schwierige, emotional fordernde Frau am Handy angeflirtet? Ja, das hat er. Ob ich es will oder nicht: Meine Mundwinkel wandern unaufhaltsam nach oben. Ich lächle ihn an, unseren frisch gebackenen Großvater, und erinnere mich plötzlich, warum ich mich damals mit ihm angefreundet habe. Natürlich hat er Fehler, sogar reichlich davon. Aber vor allem ist Malte ein guter Typ. Irgendwo da drin.

»Nacht, Freunde«, sagt er und verschwindet in Richtung Küche. Dort holt er sich noch den Sechserpack Bier aus der Küche, hält ihn auf dem Weg in sein Zimmer wie einen wertvollen Schatz an die Brust gedrückt und grinst mich frech an. »Alle für mich – hähä!«

Ich grinse zurück. Ich habe es schließlich nie leiden können, wenn man um meine Sucht herumtänzelt.

»Da sollte ich mich wohl auch anschließen«, sagt Jens. »Ich glaube, ich hau mich hin.« Er ist nie eine Gesprächsgranate gewesen, aber seit Karin ihn aus der Illusion eines potenziell neuen Lebens entlassen hat, scheint er noch stiller geworden zu sein. Ich habe keine Ahnung, was in ihm vorgeht. Hoffentlich weiß er's.

»Nacht, Alter«, sage ich.

»Gute Nacht.« Jens nickt mir zu. Als er an Karin vorbeigeht, die auf der hübschen Holzbank sitzt, sieht man seine Unsicherheit. Welche Geste ist angebracht bei einem Menschen, mit dem man zwei Tage zuvor noch ein neues Leben anfangen wollte, den man gevögelt und geherzt hat – und der nun, nachdem die Liebesschwüre verpufft sind, ein Ex geworden ist, unerreichbar und trotzdem noch ganz nah? Jens entschließt sich dazu, im Vorbeigehen seine Hand über Karins Schulter streifen zu lassen, ganz kurz nur, sie praktisch darüberhuschen zu lassen wie einen flüchtigen Windhauch.

Karin aber hält sie fest, diese Wischiwaschi-Hand, die wie alles an Jens nicht richtig da und nicht richtig weg ist. Kein Statement in die eine noch die andere Richtung, sondern wieder nur so ein bisschen hiervon, ein bisschen davon. Und somit letztlich ein großes Garnichts. Karin nimmt sie also, diese Hand, zieht an ihr Jens ein Stückchen zu sich herunter und gibt ihm einen Kuss auf die Wange. Einen freundschaftlichen Kuss. Einen *Ich-wünsch-dir-alles-Gute*-Kuss. »Gute Nacht, Jens.« Jens trollt sich, tapsig und unsicher lächelnd. Karin sitzt mit dem Rücken zu ihm, ich aber sehe, wie er im Wohnzimmer auf dem Sofa seine Bettwäsche ausbreitet, das Daunenkissen aufschüttelt, sich reckt und dann ins Bad geht.

»Komische Nächte hier«, sagt Karin und lächelt. Wir sehen uns einen Moment schweigend an. Dann sehe ich auf meine Uhr. Es ist ein Uhr nachts. Und trotzdem ist es nicht dunkel, es dämmert kaum. Wie auf einem fremden Planeten.

»Alles okay bei dir?«, fragt Karin.

»Das wäre eine Premiere.«

»Stimmt«, sagt sie. »War eine blöde Frage.«

»Und du?«, frage ich. »Wie geht es dir?«

Karin richtete sich ein bisschen auf und grinst. »Weißt du was? Das ist das erste Mal, seit ich hier in Schweden angekommen bin, dass es irgendjemand interessiert, wie es mir geht.«

»Ehrlich?«

»Ehrlich.«

»Wir sind schon ein Haufen selbstzentrierter Scheißer, wir Männer, oder?«, grinse ich zurück.

»Verdammte Gockel seid ihr«, sagt Karin. »Nur nicht so prächtig«

Ich zünde mir eine Zigarette an und erhebe mich. »Darf ich?« Ich zeige auf den leeren Platz neben ihr. »Irgendwie finde ich den See als Ausblick reizvoller als Jens in einer Daunendecke.«

»Erstaunlich«, sagt Karin. »Bei mir war's bis vor kurzem genau andersrum.«

Sie ist richtig witzig, diese Karin.

Ich setze mich neben sie und wir schauen beide auf den See hinunter.

»Schön, wie die Sonne sich im Wasser spiegelt«, sage ich. Und ich finde das wirklich: Es ist schön.

Vierzehn Monate später

Sie applaudieren. Sie applaudieren *wirklich.* Und es hört sich nicht so an, als wollten sie bald damit aufhören. Fünfundzwanzig geladene Gäste – Freunde, Finanziers, drei Journalisten – haben soeben die nicht-öffentliche Generalprobe meiner One-Man-Show erlebt.

Das Licht geht in dem keineswegs kleinen Kleinkunsttheater auf der Reeperbahn an, in dem ich ab morgen eine Woche lang jeden Abend einen zweistündigen Monolog halten werde. Natürlich bin ich scheißnervös gewesen, doch meine Erstzuschauer applaudieren und applaudieren und es ist offensichtlich, dass sie wirklich gut finden, was ich ihnen gerade serviert habe. Dass sie nicht bloß höflich sind.

Es ist komisch: Meine Neurosen und Macken, meine gesammelten Unzulänglichkeiten sind plötzlich kein Manko mehr, sondern eine Leistung. Und plötzlich kann ich es kaum erwarten, am nächsten Tag vor das ganz große Publikum zu treten. Die Reservierungen sind für jeden Abend ausgesprochen gut.

Das erste Drittel meines Programms habe ich in nur fünf Tagen geschrieben. Und zwar noch in Schweden: allein, mit einem Laptop auf dem Schoß, auf der Terrasse zumeist, mit Blick auf den See. Die Erkenntnisse, die

Pointen und der Spott purzelten nur so aus mir heraus. Ich war mein eigener Therapeut. Und jetzt bekomme ich das auch noch bezahlt und werde dafür beklatscht.

Irre, wie die Welt manchmal funktioniert.

Ich verlasse die Bühne und klettere hinunter in den Zuschauerraum. Karin kommt auf mich zu, umarmt und küsst mich.

»Werde jetzt bloß nicht eingebildet«, mahnt sie lachend.

»Das wirst du schon zu verhindern wissen«, antworte ich.

»Herzlichen Glückwunsch, Schatz!«, sagt sie und küsst mich noch einmal.

Ich kann es nicht leiden, wenn sie mich *Schatz* nennt. Das klingt so altertümlich, so bieder und muffig, so unoriginell. Aber das ist auch schon so ziemlich das Einzige, was mir an Karin missfällt. Okay, bei genauerer Überlegung: Da ist natürlich noch einiges mehr. Ich finde zum Beispiel, sie könnte sich mal eine Bikinilinie rasieren, doch Karin behauptet, das jucke und das nerve und damit sei das Thema erledigt. Ich finde es auch furchtbar, dass sie im Fernsehen nie etwas zu Ende schaut. Sie switcht wie eine Glotzenepileptikerin. Karin kann zwei Minuten bevor der Täter entlarvt wird den *Tatort* verlassen. Das macht mich wild! Wir fetzen uns ganz gern mal, Karin und ich. Einmal, vor etwa einem halben Jahr, haben wir uns dermaßen in die Wolle gekriegt, dass wir eine Woche lang nicht miteinander geredet haben. Ich war es, der als Erster seinen Fehler eingestand … obwohl ich bis heute finde, das Ganze war eigentlich ihre Schuld. Aber die Hauptsache ist, dass wir uns wieder vertragen haben.

Karin ist die erste Frau, für die ich kämpfe. Sie ist die Erste, die es wert ist. Oder, um fair gegenüber meinen Exfreundinnen zu sein: Vielleicht ist sie die Erste, deren Wert ich erkannt habe.

Wir haben viel telefoniert damals, als ich noch in Schweden war. Mein Mobilfunkanbieter konnte vermutlich die komplette Innenausstattung seines Firmensitzes renovieren, allein mit den Gebühren, die Karin und ich in dieser Zeit verquatschten. Zurück in Hamburg trafen wir uns dann. Zögernd erst, gerne dann, leidenschaftlich schließlich. Wir sind acht Mal – ich wiederhole: acht Mal! – miteinander ausgegangen, bevor ich sie das erste Mal geküsst habe. Ich war so scheißnervös.

Und jetzt?

Jetzt bin ich so glücklich und verliebt, dass es mir schlicht unheimlich ist! Manchmal habe ich das Gefühl, Aliens haben heimlich mein Innenleben ausgetauscht. So wie bei *Invasion der Körperfresser.* Aber natürlich ist meine Euphorie echt. Und sie ist sogar erklärbar. Was so ein bisschen Erfolg und eine geballte Ladung Liebe doch bewirken können!

Ich küsse Karin noch einmal … und noch einmal … und wenn es nur nach mir gehen würde, könnte ich Karin jetzt küssen, bis mir die Lippen abfallen. Karin ist alles, was mich an Frauen früher nie interessiert hat. Und im Gegenzug bin ich nicht einmal im Ansatz ihr

Typ. In meiner Show verwende ich stolze fünfzehn Minuten auf dieses Phänomen: dass Kompatibilität gemeinhin überschätzt wird. Dass die magischen Dinge, die kleinen Wunder, das Glück, die Liebe einfach so geschehen – *kawupp,* aus der Hüfte, aus dem Hinterhalt, wie endorphine Querschläger, vom Schicksal willkürlich abgefeuert und nur durch ein unpassendes Stolpern im falschen Moment in die richtige Richtung und ins Ziel gelenkt. Mitten ins Herz. Wer Flirttipps liest, Anmachratgeber wälzt und die *Welcher-Typ-passt-zu-mir?*-Fragebögen in den Lifestylezeitschriften ausfüllt, hat schon verloren.

Ich küsse Karin noch einmal – es ist, als wäre sie ein Mundmagnet – und lasse mich dann von ihr in die Garderobe scheuchen, um mich umzuziehen.

Eine knappe Viertelstunde später sitzen wir in der Bar gegenüber dem Theater. Malte ist auch da – gemeinsam mit Eloise, die sich an ihn schmiegt. Maltes Hand liegt auf ihrem Rücken, und ich kann es nicht fassen, wie sanft und selbstvergessen seine Finger über ihre Haut streicheln. Was für eine zarte Geste. *Invasion der Körperfresser!* Menschen verwandeln sich!

Die beiden haben sich schon drei Mal getrennt. Aber wir gewöhnen uns langsam daran, dass diese theatralischen Abschiede stets nur vorübergehend sind. Zwei extrovertierte Derwische wie Malte und Eloise können nicht einfach nur glücklich zusammenleben. Die brauchen ihre soapoperaartigen Wechselbäder. Aber heute ist zum Glück ein Rückenstreicheltag.

Malte zeigt mir ein neues Foto seiner Enkeltochter.

Die Kleine kann inzwischen laufen und hat neulich seinen iPod vom Regal gefegt. »Danach ist sie dann quietschvergnügt auf dem Ding rumgehopst!«, erzählt er, als wäre das eine große Leistung für ein kleines Kind. Finanziell dürften ihn die iPod-Trümmer nicht jucken, denn Maltes neue Serie fährt einen Einschaltquotenrekord nach dem anderen ein. Sie wurde bereits in sechs andere Länder verkauft, hat seine Firma saniert und die Produktion zweier neuer Shows ermöglicht. Ich habe den Pilotfilm und die ersten drei Folgen geschrieben, bevor ich mich dann komplett auf meine Show konzentrieren konnte. Eine andere Serie, die Malte produziert, wird in drei Wochen erstmals auf Sendung gehen – und die Vorschusslorbeeren sind enorm. Derzeit verhandeln wir darüber, meine One-Man-Show in eine sechsteilige Sketchserie umzuarbeiten. Malte ist wieder richtig dick im Geschäft. Und er genießt sein Oberwasser. Als das ZDF keine neue Staffel von Axel Lachmanns bei Publikum und Kritik gefloppter Abendshow bestellte und der *King of Comedy* plötzlich ein kleines Würstchen war, schickte Malte seinem ehemaligen Zugpferd eine Schachtel Aldi-Pralinen, bei deren Einkauf er streng darauf geachtet hatte, dass das Haltbarkeitsdatum schon so gut wie abgelaufen war, und eine Beileidskarte. *Von Anrufen bei mir bitte ich abzusehen,* hatte er draufgeschrieben. Er ist ein kindischer Typ, der gute Malte. Aber er ist wirklich nie langweilig.

»Deine Show war supi«, lobt mich Eloise und gibt mir einen feuchten Kuss auf die Wange. Sie hat gerade eine Babymoden-Kollektion auf den Markt gebracht. Die

Produktlinie heißt *Constanze,* benannt nach Maltes Enkelin. Für meinen Geschmack ist bei ihren Entwürfen allerdings zu viel Grün im Spiel. Viel zu viel Grün.

»He, Glückwunsch! Eine tolle Show!«, ruft Jens, der gerade hereingekommen ist. Er klopft mir auf die Schulter, zieht sich einen leeren Stuhl vom Nachbartisch heran und setzt sich zu uns. »Ich musste noch schnell Marion und Lukas nach Hause fahren. Marion lässt euch alle grüßen«, erklärt er, »aber sie fühlt sich nicht so besonders. Und Lukas muss ja morgen in die Schule.«

»Hat's den beiden denn gefallen?«, frage ich, ganz der eitle Künstler, der ich nun mal bin.

»Marion hat sehr gelacht«, sagt Jens. Er hält kurz inne und sieht überrascht aus. Vielleicht geht ihm erst jetzt auf, dass eine lachende Marion ein eher seltenes Phänomen ist. »Sie fand's toll. Richtig toll. Und Lukas, na ja, der ist eben sechzehn ...«

»Nicht genug Hip-Hop und Klingeltonwerbung für seinen Geschmack?«

»Er hat gesagt, wenn er später auch so ein weinerlicher Jammerlappen wird, der nichts gebacken kriegt und jede läppische Gefühlsregung zu Tode quatscht, dann möge man ihn bitte an seinem vierzigsten Geburtstag erschießen.«

Wir lachen alle.

Jens winkt die Kellnerin heran und bestellt sich ein Bier. »Bin extra mit dem Taxi gekommen«, erklärt er. Die anderen bestellen ebenfalls nach – Bier für Malte, eine Weinschorle für Karin und Campari-Soda für Eloise. Ich ordere ein ganz normales Mineralwasser. Ich habe beschlossen, doch ein wenig über Cola light und Hirntumore nachzudenken. Wäre doch schade, wenn ich ausgerechnet jetzt, wo alles so super läuft, einen Kurzschluss im Schädel bekäme.

Ansonsten verschwende ich an diesem Abend keinen Gedanken an gesundheitliche Schicksalsschläge. Im Gegenteil, ich fühle mich großartig. Nur das Nikotinpflaster auf meinem Arm juckt. Karin behauptet, ich müsste damit langsam mal aufhören. Ich bappe mir die Dinger schon seit drei Monaten überallhin. Aber wenn ich erst einmal mit etwas angefangen habe, kann ich es eben nicht so leicht wieder aufgeben.

»Wie läuft's bei euch?«, frage ich Jens, als die anderen gerade erneut dazu übergehen, Bilder von Constanze zu bestaunen und ich die Chance zu einem semipersönlichen Gespräch mit meinem alten Freund habe, den ich nur noch selten sehe.

»Es geht uns gut«, antwort Jens. »Wir machen eine Paartherapie und einiges renkt sich wirklich ein. Anderes noch nicht.« Er zuckt mit den Schultern und seufzt: »Onanieren ist ja auch lustig.«

»Und die Kinder?«, frage ich.

»Zumindest der Älteste onaniert auch.«

Ich lache schallend auf. Manchmal vergesse ich, was für einen knochentrockenen Humor Jens hat.

»Nein, im Ernst«, sagt er. »Den Kindern geht es auch besser. Es ist viel Druck von ihren Schultern genommen worden und viel Angst verschwunden, seit ich wieder zu Hause wohne.«

»Das ist schön«, sage ich. »Es sind tolle Kinder.«

»Und dich brauche ich ja wohl nicht zu fragen, wie's dir geht …«

Ich strahle ihn an, obwohl ich weiß, dass jetzt der Augenblick der Wahrheit gekommen ist. Aber da muss ich jetzt durch. Ich räuspere mich. »Pass auf, Jens … also … wir beide haben nie darüber gesprochen, dass Karin und ich …«

Jens würgt mich ab. »Brauchen wir auch nicht«, sagt er. »Die Gesprächstherapie mit Marion ist mehr als genug, vielen Dank. Marion findet es übrigens wunderbar ironisch, dass ihr beide jetzt zusammen seid. Es ist okay. Wirklich. Es ist … gut.«

Ich hätte Jens gern umarmt in diesem Moment. Doch während ich noch überlege, wie ich es anstellen soll – ob ich dafür aufstehen muss oder mich bloß vorbeugen brauche oder wie oder was –, ist der richtige Zeitpunkt für diese Geste schon verpufft.

»Und sonst?«, frage ich stattdessen.

»Wir haben zwei Wochen Kreta gebucht für den Herbst. Ist wohl der letzte Urlaub, auf den Lukas noch mitkommt«, kehrt Jens nun ins unpathetische Areal der Alltäglichkeiten zurück.

»Karin und ich überlegen sogar schon, was wir im nächsten Sommer machen«, erzähle ich.

»Wir könnten uns ein Haus ein Schweden mieten«, mischt sich Karin ein, die uns wahrscheinlich die ganze Zeit unauffällig belauscht hat. »Irgendwo an einem schönen See … Da gibt's Rentiere, weißt du.«

»Superidee«, lache ich.

Wir reden weiter, über dies und das. Manchmal

schweife ich mit den Gedanken ab, sehe sie mir nur an, die Leute am Tisch, und fühle mich einfach wohl. Ich greife nach Karins Hand, halte sie fest umschlossen. Weich ist sie und warm. Unsere Hände liegen auf dem Tisch, zwischen unseren Gläsern. Und der Tisch ist fest und gibt nicht nach. An diesem Abend ist alles ganz genau so, wie es sein sollte. Es ist perfekt.

Morgen wird es sicher anders sein, nervig vielleicht oder stressig, übermorgen wieder besser, in einer Woche kurz katastrophal, in einem Monat wieder ziemlich okay. Doch Karins Hand wird sich stets weich und warm anfühlen.

Ich ertappe mich dabei, dass ich selbstvergessen zu der Musik mitsumme, die aus den Lautsprechern quillt. Es ist kein Jazz, kein komplexes Konstrukt. Es ist irgendein Popsong. Eine total simple Melodie. Doch ich summe sie mit. Und sie klingt gut für mich.

Richtig gut.

Gernot Gricksch

Die Herren Hansen erobern die Welt

Die Herren Hansen erobern nicht nur die Welt, sondern auch die Herzen aller Frauen – denn Sebastian (34) und sein Sohn Paul (gerade mal zwei) sind nicht nur die besten Freunde, sondern auch das tollste Traumteam, seit es Väter und Söhne gibt. Gemeinsam stellen sich die beiden den Abenteuern des täglichen Lebens mit Charme, Verstand und jeder Menge Humor!

»Unterhaltung im besten Sinne – selbst Singles
werden sich köstlich amüsieren.«
Max

Knaur Taschenbuch Verlag

Gernot Gricksch

Die denkwürdige Geschichte der Kirschkernspuckerbande

Am Grab eines seiner besten Freunde erinnert sich Piet an Braunen Bär und Schlaghosen, *Miami Vice* und Startbahn West, den ersten Kuss und die letzte Gehaltsabrechnung. Und er denkt an vier Jahrzehnte mit seinen besten Freunden – kurz: an die denkwürdige Geschichte der Kirschkernspuckerbande …

»Das Buch einer Generation.
Nostalgisch und süß.
Für beste Freunde!«
Cosmopolitan

Knaur Taschenbuch Verlag

Gernot Gricksch

Robert Zimmermann wundert sich über die Liebe

Ausgerechnet eine Currywurst führt Robert zu seiner großen Liebe. Als er mit einem Soßenfleck auf dem Jackett eine Chemische Reinigung betritt, steht er vor Monika, der unglaublichsten Frau der Welt: schlau, witzig, schön. Für Robert ist sofort klar: die oder keine!
Monika sieht das etwas anders. Der Mann vor ihrer Theke mag ein echter Glücksgriff sein, aber er ist Mitte Zwanzig. Also fünfzehn Jahre jünger als sie! Und so was kann ja wohl nicht gut gehen.
Oder?

»Federleicht, witzig und zärtlich.«
Brigitte

Knaur Taschenbuch Verlag